내 딸이
**고양이**면 좋겠다

# 내 딸이
# 고양이면 좋겠다

박기복 장편소설

• 차례 •

# 마녀의 아침

오늘 아침에도 나는 마녀가 될 뻔했다. 딸이 보기에는 이미 마녀인지도 모르겠지만, 차라리 진짜 마녀라도 되면 좋겠다. 제멋대로 구는 저 종잡을 수 없는 영혼을 반듯한 길로 이끌 수만 있다면 마녀가 되어도 좋다. 빗자루를 타고 검은 고양이와 함께 달밤을 가로지르고, 으슥한 숲에서 광기 어린 춤을 춘다면 더더욱 좋겠다.

"정말 그만둘 거야?"

"몇 번을 말해."

짜증은 내가 내야 하는데 도리어 딸이 목소리를 높였다. 목덜미에 땀이 흘렀다. 왼손으로 땀을 닦는데 머리가 축축했다. 내 기억에는 머리를 감고 드라이를 한 것 같은데, 아무래도 딸이 던진 폭탄에 하지 않은 것을 했다고 착각한 모양이다.

"아무 이유 없이 그냥 안 하겠다고?"

"말했잖아. 하기 싫어졌다고."

"그게 이유가 돼? 너는 도대체…."

결심을 잊지 않는 도전정신과 끝을 볼 줄 아는 인내심이 얼마나 중요한지 강조하려는데 딸이 내 말을 자르며 치고 들어왔다.

"인내니 도전이니 하는 그런 낡아빠진 잔소리나 늘어놓을 생각이면 그만둬."

뱉으려던 말이 새어나가지 않게 입술을 깨물었다. 참신한 논리가 필요했다. 딸이 반성하고 자신을 되돌아보게 할 멋진 명언이 떠올라야 했다. 육아 책에 나오는 훌륭한 엄마들처럼 그릇된 판단을 되돌리는 가르침을 내려야 했다.

"돈이 얼마나 들었는데…."

실망이다. 내가 겨우 이런 말밖에 못 하다니. 그러나 어쩌랴! 넉넉한 살림이 아니니 이제껏 들인 돈이 아까울 수밖에.

"쩨쩨하게 이제 돈으로 협박하려고?"

딸이 선수를 쳤다. 마녀도 아닌 내가 부릴 수 있는 가장 강력한 마법이 돈으로 협박하는 것이다. 그러나 마지막 필살기는 딸이 펼친 방어마법으로 인해 제대로 꺼내지도 못하고 주머니로 숨어버렸다.

아들은 눈치를 살살 살피더니 도망치듯 현관으로 튀었다. 여느 때처럼 복장이 엉망이었지만 잔소리할 힘도 없었다. 딸은 학교에 지각하지 않을 만한 시간까지 최대한 늑장을 부리면서 내 속을 마지막까지 뒤집어놓고 나갔다.

머리를 쓸어 넘기는데 손이 축축했다. 손을 적시는 물기가 머리를 감고 미처 말리지 못해서 남은 수분만은 아닌 듯했다. 다리에 힘이 빠졌다. 바닥에 털썩 주저앉았다.

'괜히 좋은 엄마가 되기를 꿈꾸었을까?'

'그냥 마녀가 되는 편이 내 정신건강에는 더 낫지 않을까?'

바닥에 쭈그리고 앉아 답 없는 상념을 뒤적이며 스스로를 괴롭혔다.

열다섯 해를 같이 산 딸인데 오늘은 마치 처음 만난 타인 같은 느낌이었다. 남편과 깊게 소통하겠다는 희망은 버린 지 오래고, 아들은 아직 철부지라 내가 바라는 소통은 불가능하다. 일터에서 참된 소통을 기대하면 어리석은 몽상가로 비웃음이나 살 뿐이고, 오래도록 마음을 나눠오던 친구는 떨어진 거리만큼 연락도 드물다. 그나마 같은 여자인 딸과 제대로 소통하며 좋은 엄마로 거듭나고 싶은데, 아무래도 욕심이었나 보다.

일어설 힘이 없어 멍하니 있는데 전화가 울렸다. 화면에 '달콤 혜진'이란 이름이 떴다. 혜진이는 모임을 함께하며 알게 된 동생인데, 달콤한 과자를 잘 만든다.

"언니, 왜 안 와? 9시 30분에 만나기로 했잖아?"

그제야 빠져나간 정신줄 몇 가닥을 주섬주섬 챙겼다. 대충 옷을 걸치고 나가려다 부엌을 봤다. 지저분하게 널린 그릇이 마치 내 머릿속 같았다.

혜진이를 만나러 가면서 나는 아침에 겪은 좌절을 절대 말하지 않겠다고 결심하고 또 결심했다. 그렇지만 혜진이가 슬쩍 이유를 묻자마자 마치 그 질문을 기다린 사람처럼 딸이 얼마나 뻔뻔한지 험담을 늘어놓았다.

"언니, 저도 아침에 마녀가 될 뻔했어요."

우리는 마녀가 될 뻔한 위기를 벗어났음을 격려하며 서로에게 작은 위안을 건넸다. 혜진이는 힘내자며 중간에 커피를 한 잔 샀다. 시원한 커피가 어지러운 정신을 톡톡 두드렸다.

"그래도 마녀는 안 됐으니 절반은 성공이잖아요?"

커피 향만큼 진하게 혜진이가 웃었다.

"제가 아는 학교 언니가 어제 저한테 재미난 얘기를 해줬어요."

혜진이는 먼저 그 언니가 얼마나 극성 엄마인지 한참 동안 풀어놓았다. 나로서는 꿈도 꾸지 못할 만큼 엄청난 열정과 욕심으로 똘똘 뭉친 엄마였다.

"어느 날 그 언니가 딸이 쓴 일기를 봤는데, 엄마 욕을 그렇게 많이 써놨대요. 엄마를 마녀 취급하는 정도는 순한 표현이고, 차마 입에 담기 힘든 비난이 넘쳐나는데, 읽다가 기가 막혀서 손이 떨렸대요. 그동안 엄마에게 당하면서 쌓인 감정과 억울함을 몽땅 글에 담아놓은 거죠. 당연히 그 언니 성깔에 참지 못하고 그따위 글을 왜 쓰냐고 야단을 쳤죠. 그 정도로 혼내면 다음에는 안 쓸 줄 알았는데 그 뒤로도 몰래몰래 쓰는 것 같더래요. 딸은 점점 반항이 심해졌고, 결국엔 엄마를 비난하거나 고통스러운 자기 상태를 호소하는 글을 아무 데나 놔두었대요. 엄마가 보라는 의도였죠. 딸이 쓴 글에서 시퍼런 기운이 점점 진해지자 그 언니는 '네 마음대로 해라' 하며 포기했는데…, 글쎄 그 뒤가 반전이에요. 엄마가 그냥 내버려뒀더니 자기 혼자 열심히 공부하고 글솜씨를 단련해서는 우리나라에서 첫손에 꼽히는 문예창작과에 입학한 거예요. 언니 말로는 아무래도 오랫동안 엄마를 욕하고, 감정을 솔직하게 풀어냈던 경험이 실력과 꿈을 키우는 데 도움이 된 것 같대요."

시원하던 커피 맛이 점점 씁쓸해졌다.

"그러면서 언니가 저한테 너무 애를 잡지 말라는 거예요. 그래서 제가 그랬죠. 언니가 잡았다가 놓아줘서 괜찮아진 거니까 저도 지금은 꽉 잡아야 하는 거 아니냐고."

혜진이는 또다시 깔깔거리며 웃었다. 농담 같았지만 내게는 농담처럼 들리지 않았다.

얼음을 일부러 깨물었다. 아사삭 소리와 함께 내가 열다섯 살이었던 때가 떠올랐다. 풍경이나 사건과 같은 기억보다 나를 짓누르던 감정이 더 뚜렷하게 기억났다.

그 당시 나를 억누르던 감정은 아직도 풀어내지 못한 과제로 남아 있다. 글로 욕을 쏟아내며 엄마에게 반항했다는 그 딸처럼 나도 그래야 했을까? 나를 짓누르던 걱정과 두려움을 떨치고 떼를 쓰며 악착같이 달려들었다면 어땠을까? 그때 겁먹고 피했던 탓에 내 삶이 엉킨 실타래처럼 꼬인 것일까? 어쩌면 지금이라도 떼를 쓰며 달려들어야 하는 건 아닐까? 과연 떼를 쓰고 달려들면 이 과제가 풀리기는 할까?

제때 풀지 못한 숙제를 붙잡고 여전히 씨름하는 내 꼴을 떠올리니 딸이 조금은 달라 보였다. 어쩌면 글로 엄마에게 반항하고 자기 길을 개척한 그 딸처럼, 내 딸 세아도 자기 방식으로 자기 삶을 새로운 가능성으로 채우고 있는지도 모르겠다. 아니, 제발 그러면 좋겠다.

차를 세우자 햇빛이 여닫이문 같은 구름을 열고 뽀송뽀송한 손을 내밀었다. 아침 공기와 부딪치며 발생한 산란 현상으로 햇빛이 흐르는 경로가 제법 선명하게 드러났다. 그 덕분일까? 아침을 괴롭혔던 수분이 증발하고, 세아를 둘러싼 빛깔이 조금은 달라지는 듯했다.

심호흡을 하고 차 문을 열었다. 발을 내딛는데 바로 옆으로 검은 고양이 한 마리가 꼬리를 살살거리며 지나갔다.

일어나면 굳게 다짐한다.

좋은 엄마가 되어야지
사랑으로 대해야지
실수에 관대해야지
그저 믿고 지켜보아야지
책에서 강연에서
배운 대로 다짐하고 또 다짐한다.
좋은 엄마가 되자고.

다짐은 몇 걸음 못 가고 휘청댄다.
아침에는 못마땅해도 그럭저럭 참지만
오후에는 점점 화가 쌓이고
저녁이면 어둠과 함께 폭발한다.

그래 놓고
자기 전이면 또 후회한다.
공부해서 채워 넣은 좋은 자녀교육법이
채찍이 되어 죄책감을 건드린다.

이불을 차는 발이 차갑다.

# 1

## 김 여사님,
## 오늘은 또 뭘 배워 오셨어요?

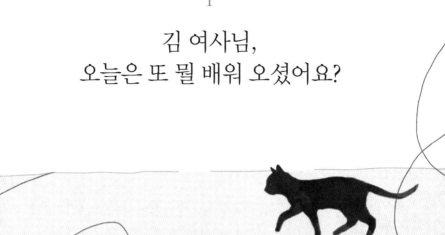

# 엄마

"강의가 2시 30분 아니었어?"

"3시 30분일걸?"

행사 일정표를 다시 확인했다. 선영이 말이 맞았다. 내가 들으려는 강의는 3시 30분에 시작이었다. 일정을 착각한 원인을 찾으려고 기억을 뒤졌지만 적당한 핑계거리가 떠오르지 않았다.

"지금 막 나왔는데….."

닫힌 현관문을 향해 차마 손을 뻗지 못했다. 집에 다시 들어가면 못다 한 집안일을 해야 한다는 강박감에 시달릴 게 뻔한데, 그러기 싫었다.

"그럼 우리 집으로 와."

선영이가 구원의 밧줄을 던졌다.

"그럼, 그럴까?"

선영이는 근처에 사는 친구다. 자녀교육 강연에서 우연히 만났는데 교류가 잦아지면서 아이들끼리도 서로 편하게 어울릴 만큼 가깝게 지낸다.

선영이 집으로 들어서니 고양이 샤샤가 마중을 나왔다. 샤샤는 부드러운 털로 내 다리를 쓱 부비더니 내 손끝이 닿기도 전에 새침하게 돌아서 가버렸다. 샤샤는 종잡을 수 없는 고양이다. 어떤 때는 몸을 부비며 내 손길을 즐기다가도, 어떤 때는 꼬리털을 곤두세우고 경계심을 드러낸다. 어떤 날은 몇 시간째 같은 자세로 꿈쩍도 않고 잠만 자더니, 어느 날은 잠시도 쉬지 않고 뛰어다니면서 온 집을 헤집고 다닌다. 불러도 반응이 없고, 다가가면 도망치고, 만지려고 하면 앞발로 위협하다가도 갑자기 왜 안아주지 않느냐고 따지듯이 졸졸 따라다닌다.

샤샤는 자는 자세도 제각각이다. 침대가 자기 것인 양 퍼질러져서 자기도 하고, 소파 등받이에 올라가서 앞발을 뻗고 불편하게 자기도 하고, 무심코 벗어놓은 옷 속으로 파고들어 꼬리만 내놓고 자기도 하고, 책장 속에 숨어서 옹색하게 자기도 하고, 작은 종이상자에 몸을 구겨 넣은 채 비좁게 자기도 하고, 때로는 배를 위로 한 채 다리를 쩍 벌린 민망한 자세로 자기도 한다. 어떤 때는 공처럼 동그랗게, 어떤 때는 고무줄처럼 늘어져서, 어떤 때는 식빵처럼 아담하게 잔다. 자는 모양새는 각양각색이지만 그 편안함만은 한결같다. 샤샤는 참 달콤하게 잔다. 아무 데서나 근심 없이 깊은 잠을 즐기는 샤샤의 편안함이 나는 가장 부럽다.

샤샤를 쓰다듬지 못한 아쉬움을 부드러운 커피 향으로 대신 채웠다.

"향이 좋네."

"며칠 전에 더치커피를 잘하는 카페를 발견했거든."

커피를 한 모금 마셨다. 향 못지않게 은은한 맛이 몸을 편안하게 쓰다듬었다.

이런저런 잡담을 나누는데 샤샤가 선영이 옆에 쓰윽 오더니 한 발을 살짝 다리에 올려놓고 앉았다. 선영이가 쓰다듬자 샤샤는 갸르릉거리며 행복해했다.

"조금 전에는 내 손길을 거부하더니…."

나는 질투가 나는 척했다.

"나한테도 이러는 건 하루에 한두 번이야. 우리 가족끼리는 이런 순간을 은혜받았다고 해."

선영이는 정말로 은혜를 받은 듯 흐뭇해했다.

"고양이는 참, 종잡을 수 없어."

나는 불만을 담아 한 말인데, 선영이는 다르게 받아들였다.

"그게 매력이지."

자신을 칭찬하는 말을 알아들었는지 샤샤가 머리를 들어 선영이 손에 열심히 부볐다. 선영이는 살살 손목을 돌리며 손 전체로 그 부드러움을 받아들였다. 물끄러미 그 모습을 지켜보는데 갑자기 샤샤가 펄쩍 뛰어서 가버렸다.

"종잡을 수 없긴 해."

선영이가 고개를 절레절레 흔들더니 커피잔을 깊게 기울였다.

꼬리를 살랑살랑 흔들며 사라지는 귀여운 궁둥이에서 세아가 겹쳐졌다. 세아는 어떤 때는 고집을 부리다가도 달궈진 콩처럼 갑자기 변덕을 부리고, 어느 날은 한껏 애교를 부리다가 느닷없이 싸움닭이 되고, 성실하게 공부도 하고 약속도 잘 지키다가 어느 순간부터 이유 없이 인생 포기한 사람처럼 굴기도 한다. 중학생이 되면서 점점 갈피를 잡을 수 없는 성격이 되어가더니, 이제는 내가 아는 것이 진짜 내 딸의 본 모습인지 확신이 서지 않는 지경에 이르렀다.

'고양이를 이해하면 세아도 조금 더 잘 이해하게 될까?'

근거 없이 찾아든 질문에 곧바로 헛웃음이 났다. 날마다 말을 섞는 사람도 제대로 이해를 못 하면서 고양이를 이해하겠다는 바람은 헛된 욕심이었다.

더치커피와 수다를 충분히 즐긴 뒤에 강연이 열리는 곳으로 갔다. 강연장 야외에서는 책과 관련한 다양한 행사가 펼쳐지고 있었다. 체험 행사에는 관심이 없었기에 우리는 곧바로 강연장으로 들어갔다.

강사는 공지된 시간에 딱 맞춰서 강의를 시작했다.

"…아이들은 몸이 자라면서 감정도 자라납니다. 어릴 때는 단순하던 감정이 사춘기에 접어들면서 다양하고 복잡해지죠. 감정은 점점 복잡해지는데 이를 다루는 능력은 여전히 미숙하니 이상한 행동이 많이 나타나는 거죠. 그래서 사춘기에는 감정을 다루는 법을 익혀야 합니다. 안타깝게도 요즘 아이들은 감정을 두 극단으로만 드러내는 경향이 강합니다. 어두운 감정을 느끼면 짜증 내고, 밝은 감정을 느끼면 '좋다'라고만 합니다. 감정은 미묘하고 그 종류가 수없이 많은데 자기 안에 꿈틀대는 감정을 자신도 잘 모르는 거죠. 과도한 공부, 경쟁이 우선인 인간관계, 지나친 스마트폰 사용, 감정보다 이성을 중시하는 문화와 같은 다양한 요인이 그 원인인 듯합니다."

나는 강사가 하는 말을 빠르게 받아썼다. 어릴 때부터 받아쓰는 솜씨를 갈고닦은 덕분에 핵심을 거의 놓치지 않고 기록했다. 강사는 강의 도중 수강생들과 종종 대화도 나눴다.

"딸이 남편이랑 둘이서만 놀러 간 적이 있어요. 바쁜 남편이 힘들게 시간 내서 관계를 좋게 하려는 의도였죠. 남편은 모처럼 딸과 보내는 시간이라 한껏 들떠서 즐거워하는데 딸은 시종일관 아무런 표정이 없었대요. 틈만 나면 휴대폰을 보고, 남편이 말하는데도 이어폰을 빼지 않고…. 그래서 딸한테 재미없냐고 물어봤더니, 재미있다고 말은 하는데 표정은 그대로였대요. 남편은 자신이 딸과 소통할 줄 몰라서 그리 된 줄 알고 자책했다고 해요. 여행에서 돌아온 모습이 마치 패잔병 같았어요."

"남편이 무척 속상했겠네요."

"나중에 딸한테 조심스럽게 물어봤지만 자기는 아무렇지 않았대요. 자기는 재밌었는데 아빠가 예민하게 받아들였을 뿐이라고 하더군요."

이야기를 들으며 나도 우리 아이들을 떠올렸다. 세아는 자기 감정을 그나마 표현하는 편이지만, 좋음과 짜증이라는 틀에서 벗어나 다양하고 풍부한 감정을 느끼는지는 잘 모르겠다. 남편과 둘만 여행을 간 적도 없어서 확신하진 못하겠지만, 아마 둘만 여행을 간다면 저 부녀지간과 크게 다르지 않을 것이다. 아들인 종욱이는 초등학생이라 그런지 세심한 감정 따위는 잘 모르는 듯하다. 남자라서 남편과 조금 통하긴 하는데, 소통이 잘 된다고 판단할 만한 수준은 아니다.

우리 아이들이 감정을 풍부하게 느끼고 표현하는 사람이 되게 하려면 어떻게 해야 할까? 아빠와 소통하는 자녀가 되게 할 방법은 있을까? 아직 풀지 못한 과제도 많은데 또다시 내게 새로운 과제가 주어졌다.

강사는 '상쾌해, 뭉클해, 황홀해, 따뜻해, 푸근해, 편안해, 만족해, 유쾌해, 흐뭇해, 흡족해, 뿌듯해, 궁금해, 홀가분해, 우울해,

안타까워, 불안해, 겁나, 걱정돼, 불편해, 답답해, 심란해, 비참해, 속상해, 서글퍼, 황당해, 지겨워, 부끄러워, 거북해, 불쾌해'와 같은 수많은 감정 언어를 소개했다. 나는 공부하는 학생처럼 하나도 빼먹지 않고 꼼꼼하게 기록했다.

"…부모들은 자녀에게 어떤 일이 벌어진 낌새를 느끼면 질문을 합니다. 그럴 때 주로 사건이 어떻게 되었는지에 초점을 맞추죠. 솔직히 사건이 궁금하긴 하지만, 질문은 사건보다는 감정에 초점을 맞춰야 합니다. 사건보다 감정이 먼저입니다. 상대방의 감정을 이해하려면 묻는 사람도 자신의 감정을 솔직하게 드러내야 합니다."

우리는 '걱정돼', '궁금해'처럼 감정을 드러내면서 원하는 답변을 이끌어내는 요령을 익혔다. 역할을 나누어 연습도 했다. 직접 해보니 대놓고 물었을 때보다 부드럽게 답변을 끌어낼 수 있었다.

설명에서 그치지 않고 직접 실습까지 하고 나니 제대로 배운 느낌이었다. 선영이와 꼭 써먹어보자고 다짐하며 집에 왔는데, 곧바로 기회가 찾아왔다. 학교에서 돌아온 종욱이가 계속 투덜거렸다. 오늘 배운 방법으로 그 이유를 알아내겠다고 마음먹었다. 일단 아이가 좋아하는 간식을 주며 식탁 앞으로 끌어들였다. 그러고는 조심스럽게 감정을 드러내며 답변을 유도하는 기술을 사용했다.

"네가 자꾸 짜증을 내니까 엄마가 걱정돼."

평소에는 내가 캐물으면 이리저리 말을 돌리기만 하던 종욱이가 망설이지 않고 있었던 일을 밝혔다.

"친구랑 절교했어."

'친구 누구?' 하고 물어보려다 얼른 충동을 억눌렀다.

'사건보다 감정에 초점을 맞춰야 해.'

강사에게 배운 감정 단어 목록 중에서 적당한 것을 조심스럽게 골랐다.

"속상하겠네."

내 반응에 아들의 눈이 살짝 커졌다. 눈동자에 놀라움과 반가움이 뒤섞이며 흔들렸다. 나는 그 미묘한 변화를 정확히 포착했다. 잠시 뒤, 아들은 자신이 겪은 일을 모두 털어놓았다. 사건은 단순했다. 새로 사귄 친구와 사소한 일로 다퉜고, 감정이 격해지면서 절교로 이어진 것이다. 얼마 전에 자기랑 잘 맞는 친구를 사귀었다며 들떠서 자랑했는데, 바로 그 친구와 벌어진 사건이었다. 나는 이런서린 해결책을 제시하거나 별일 아니라는 식으로 평가하려는 충동을 다스리며 강의에서 배운 대로 내 감정만 담백하게 표현했다. 성과는 예상을 뛰어넘었다.

"나 태권도 갈게. 끝나고 친구들이랑 자전거 타면서 놀고 올 거야.”

아들은 환하게 웃으며 집을 나섰다. 씩씩하게 자전거를 챙기는 아들을 보며 나 자신을 칭찬했다. 배운 걸 적절하게 써먹은 내가 대견했다. 강의에서 배운 대로 했더니 바로 효과가 나타났다면서 선영이와 문자로 기쁨을 나누는데 세아가 불쑥 들어왔다. 현관문이 열리는 소리가 나서 반갑게 이름을 불렀다. 그러나 세아는 들은 척도 하지 않고 자기 방으로 들어가더니 문을 세게 닫았다.

예전 같으면 아들에 이어 딸도 짜증 내며 집에 들어오면 화가 치밀거나 걱정이 되었겠지만, 내겐 강력한 대화술이 있기에 마음이 편했다. 일단 딸이 즐겨 마시는 사과주스를 준비했다. 시원한 물방울이 맺힌 사과주스를 식탁 가운데에 예쁘게 올려놓고, 딸을 불러냈다. 딸은 살짝 짜증 섞인 반응을 보였지만 사과주스에 끌려 식탁 앞으로 왔다. 딸은 주스는 반가워하면서도 숙제를 해야 한다는 핑계를 대며 빨리 자리를 벗어나려 했다. 얼굴엔 근심이 가득하고 기운이 없어 보였다. 나는 그 점을 먼저 짚었다.

“우울해 보이네.”

“아냐! 그냥 좀 피곤해.”

딸은 퉁명스럽게 대꾸하며 의심스러운 눈초리로 나를 경계했다. 사과주스를 마시는 만족감과 오늘 겪은 일로 인한 걱정, 엄마를 귀찮아하는 감정이 말투와 표정에서 고스란히 묻어났다. 경계심을 누그러뜨리기 위해 나는 감정 언어를 사용해 조심스럽게 다가갔다.

"엄마가… 걱정돼서."

아들은 '걱정'이란 한마디에 자기가 겪은 일을 술술 털어놓았다. 나는 딸도 그러리라 믿었다. 그러나 내 기대는 엇나갔다.

"또 왜 그래?"

딸은 사과주스를 급하게 마시며 경계심을 더 끌어올렸다.

"잔뜩 구겨진 얼굴을 보니 걱정돼서."

이 정도로 내 감정을 드러내면 딸도 반응을 보일 줄 알았다.

"아무 일도 없었어."

딸은 여전히 심드렁하게 대꾸했다.

"엄마가 걱정된다고."

나는 일부러 걱정이란 단어를 강조했다. 내 감정을 확실하게 전달하기 위해서였다. 딸이 입술을 바짝 오므리더니 나를 의심스럽게 살폈다. 조짐이 좋지 않았다.

"김 여사님!"

여사님이란 호칭이 중학생 딸의 입에서 나오다니, 어이가 없었다.

"오늘은 또 뭘 배워 오셨어요?"

예상치 못한 질문에 몹시 당황했다.

"또 뭘 배우셨기에 걱정된다는 단어를 말꼬리에 계속 붙이실까요?"

급소를 공격당한 느낌이었다.

"배우긴… 그냥 걱정돼서 하는 말이지."

이런 상황에서 어떻게 대처해야 하는지 배운 적이 없기에 당황해서 '걱정'이란 단어만 반복하고 말았다.

"배웠으면 좀 티 나지 않게 해."

딸은 사과주스를 마지막까지 마시더니 유리잔을 소리 나게 내려놓으며 일어섰다.

"엄마, 뭘 배웠는지 모르지만 그런 거 하지 마."

자리에서 일어나며 딸이 살짝 코를 찡그렸다. 콧잔등에 잔주름이 잡혔다. 펴지지 않는 주름만 남긴 채 딸은 자기 방으로 들어가 버렸다. 방문이 닫히는 소리가 '나는 실패한 엄마'라는 선언처럼 들렸다. 머리가 백지장처럼 하얘졌다. 옛날에 습관처럼 했던 방법들이 떠올랐다. 방법이라기에는 무지했고, 무식했으며, 어떤 면에서는 폭력이었다. 다시 그런 옛날로 돌아가기는 싫은데, 새로운 방법은 먹히지 않으니 대책이 없었다. 닫힌 방문을 두드릴 엄두가 나지 않았다.

# 딸

집에 오는 길에 기분이 나빠졌다. 원인 제공자는 이은우다. 은우는 내 절친인 최서윤과 사귀는데, 나도 알고 지낸 사이라 종종 셋이 어울려 놀았다. 하굣길에 평소처럼 가볍게 말장난을 걸었다. 가벼운 농담으로 웃고 넘어갈 만한 수위였는데 은우가 정색을 하더니 갑자기 내 손목을 꽉 잡았다. 처음에는 여느 때처럼 장난이라 여기고 손을 빼내려고 잡아당겼지만 빼낼 수 없었다. 놓으라고 했지만 은우는 내 손목을 놓지 않았다. 손목이 아릿하게 아파서 짜증도 내고, 강하게 다그치기도 했지만 은우는 손에서 힘을 빼지 않았다. 너무 아파서 눈물이 나려고 했다. 내 눈이 빨갛게 변하자 서윤이가 눈치를 채고 놓으라고 정색하며 말했다. 그제야 은우는 장난이라며 웃었다.

정나미가 뚝 떨어졌다. 웃는 얼굴에 욕을 퍼붓고 싶었지만 서윤이를 봐서 참았다. 더는 같이 어울리기 싫어서 혼자 따로 가는데, 화를 삭이기 힘들었다. 서윤이에게 문자를 보냈다. 내가 얼마나 화가 났는지 생생하게 적었다. 서윤이는 내가 그 정도로 화난 줄은 몰랐다면서 꼭 사과를 시키겠다고 약속했다. 몇 분 뒤에 은우한테서 미안하다고 문자가 왔지만 기분이 풀리지 않았다. 서윤이가 시켜서 억지로 보낸 티가 역력했다. 나는 사과를 받아들인다고 답장을 보냈지만 감정은 전혀 풀리지 않았다.

'내가 그렇게 만만한가?'

일단 그런 생각이 드니 걷잡을 수가 없었다. 다른 애들이 나에게 무심코 한 장난까지도 전부 내가 만만해 보여서 하는 짓 같았다.

'내가 뭘 잘못했지?'

'그동안 내 이미지를 잘못 만들었나?'

'앞으로 세게 나갈까?'

이미지를 바꾸려면 신경을 많이 써야 한다. 노력한다고 해서 다른 애들이 내 이미지를 의도대로 받아줄지는 확실치 않다. 집으로 가는 길에 검은 그림자가 드리웠다. 조금이라도 빨리 내 방으로 들어가 침대에 널브러지고 싶어 걸음을 빨리 옮겼다. 승강기가 유난히 느리게 내려왔다. 9층을 누르는데 6층에 사는 아주머니가 탔다. 여느 때 같으면 인사를 했겠지만 못 본 척하며 고개를 푹 숙여버렸다. 6층에서 엘리베이터가 멈추자 나도 모르게 몸이 앞으로 쏠리며 균형을 잃고 흔들렸다. 새삼스레 9층이 꽤나 높은 층이라는 생각이 들었다.

몸도 마음도 지친 채 현관문을 열고 들어서는데, 남동생이 즐겨 신는 신발이 안 보였다. 요즘 애지중지하는 자전거도 없었다. 귀찮게 하는 녀석이 집에 없으니 안심이 되었다. 신발을 대충 벗어 던지고 터덜터덜 내 방으로 들어가서는 문을 세게 닫았다.

"세아야…."

날 부르는 엄마의 목소리가 방문이 닫히는 소리에 묻혔다. 입고 있던 옷은 아무 데나 벗어놓고 편한 옷으로 갈아입었다. 양말은 벗어서 문을 향해 집어 던지고는 침대에 누웠다. 베개 옆에 놓인 곰 인형 향이에게 손끝을 댔다. 향이는 엄마가 결혼 전에 산 인형이라 나보다 나이가 많다. 어릴 때부터 나와 함께했던 향이는 나를 만만하게 여기지 않는다. 이런저런 잔소리도 늘어놓지 않는다. 그저 묵묵히 나를 위로하고 기다려준다. 세상에 향이 같은 사람만 있다면 얼마나 좋을까?

향이를 쓰다듬으며 침대 위에서 뒹굴뒹굴 몸을 놀리니 우울했던 감정이 찔끔 빠져나갔다. 그러다 미뤄두었던 숙제가 떠올랐다. 수학 오답노트를 정리해야 하고, 영어 학원에 가기 전에 단어도 30개나 외워야 한다. 다시 짜증이 밀려왔다. 죄 없는 침대에 발길질을 해댔다.

'내가 왜 이 귀찮은 짓을 하며 살아야 하지?'

빠져나갔던 우울감이 다시 발끝부터 야금야금 타고 올라왔다.

향이를 껴안은 채 발버둥을 쳤지만 우울은 끈적끈적한 진흙처럼 내 몸에서 떨어지지 않았다. 벌떡 일어나 주먹을 꽉 쥐었다. 은우 얼굴을 주먹으로 세게 치고 싶었다. 방 밖에서 들리지 않게 욕을 내뱉었더니 조금 시원했다.

'면전에 대고 욕을 해야 했는데!'

괜히 착한 척 넘어간 게 후회가 되었다. 그 장면을 지우개로 박박 지우고 욕을 해대는 장면으로 새롭게 채우려는데, 방해꾼이 나타났다.

'똑똑.'

엄마였다.

"열어도 되니?"

내 허락이 떨어지기도 전에 손잡이가 돌아갔다. 나는 들키지 않게 허기진 숨을 내쉬고는 내 공간에 엄마가 들어올 방문허가증을 발급했다.

"잠깐 나와봐."

"왜?"

싫다는 뜻을 알아차리게 말끝에 짜증을 살짝 섞어 넣었다.

"시원한 사과주스라도 한잔하라고."

엄마가 어떤 의도인지는 뻔했지만, 괜히 긴장을 높이고 싶지 않았다. 시원한 사과주스를 마시고 싶기도 했다. 향이에게 최대한 빨리 돌아오겠다고 약속하며 침대에서 몸을 일으켰다.

"수학 오답 노트도 써야 하고, 영어 단어도 외워야 해."

나는 잔을 잡으면서 빨리 끝내라는 압력을 넣었다. 주스만 마시고 얼른 내 공간으로 돌아가고 싶었다. 실제로 숙제는 빨리 해치워야만 하는 짐이기도 했다. 컵을 입에 대고 기울였다. 사과 향이 입안을 적셨다. 사과주스는 향이를 닮았다. 말없이 나를 위로하며 힘을 주었다.

"우울해 보이네."

엄마는 내 눈치를 살피며 조심스럽게 내 속을 탐색하는 말을 꺼냈다.

"아냐! 그냥 좀 피곤해."

나는 툭 잘랐다. 엄마에게 드러내봤자 문제 해결에 도움이 안 될 게 뻔했다. 무엇보다 하루가 멀다 하고 사고를 치고 다니는 남동생 때문에 고민이 많은 엄마에게 짐을 하나 더 얹어주고 싶지는 않았다. 나는 나름 엄마를 극진히 생각하는 효녀니까. 물론 엄마는 내가 효녀라는 주장에 거의 동의하지 않겠지만….

"엄마가… 걱정돼서."

엄마가 쓰는 말투가 낯설었다.

"또 왜 그래?"

나는 벗어날 핑계를 만들려고 사과주스를 급하게 마셨다.

"잔뜩 구겨진 얼굴을 보니 걱정돼서."

"아무 일도 없다고."

나도 모르게 살짝 거친 억양이 나왔다.

"엄마가 걱정된다고."

엄마는 걱정이란 단어를 세 번이나 반복했다. 이제껏 이런 식으로 말한 적은 한 번도 없었다. 아무래도 또 어디서 뭘 배워온 모양이다. 나는 오늘 국어 수업에서 배운 호칭을 떠올렸다. 국어 선생님은 그 호칭이 원래는 존대의 뜻을 지녔지만, 이 작품에서는 풍자의 의미가 담겨 있다고 설명했다.

"김 여사님~."

나는 입술을 바짝 오므리고 엄마의 눈을 똑바로 봤다. 내가 문학작품에 나오는 그 인물이 된 듯했다.

"오늘은 또 뭘 배우셨어요?"

"뭐?"

엄마가 말꼬리를 어색하게 올렸다.

"또 뭘 배우셨기에 걱정된다는 단어를 말꼬리에 계속 붙이실까요?"

나는 그 인물이 쓰는 말투도 흉내 냈다.

"배우긴… 그냥 걱정돼서 하는 말이지."

"배웠으면 좀 티 나지 않게 해."

나는 유리잔을 소리 나게 내려놓고 의자에서 일어났다. 엄마가 어색한 표정을 지었다. 콧잔등에 잔주름이 잡히고, 왼손이 오른손 손등에 얹혔다. 엄마가 당황했을 때 습관처럼 하는 행동이다.

"엄마, 뭘 배웠는지 모르지만 그런 거 하지 마."

나는 단호하게 선언하고 내 공간으로 돌아왔다. 방문은 소리 나지 않게 닫았다.

엄마는 요즘 열정이 넘친다. 아무리 비정규직 시간강사라지만 대학에서 강의를 하니 꽤 바쁠 텐데도, 기회만 생기면 어디 가서 뭘 배운다. 배우는 것까지는 좋은데 꼭 그걸 나한테 바로 써먹는다. 얼마 전에는 대화를 하면서 계속 '~구나'를 덧붙였다. 속상했구나, 힘들었겠구나, 귀찮았겠구나, 배고팠겠구나, 구나, 구나, 구나…. 처음엔 엄마가 날 이해하는 듯해서 반가웠지만 반복해서 들으니 의심이 일었다. 진심으로 나를 이해해서라기보다는 어디서 배운 걸 습관처럼 쓰고 있다는 인상이 강했다. 인터넷 접속이 불가능한 공기계처럼 껍데기뿐인 겉치레 같았다.

"엄마! '구나' 좀 그만해. 지겨워."

내가 확 쏘아붙이자 그제야 엄마는 말끝에 '구나'를 덧붙이지 않았다. 대충 얼버무리면 엄마는 집요하게 시도하기에, 아니다 싶을 때 과감하게 잘랐다. 엄마가 느끼기에 조금 서운할지도 모르지만 내가 편하려면 어쩔 수 없었다.

그렇다고 엄마가 뭘 배워서 나한테 써먹는 게 꼭 싫지만은 않다. 이것저것 배우면서 예전보다 나를 대하는 태도가 상당히 부드러워졌기 때문이다. 예전에 엄마는 스마트폰을 압수한다는 둥, 학원을 끊겠다는 둥, 외식을 금지하겠다는 둥 툭하면 나를 협박했다. 어떤 때는 TV를 못 보게 한다면서 리모컨을 들고 외출한 적도 있다. 엄마는 협박이 아니라 정당한 조치라고 우길지 모르지만 내가 보기엔 다 협박이었다. 오죽했으면 내가 참다 참다 못 참고 "엄마, 그만 좀 해. 왜 맨날 협박이야? 내가 엄마 보고 뭘 배우겠어?"하며 대들었겠는가?

어쩌면 그다음부터인지 모르겠다. 이곳저곳으로 뭔가 배우러 다니더니 점점 협박이 줄어들었고, 요즘에는 협박이 아예 사라졌다.

가장 큰 변화는 엄마가 내게 사과를 한다는 점이다. 엄마는 내가 잘못하면 꼭 사과를 시키면서 자신이 잘못을 저질렀을 때는 절대 사과하는 법이 없었다. 지금도 기억나는 사건이 있다. 엄마가 채점을 하더니 이런 문제도 틀리냐며 구박했다. 틀린 줄 알고 다시 풀었는데 답이 처음 푼 것과 똑같이 나왔다. 엄마가 또 구박했다. 천천히 점검하면서 신중하게 다시 풀었는데도 계속 같은 답이 나왔다. 아무래도 이상해서 엄마에게 답지를 확인해 보라고 요구했다. 엄마는 실수해 놓고 엉뚱한 핑계를 찾는다며 한참 더 나무라다가, 내가 하도 억울해하니 그제야 답지를 확인했다.

"어, 네가 푼 게 맞았네."

어처구니가 없어서 눈물이 나려고 했지만 그때 엄마는 끝까지 사과하지 않았다. 그런데 요즘에는 그런 잘못도 안 하지만, 잘못을 하면 바로 사과한다.

예전에 엄마는 자신이 완벽해야 한다고 믿었던 것 같다. 그래서 잘못하거나 실수해도 거의 사과를 안 했다. 나도 어릴 때는 엄마가 작은 실수조차 하지 않는 완벽한 존재 같았다. 때로는 초능력자가 아닌지 의심하기도 했다. 내 생각에 엄마가 지닌 초능력은 무려 네 가지였다.

첫 번째 초능력은 독심술이다. 어릴 때 내가 거짓말을 하면 엄마는 금세 눈치챘다. 어린 나에게는 참으로 신기한 능력이었다. 엄마가 없는 데서 벌어진 일인데도 엄마는 내 거짓말을 정확히 꿰뚫어 보았다. 그때 나는 고심 끝에 엄마가 독심술을 사용한다는 결론을 내렸다. 초등학교 고학년이 된 뒤에야 독심술이 아니라 내 어리숙함 때문에 거짓말이 들통난다는 사실을 알아챘다. 독심술이 없어도 당시 내 얼굴빛과 말투라면 누구나 거짓말이라는 것을 단박에 알 수 있었을 것이다. 그런데 요즘 들어 엄마가 또다시 독심술을 쓰는지 의심스러운 사건이 자꾸 벌어졌다. 예를 들면 이런 식이다.

가족끼리 외식하는 날이었다. 다들 준비가 끝났는데 내가 조금 늦었다. 흐트러진 머리를 정리하기 싫어서 모자를 푹 눌러 쓰고 나왔더니 엄마가 나를 나무랐다.

"너 정말 이럴 거야?"

"왜 또 그래?"

"너 때문에 아빠랑 종욱이가 30분이나 기다렸잖아."

괜한 트집이었다.

"시간 빼앗아서 죄송하네요."

"외식하기 싫으면 싫다고 해."

"누가 싫대?"

"그럼 이 행동은 다 뭐야?"

"옷 고르느라 늦었어."

"싫으면 싫다고 말해. 이런 식으로 사람 눈치 보게 만들지 말고."

"엄마가 그렇게 말하면 가고 싶다가도 가기 싫어져."

"그럼 가고 싶은 거야?"

"어! 가고 싶어! 무지 가고 싶어!"

"거울 좀 봐. 그게 흔쾌히 가겠다는 사람이 지을 만한 표정이니?"

"엄마가 내 속을 어떻게 알아? 엄마가 내 속을 들여다봤어? 독심술이라도 익혔어?”

결국 그날 외식은 엉망진창이 되고 말았다. 동생은 철없이 맛있다고 떠들며 먹었지만 나는 엄마의 눈치를 보느라 제대로 즐기지 못했다. 그 순간에는 엄마를 무척 원망했다. 괜히 트집을 잡아서 분위기만 망쳤다고 엄마를 탓했다. 그러나 나중에 차분히 따져보니 내 마음이 흔쾌하지 않기는 했다. 동생이 원해서 가는 외식이 별로 안 끌렸고, 좋아하는 애니메이션을 보고 싶었다. 엄마는 내 속마음을 정확히 읽은 것이다.

이처럼 엄마는 종종 내 속내를 정확히 꿰뚫어 본다. 당연히 독심술과 같은 초능력이라고 믿지는 않는다. 그렇지만 엄마의 능력은 독심술을 닮았다. 내가 어릴 때처럼 어수룩하지 않은데도 엄마가 어떻게 내 속을 꿰뚫어 보는지 무척 궁금하다. 때가 되면 엄마에게 꼭 물어봐야겠다.

두 번째 초능력은 순간이동이다. 엄마는 아무런 인기척도 없이 갑자기 나타난다. 예전에는 독심술이 가장 무서웠다면 최근에는 순간이동이 가장 무섭다. 엄마는 그 능력을 내가 딴짓을 할 때에만 사용한다. 몇 시간 동인 열심히 공부하다 잠깐 스마트폰을 들었는데, 그 순간에 맞춰 갑자기 나타난다. 마치 나를 계속 감시하고 있었던 것처럼….

“오늘은 딴짓 안 하고 공부한다고 그렇게 큰소리치더니.”

그러고는 혀를 끌끌 찬다. 그뿐이면 괜찮은데 손에 내가 좋아하는 사과주스와 간식까지 들려 있다. 엄마는 소리 나게 간식과 주스를 내려놓고 고개를 절레절레 흔들면서 나가버린다. 차라리 끝까지 잔소리를 계속하면 억울하다고 하소연할 기회라도 잡을 텐데, 실망만 던져놓고 사라지니 나만 못난 딸이 되고 만다.

내 청력은 나름 예민한 편이다. 동생이 문 앞에서 조용히 알짱거려도 바로 알아챈다. 아빠가 밤늦게 조용히 내 방 앞을 지나가도 감지해 낸다. 그런데 이상하게 엄마는 안 된다. 엄마는 내 청각 레이더에 걸리지 않고 불쑥 나타난다.

저번 시험 기간에 벌어진 일은 최근에 겪은 사태 중에 가장 어처구니없었다. 밤늦게까지 공부하고 잠들었는데 시험 걱정으로 새벽에 깼다. 집은 작은 소음도 없이 조용했다. 몇 시인지 확인하려고 스마트폰을 만지는데, 갑자기 방문이 열렸다. 스마트폰 불빛을 받은 내 눈이 희뿌연 어둠을 배경으로 서 있는 엄마의 실루엣을 확인했다. 납득하기 어려운 등장이었다. 엄마가 다가온다는 어떤 기척도 감지되지 않았기 때문이다. 순간이동 능력이 아니면 설명할 수 없었다.

"너 시험 기간인데 밤새 핸드폰 했니?"

나는 잠결이라 제대로 변명도 못 했다. 그렇지만 억울함과 황당함을 표정으로 나타내고자 조금은 노력했다.

"억울한 척하려면 거울이나 봐."

엄마는 혀를 차며 사라졌다. 정신을 차리고 거울을 봤다. 눈은 벌겋고 볼은 푸석푸석하며 입술은 바짝 말랐다. 누가 봐도 스마트폰을 하며 밤을 샌 얼굴이었다. 오해받기 딱 좋았다. 아침밥을 먹으며 엄마에게 아니라고 변명했지만, 엄마가 곧이곧대로 믿는 것 같지는 않았다.

세 번째 초능력은 괴력이다. 내가 큰 잘못을 저지르면 엄마는 내 등짝을 때렸다. 자주 맞지는 않았지만 맞으면 엄청 아프다. 특히 동생과 과격하게 맞붙을 때면 인정사정 두지 않고 등짝을 때렸다. 동생을 향한 미움과 짜증을 단박에 지울 만큼 강력한 공격이다.

중학생이 된 뒤로 등짝을 맞은 적은 없지만 엄마가 지닌 괴력은 종종 확인한다. 엄마는 집 청소를 할 때 소파를 이곳저곳으로 혼자 옮기며 청소한다. 마트에서 장을 봐 올 때도 무거운 장바구니 두 개를 아무렇지 않게 양손에 들고 다닌다. 동생이 꽤나 덩치가 커져서 나도 힘으로는 안 되는데, 엄마는 아직까지 동생을 팔힘으로 제압한다. 왜소한 팔뚝에서 어쩌면 그렇게 강한 힘이 나오는지 그저 놀라울 따름이다.

네 번째 초능력은 변신이다. 엄마는 한마디로 지킬과 하이드다. 천사 같은 지킬, 악마 같은 하이드가 엄마 안에 동시에 산다.

동생을 무섭게 야단치다가도 전화를 받으면 목소리가 바뀐다. 목소리뿐 아니라 전화를 받는 표정조차 상냥하고 친절하게 변한다. 하이드이던 엄마가 지킬로 변신하는 데 걸리는 시간은 파워레인저가 변신하는 시간과는 비교도 안 될 정도로 빠르다. 물론 전화를 끊자마자 순식간에 하이드로 다시 돌아간다.

학원 선생님과 면담을 할 때였다. 나도 그 자리에 같이 있었는데 때마침 아빠에게서 전화가 왔다. 존댓말을 쓰며 상냥하고 친절하게 아빠가 찾는 물건이 어디 있는지 설명하는데, 아빠에게 그런 친절한 말투를 쓰는 모습은 이제껏 단 한 번도 본 적이 없었다. 천사도 그런 천사가 없었다. 면담을 끝내고 엄마와 같이 집에 가는데 아빠가 다시 전화를 했다. 물론 그때는 엄마가 하이드였다. 그런 일로 전화를 하냐면서 아빠를 구박했다.

엄마는 독심술, 순간이동, 괴력, 변신술을 지닌 초능력자다. 엄마는 요즘 들어 틈만 나면 이것저것 배우러 다니는데, 아무래도 다섯 번째 초능력을 갖추려는 모양이다. 조금 전처럼 어수룩한 능력이면 괜찮지만 나도 알아채지 못하게 능력을 자유자재로 사용하면 어떻게 될까? 아마도 내가 원치 않는 상황이 자주 벌어질 게 분명하다. 아무래도 엄마에게 정중히 부탁해야겠다.

"김 여사님, 초능력은 이미 충분하오니 새로운 능력을 갖추려고 하지 마세요. 제발!"

# 엄마

대학을 졸업하고 결혼할 때까지 실험실과 연구실에서만 지낸 탓에 사람을 대하는 방법조차 서툴렀던 나에게 육아는 무척 고된 시험이었다. 시시각각 변하는 아이들의 마음은 가설과 검증에 익숙해 있던 내 사고방식으로는 도저히 납득이 되지 않았다. 때리면 안 된다고 수없이 다짐하면서도 짜증이 극한으로 치밀 때면 나도 모르게 조막만 한 등을 향해 손이 나갔다. 하지 말라는 말을 수십 번 반복해도 기어코 어기는 그 고집이라니. 사랑만 듬뿍 주고 싶은데, 성질을 돋우는 반항은 수시로 내 결심을 흔들었다.

아이들이 어렸을 때는 뭘 배우러 다닐 엄두조차 내지 못했다. 날마다 해치워야 하는 집안일과 시시각각 다가오는 육아 과제가 내겐 무거운 부담이었다. 잠시 짬이 날 때면 어떻게든 쉬기 바빴다. 아이 둘을 어린이집과 유치원에 맡긴 뒤에는 여유시간이 생겼지만, 곧바로 시간강사 자리를 얻었기에 그 여유도 사라졌다. 일이 생기니 업무에 적응하느라 아이들이 어떻게 지내는지조차 묻지 못했다.

아이들이 초등학교에 들어간 뒤에도 계속 쫓기며 살았고, 생활은 빡빡했다. 집안일은 여전히 서툴렀고, 시댁은 부담스럽고, 강의는 버거웠다. 무엇보다 내 뜻대로 되지 않는 아이들이 나를 힘들게 했다. 아이들 교육 문제 때문에 남편과 말다툼도 잦았다. 아이들과 가끔 놀아주기만 하는 남편은 내버려두면 알아서 큰다는, 하나 마나 한 주장만 반복했다. 남편에게는 아이들 앞에 놓인 문제를 해결할 의지가 없었다. 몸이 고된 집안일은 혼자 해도 되지만 마음이 고된 육아는 나눠서 짊어지면 좋겠는데, 아무리 요구해도 남편은 시종일관 방관자로 머물렀다.

어느 날이었다. 나는 설거지를 하고, 종욱이는 앉아서 숙제를 하고, 세아는 컴퓨터로 학교에서 발표할 PPT를 만들고 있었다. 오후부터 몇 번이나 아이들과 티격태격했던 터라 몹시 피곤했다. 설거지를 하며 수시로 아이들을 감시했다. 아들은 몸을 비비 꼬며 숙제를 하는 둥 마는 둥 하다가 내 시선이 느껴지면 그때만 하는 척했다. 저러다가는 잘 시간이 되어도 숙제를 끝내지 못할 것 같았다. 그런 식으로 숙제를 마무리하지 못한 적이 많았기에 슬슬 짜증이 났다. 결국 설거지를 하던 뒤집개를 들고 출동했다.

"너 숙제 안 해?"

뒤집개가 종욱이 머리 위를 휘저었다.

"또 선생님이 엄마한테 전화하게 만들기만 해봐."

뒤집개에 묻은 거품이 바닥에 떨어졌다. 나는 씩씩대며 거품을 닦았다. 내 잔소리보다 거품을 닦으면서 내뱉은 짜증이 종욱이에게는 더 압박이 된 것 같았다. 종욱이가 제대로 숙제에 매달리는 걸 확인하고 세아를 봤다. 세아는 컴퓨터로 딴짓을 하다가 뒤집개 사건이 벌어지자 잽싸게 PPT를 만드는 척했다. 세아에게도 한마디 하려다 꾹 참았다.

다시 싱크대 앞으로 돌아왔다. 잠시 설거지에 집중하는 사이 거실에서 소란이 일었다.

"내 색연필이야!"

"쫌 쓰자고."

"건들지 마!"

"숙제해야 돼."

종욱이가 숙제를 하려고 색연필을 사용하려는데 세아가 자기 거라고 심술을 부리면서 일어난 힘겨루기였다.

"못돼 처먹은 이기주의자!"

"뭐? 이게 진짜…."

세아가 종욱이 등짝을 때렸다. 종욱이가 손에 쥔 색연필을 휘둘렀다. 색연필이 세아 어깨를 쳤고, 흥분한 세아는 더 세게 종욱이를 때렸다. 결국 둘이 엉키면서 격렬한 몸싸움이 벌어졌다.

인내심이 한계치를 넘어갔다. 깨끗이 씻은 뒤집개를 다시 꺼내 들었다. 뒤집개를 휘두르며 전투가 벌어진 현장에 진입했다. 뒤집개가 허공을 가르자 아이들이 놀라서 떨어졌다. 뒤집개로 한 대씩 패려다가 그러면 아동학대라는 생각이 들어 손바닥으로 등짝을 한 대씩 후려쳤다. 짧았지만 전투는 강렬한 흔적을 남겼다. 색연필은 산산조각이 나서 바닥에 나뒹굴고, 종욱이가 하던 숙제는 찢어지고, 마우스는 망가졌다.

깨진 색연필 조각을 치우고, 바닥에 묻은 자국을 지우면서 고민했다.

'애들을 어떻게 키워야 할까?'

'아이들이 클수록 더 감당하기 힘든 과제가 기다린다는데….'

'내 잘못으로 아이들이 잘못되면 어쩌지?'

걱정이 복어 배처럼 부풀어 올랐다. 이대로는 안 되겠다 싶었다. 모르면 배워야 한다는 신념에 따라 없는 시간을 쥐어짜서 배우러 다녔다.

나는 결혼 바로 전까지 이과 쪽 공부만 하고 문과 계통 공부나 책은 쳐다보지도 않았다. 대학 때 어쩔 수 없이 교육학을 공부한 적은 있지만 그 지식은 시험 때까지만 기억하고 곧바로 까먹어서 머릿속에는 흔적조차 남아 있지 않았다. 인문학 쪽은 생초보인 내가 심리학이나 철학과 같은 분야를 공부하려니 난감했다. 기를 쓰고 책을 읽어도 혼자서는 도저히 공부가 안 되기에, 독학은 불가능하다는 것을 깨닫고 수소문 끝에 독서 모임에 가입했다. 도서관에서 개최하는 강좌에 등록해 몇 개월씩 이어지는 강의도 들었다. 유명한 강사가 온다고 하면 어떻게든 시간을 맞췄다. 모두가 아이들을 잘 키우기 위한 몸부림이었다.

교육을 받고 책을 읽으면 읽을수록 심한 자책감이 들었다. 그동안 내가 한 잘못이 자식들에게 트라우마가 될지도 모른다는 생각에 눈물을 흘리기도 했다. 옛날 습관이 불쑥 올라와 실수를 저지르고 나면 자책감에 휩싸여 밤새 이불을 찼다. 그렇게 꾸준히 공부하고 노력한 덕분에 협박하고 비난하는 습관은 꽤 많이 떨쳐냈지만, 문제는 그다음이었다. 힘을 통한 통제를 버리고 나니 아이들을 어떻게 할 방법이 없었다. 공감하고 소통하라는 말은 무척 쉽게 들렸지만, 실천은 날이 갈수록 어려웠다.

얼마 전에는 강의에서 배운 대로 공감하는 언어를 썼더니 딸이 발끈했다. 처음에는 좋아하다가 나중에는 그만 좀 하라면서 버럭 화를 냈다. 도대체 왜 그런지 모르겠다. 강의실에서 들을 때는 무조건 잘 먹힐 처방 같은데, 실제로 해보면 엉뚱한 반응이 나오는 이유를 모르겠다. 특히 딸이 문제다. 아들은 아직 순진해서 배운 대로 하면 잘 먹히는데, 딸은 머리가 커서 그런지 몰라도 될 때보다 안 될 때가 더 많다. 내가 미숙해서일까? 아니면 딸이 까칠한 걸까?

늦었다며 후다닥 나가려는 딸을 겨우 붙잡아 몇 숟가락 떠먹였다. 분명히 걱정스러운 일이 있는데 털어놓지 않는 것이 야속했다. 내가 도움이 안 된다고 판단하는 걸까? 내가 알면 오히려 방해가 된다고 여기는 걸까? 그것도 아니면 이미 내가 건드릴 수 없을 만큼 문제가 곪아버린 걸까? 딸이 6학년 때 겪었던 일이 떠올라 괜히 걱정되었다.

질끈 묶은 머리카락이 현관문 위로 어른거리는데 갑자기 억울함이 올라왔다. 왜 좋은 엄마가 되라는 책은 많은데 좋은 자식이 되라는 책은 없을까? 자식도 좋은 자식이 되기 위해 노력해야 하지 않을까? 왜 다들 엄마에게만 잘하라고 요구할까? 왜 이 힘든 일을 엄마에게 몽땅 떠넘긴 채 다들 무관심할까? 나는 감당할 능력이 안 되는데…. 가능하기만 하다면 좋은 엄마 역할도 그만두고 싶은데….

좋은 엄마가 무엇인지, 자녀를 잘 키우는 방법이 무엇인지 숱한 강의를 들었다. 책도 많이 읽었다. 처음에는 그게 모범답안인 줄 알았지만, 갈수록 의문이 든다.

─ 책과 강의에서 말하는 엄마가 이 세상에 정말 존재할까?
─ 엄마는 공감과 소통을 위해 노력하는데, 귀에 이어폰을 몰

래 꽂고 듣는 척만 하는 딸에게 등짝 스매싱을 날리면 안 될까?

— 부모에게 버릇없이 굴고 이유도 없이 짜증을 내며 대드는 딸에게 화를 내면 안 될까?

강사한테, 작가에게 따지고 싶었다. 물론 실제로 따진 적은 한 번도 없다. 늘 문제가 생긴 원인은 내 부족함에서 찾았다. 부족함을 느낄 때마다 죄책감과 후회로 괴로웠다. 예전에는 등짝을 한 대 때리고 나서도 금방 기분이 풀려서 애들과 같이 어울렸는데, 이제는 그게 안 된다. 왜 참지 못하고 화부터 냈는지 자책하느라 감정이 쉬이 풀리지 않는다.

이런저런 잡념에 시달리느라 멍하니 앉아 있는데 아들이 우당탕탕 시끄럽게 들어왔다. 마음을 다잡고 좋은 엄마가 되어 아이를 맞이하기 위해 현관으로 나갔다. 하지만 단단한 각오는 곧바로 뒤틀렸다. 아이가 끌고 나간 자전거가 반쯤 부서진 상태였기 때문이다. 곳곳이 꺾이고 뒤틀려서 수리도 불가능해 보였다. 혹시나 아들이 다쳤는지 살폈는데 몸은 멀쩡했다.

"어떻게 된 거야?"

"친구가 타다가 자전거를 하수구에 처박았어."

"그 친구는 많이 다쳤니?"

"살짝 긁히기만 하고 괜찮아."

다치지 않았다니 안심이 되면서 슬슬 짜증이 치밀었다. 비싼 자전거이기 때문이다. 아들이 아빠를 몇 달씩 귀찮게 따라다니며 졸라서 산 자전거였다. 그 전에 산 자전거도 몇 번 망가뜨렸기 때문에 남편은 비싼 자전거를 사주지 않으려 했다. 그렇지만 아이는 절대 고장 내지 않겠다고 다짐에 또 다짐을 하며 집요하게 아빠를 따라다녔다. 몇 달 동안 괴롭힘을 당한 끝에 남편은 결국 항복했다.

그런 자전거를 자기가 탄 것도 아니고 친구에게 맡겼다가 망가지게 했으니 짜증이 치밀 수밖에 없었다. 조금 전까지 나를 지배하던 억울함도 뒤엉켰다. 나는 독서와 학습을 통해 익힌 방법이 아니라 예전과 같은 방법으로 아들을 다그쳤다. 갑작스럽게 엄마가 불같이 화를 내니 아들은 심하게 당황했다. 실컷 야단을 치면 속이 풀릴 줄 알았는데 더 짜증이 났다.

그때 세아가 다니는 학원에서 문자가 왔다. 오늘 본 시험의 결과를 알리는 문자였는데, 점수를 보고 깜짝 놀랐다. 이제껏 본 적이 없는 점수였다. 공부를 아예 안 하고 시험을 치른 듯했다. 책과 강의에서 배운 바에 따르면 점수가 아니라 태도를 지적하라고 했다. 잔소리를 안 하고 믿고 맡기면 스스로 잘한다고 했다. 그런데 내 스마트폰에 찍힌 문자는 내 배움이 틀렸다는 것을 반증하고 있었다. 불신이 꿈틀거렸다. 스스로 화들짝 놀라서 불신을 얼른 밀어냈다. 책과 강사가 틀릴 리 없다. 그렇다면 혹시 아들과 딸이 짜고 엄마를 괴롭히기로 작정한 걸까?

씻고 나온 아들은 얼굴이 밝았다. 아무래도 조금 전에는 야단을 덜 맞으려고 가짜로 죽을상을 했던 것 같았다. 나는 속상해서 미치겠는데, 정작 일을 저지른 녀석은 환한 낯빛으로 아무렇지 않은 걸 보니 심술이 났다.

"넌 반성도 안 해?"

느닷없는 지적에 아들이 움찔 놀랐다.

"야단맞은 지 몇 분이나 지났다고…."

이글거리는 내 눈빛을 마주한 종욱이가 얼른 고개를 숙였다.

"사고를 쳤으면 반성하는 척이라도 해."

종욱이는 거북목처럼 머리를 쭉 내밀어서 아래로 늘어뜨리고는 자기 방으로 조용히 들어갔다. 풀이 죽은 모습이 안쓰럽기도 했지만 야단이 먹힌 듯해서 조금 분이 풀렸다.

퇴근한 남편은 찌그러진 자전거를 보고 기겁했다. 내가 어떻게 된 일인지 설명했다. 종욱이가 사고 칠 때마다, 야단 좀 치라고 그렇게 부탁해도 들은 척도 안 하던 남편이 불같이 타올랐다. 평소에 조용하던 아빠가 심하게 야단치니 아들은 기가 죽어서 눈물을 글썽댔다. 남편은 길길이 날뛰다가 종욱이에게서 반성과 약속을 명확하게 끌어내지도 않은 채 씩씩거리며 안방으로 들어가 버렸다. 아들을 야단친다기보다 자기 분만 풀고 들어가 버린 것이다.

그런 남편이 실망스럽기도 하고, 무섭게 야단을 맞아서 잔뜩 풀이 죽은 아들이 안쓰럽기도 했다. 그래도 조금은 달래줘야 할 것 같아서 아들 방으로 갔다.

"자전거가 망가져서 나도 속상한데…."

아들 눈에서 물방울이 뚝뚝 떨어졌다.

다시 후회가 밀려왔다. 감정 언어를 써야 하는 순간에 나는 또 사실에 집중하고 말았다. 아들도 속상해한다고 남편에게 말해야 했는데, 도리어 사실에 집중하게 만들었다. 역시 나는 모자란 엄마다.

"종욱이가 얼마나 속상한지 엄마가 몰랐어."

나는 종욱이 어깨에 손을 얹었다.

"엄마가 성급했어. 미안해."

종욱이 어깨가 살짝 떨렸다.

아들은 제법 굵어진 팔뚝으로 눈물을 닦더니 울음을 가라앉히려고 애썼다. 어깨를 토닥이며 부드럽게 달랬더니 떨리던 어깨가 진정되었다.

"아빠도 속상해서 그런 거니까 너무 서운해하지 마."

종욱이가 느릿하게 고개를 끄덕였다.

겨우 진정이 된 듯하여 어깨를 꼭 껴안아 준 뒤에 일어서는데 세아가 들어왔다.

"잘하는 짓이다. 절대 안 망가뜨린다고 큰소리치더니….”

기껏 달래놨더니 세아가 종욱이를 향해 칼을 날렸다.

종욱이 얼굴이 벌겋게 달아올랐다.

"째려보면 어쩔 건데?”

세아가 계속 종욱이에게 도발했다. 그대로 두면 또 둘이 싸울 것 같았다. 나는 재빨리 세아를 끌고 방으로 가서는 문을 닫았다. 종욱이한테 하던 대로 달래야 했지만 내키지 않았다. 어차피 감정언어를 써봐야 통하지도 않을 세아였다. 무엇보다 자기는 시험을 망치고도 아무렇지 않은 척하면서 동생을 구박하는 꼴이 거슬렸다.

나는 입을 꾹 다문 채 점수가 찍힌 문자를 세아에게 내밀었다.

"실수해서 그래."

"아무리 그래도 그렇지, 이 점수가 실수로 맞을 점수니?"

"엄마는 또 왜 그래? 언제는 점수로 야단치지 않겠다며?"

다른 말은 잘도 까먹으면서 자기한테 유리한 말은 절대로 잊지 않는 딸이다. 본인에게 유리한 쪽으로만 기억력이 비상하게 작동한다. 공부에 저 기억력을 쓰면 얼마나 좋을까?

"점수가 태도를 말해주잖아."

"실수라고, 실수!"

어이가 없었다. 딸이 자꾸 내 감정을 건드렸다. 낮에 배운 감정 언어는 저 깊은 곳으로 사라져버렸다. 그동안 배운 방법과 원칙은 간 데 없고 예전처럼 세아를 다그쳤다.

"실수를 이렇게 많이 해?"

딸이 입술을 삐죽 내밀었다.

"핑계도 그럴듯하게 대."

딸이 콧잔등을 찡그렸다.

"대충 하려면 하지 마. 하기로 했으면 제대로 해."

이건 진심이었다.

딸은 어깨를 끌어올리며 숨을 깊이 들이마셨다. 반격을 준비하는 자세였다.

"어제 엄마가 저녁에 해준 닭볶음탕은 맛이 별로였어."

예상치 못한 반격이었다. 어처구니가 없어서 팔짱을 꼈다.

"맛이 없었지만 엄마가 정성 들여서 만드는 과정을 봤으니까 내색하지 않고 먹었어. 음식은 맛보다 정성이 중요하니까."

딸이 어깨를 으쓱했다.

"시험은 못 봤지만 나는 나름 열심히 공부했어. 그러니까 내가 맛없는 요리를 내색하지 않고 먹었듯이 엄마도 내 점수를 그러려니 하고 넘어가면 좋겠어."

저런 논리는 또 어디서 배웠을까? 어처구니없는 논리에 바로 반박하려다 입을 다물었다. 갑자기 오늘 배운 감정 언어를 제대로 활용하지 못하는 내 상황이 딸과 비슷하다는 사실을 깨달았기 때문이다.

나도 배움을 제대로 실천하지 못한다. 배워놓고 실수하고, 책을 읽고 까먹는다. 나는 어른이고 딸은 아직 10대이니 딸보다 내가 더 문제다. 딸은 공부한 걸 시험으로 확인하고, 엄마인 나는 배운 걸 실전에서 확인한다. 딸은 숫자로 점수가 나오고, 엄마인 나는 자식들의 태도와 반응으로 점수를 받는다. 시험 보는 것도 어렵고, 실천하는 것도 어렵다. 딸은 시험을 망쳤다. 나도 배운 대로 해내지 못했다. 딸도 엄마도 나란히 시험을 망친 날이었다.

생각이 거기에 미치자 뒤로 밀쳐두었던 감정 언어를 다시 꺼내는 여유가 생겼다. 쥐어짜서 끄집어낸 감정 언어라 조금 억지스러웠다. 강사가 봤다면 잔뜩 지적을 늘어놓을 언어였다. 억지 감정을 뿌려놓고 한숨을 숨기며 방을 나가는데 세아가 한마디 했다.

"엄마, 이번엔 괜찮았어!"

세아가 얄밉게 웃었다. 칭찬인지 놀림인지 종잡을 수 없는 말이었다. 한 대 쥐어박고 싶은 충동을 꾹 참고 방문을 닫았다.

그걸로 끝이면 좋겠는데 넘어야 할 산이 하나 더 남아 있었다. 토라지고 화가 난 남편을 달래야 한다. 저대로 놔두면 며칠 동안 아들과 말도 안 할 것이다. 그러다가 돌이킬 수 없는 관계가 될 수도 있기에 내버려두면 안 된다. 아들에게 쌓인 악감정을 풀어 줘야 한다. 다시 아들에게 다가갈 수 있는 상태로 만들어야 한다. 남편을 위해서만은 아니다. 아들에겐 아빠가 필요하다.

그렇지만 남편은 험악한 바위산처럼 오르기 쉽지 않다. 남편 에게까지 감정 언어를 사용할 만한 도전 의지가 내게는 전혀 남 아 있지 않았다. 설령 의지가 있다고 해도 통할지 자신이 없었다. 남편에게는 묵묵히 참고 하소연을 들어주고 달래는 방법이 가장 잘 통했다. 남편과 어떤 대화가 오갈지 뻔히 보였다. 지난한 과정 을 떠올리니 막막했다. 시작도 안 했는데 벌써 지쳤다.

'아들을 위해서.'

종욱이를 떠올리며 허기진 감정을 어렵게 다독였다. 산은 그 만 넘고 싶었지만 어쩔 수 없었다. 나는 문고리를 돌리며 안방으 로 들어갔다.

왜 좋은 엄마가 되라는 책은 많은데

좋은 자식이 되라는 책은 없을까?

자식도 좋은 자식이 되기 위해 노력해야 하지 않을까?

왜 다들 엄마에게만 잘하라고 요구할까?

주름은 몸이 내보인 나이테
주름을 펴려는 시도는
시간을 거부하려는 서글픈 욕망

외모를 인격으로 취급하는 세상에서
거울에 붙잡힌 한숨은
뭐라도 해야만 한다는 강요

탱탱함을 잃은 피부와
부풀고 처진 뱃살은
자기 관리를 못했다는 낙인

타인의 시선을 위해
무너진 자존감을 위해
뭐든 하겠다고 결심하지만
언제나 그렇듯
결심은 오늘
실행은 내일부터

2

# 주름과 뱃살의 이중주

# 엄마

화장실에서 손을 씻다가 거울을 봤다. 눈꼬리에 달린 잔주름이 늘었다. 뇌에는 주름이 늘고 피부에는 주름이 줄어야 하는데, 자꾸 그 반대가 된다. 손끝으로 주름을 눌렀다. 손을 떼자 주름이 다시 돌아왔다. 무엇보다 점점 짙어지는 팔자주름이 거슬렸다. 손가락으로 누르고 당기기를 거듭할수록 얼굴에 대한 불만도 커졌다. 화장실에서 나오며 스마트폰을 꺼냈다. 젊었을 때 예쁘게 찍은 사진들을 보며 서글퍼하는데, 옛 친구한테서 오랜만에 연락이 왔다. 꽤 오랫동안 통화를 못 했음에도 전화를 받자마자 나는 내 외모에 관한 불평을 늘어놓았다. 오랜 친구라서 가능한 투정이었다.

"넌 그대로야. 하나도 안 변했어."

친구가 날 위로했다. 듣기 좋으라고 하는 말인 줄은 알지만 그래도 서글픔이 조금 누그러졌다.

친구는 자기 관리를 잘한다. 젊었을 때만큼은 아니지만 꾸준히 관리한 덕분에 예전의 몸매를 거의 그대로 유지하고 있다. 그동안 세우고 어기길 반복했던 운동 계획을 떠올렸다. 계단 오르기, 자전거 타기, 산책하기, 요가 등 하려고 계획했던 운동은 많았다. 물론 제대로 해낸 운동은 하나도 없다. 머리를 채우는 계획은 꽤나 실천을 잘하는 편인데, 몸을 가꾸는 계획은 늘 실패한다. 아무래도 몸을 위해서 시간을 들여야겠다. 이번 결심도 며칠이나 갈까 싶지만….

주름을 가리기 위해 어느 때보다 화장에 공을 많이 들였다. 정성을 들여서 바르고 꾸몄지만 아무리 노력해도 만족스러운 얼굴은 나오지 않았다.

"나이는 어쩔 수 없지."

애써 스스로를 위로하며 화장을 마무리하고 출근하려는데 혜진이가 조그만 케이크 상자를 들고 나타났다. 상자를 열어보고는 깜짝 놀랐다.

"설마, 날 주려고 직접 만든 거야?"

초록빛 단상 위에서 세련된 정장을 입고 강의하는 나를 형상화한 케이크였다. 강의하는 순간을 표현한 모양인데, 생생하고 세밀한 묘사에 저절로 감탄이 나왔다.

"그냥 재료가 많이 남아서 언니 것도 만들었어요."

말은 그렇게 했지만 얼마나 많은 정성을 들였을지 짐작이 되었다. 내가 주인공인 케이크는 처음이라 감동이 클 수밖에 없었다. 보면 볼수록 매력이 넘치는 케이크였다.

"도대체 이걸 어떻게 만들었어?"

"슈가 파우더에 중탕으로 녹인 젤라틴을 넣고, 물엿과 쇼트닝을 잘 섞은 다음, 계란 흰자와 레몬즙을 넣어 반죽을 만들어요. 그 반죽은 탱탱해서 굴리고 밀고 당기면 모양을 만들기 쉬워요. 애들 점토 놀이랑 비슷하죠. 원하는 색깔이 있으면 식용색소를 이용하면 되고."

혜진이는 참 쉽게 말했다. 듣기만 하면 간단한 작업 같지만 막상 하려고 하면 손이 엄청 많이 가는 작업이다. 세아가 어릴 때 간단한 쿠키를 같이 만들려다가 온 집에 난리가 난 뒤로 나는 절대 집에서 쿠키나 케이크를 만들려는 시도를 하지 않는다. 더구나 캐릭터를 직접 만드는 케이크라니, 나로서는 시도할 엄두조차 내지 못할 작품이었다. 먹지 않고 영원히 보관하고 싶었다. 내가 사진을 찍으려 했더니 혜진이가 연출까지 해서 잘 찍은 사진도 보내줬다. 사진을 보니 그 세밀함이 실물보다 잘 드러났다. 그러다 캐릭터에서 나와 다른 점을 찾아냈다.

"주름이 없네."

아무래도 조금 전까지 주름에 잔뜩 신경을 쓴 탓에, 말끔한 얼굴에서 어색함을 느낀 것이다.

"넣어드려요?"

혜진이가 놀리듯이 말했다.

"아냐, 됐어."

나는 얼른 손사래를 치며 웃었다. 그러다 혜진이 얼굴에 눈이 갔다. 익숙한 주름이 보이지 않았다. 혜진이는 미간에 자꾸 주름이 진다면서 고민이 많았는데 그 주름이 흔적조차 보이지 않을 뿐 아니라 반짝반짝 윤이 날 정도로 매끈했다.

"미간에… 주름이 없네?"

"아, 이거요."

혜진이가 손끝으로 슬쩍 반질반질한 부위를 만졌다.

"이거, 필러 했어요."

"필러? 그거 비싸지 않아?"

"아뇨. 명진 씨랑 같이 가서 했는데 생각보다 싸던데요?"

"남편이랑 같이 했어?"

"언니, 제가 말했잖아요. 명진 씨가 외모에 관심이 많다고. 이것도 제가 아니라 명진 씨가 먼저 같이 하자고 했어요."

남편이 참 특이하다고 하려다 옛날 사람으로 취급받을까 봐 그만두었다.

"만족해?"

"그럼요. 거울 보는 맛이 나요."

맑게 웃는 혜진이가 예쁘게 만든 케이크 같았다.

"얼마 전에 시어머님 때문에 기겁했잖아요."

혜진이 시어머니는 상당히 독특하다. MZ세대가 나이를 갑자기 먹어서 시어머니가 된 것 같은 분이다. 칠순이 넘었는데도 최신 유행을 좇아서 옷을 입고, 음악도 힙합을 좋아하고, SNS 활동은 기본에, 인터넷 개인방송도 하신다. 당신 아들이 고등학생 때 쌍꺼풀 수술을 시켰을 정도로 성형에 긍정적이다.

"시어머님도 얼굴 관리를 꾸준히 받으시는데, 글쎄 현지가 쌍꺼풀이 아니라고 시술을 해주시겠다는 거예요."

현지는 혜진이 딸이다.

"현지는 이제 4학년이잖아?"

"지금 당장은 아니고, 6학년이 되면 해주시겠대요."

"6학년이어도 빠르지."

"그러니까요. 절대 현지 앞에서는 그런 말씀 마시라고 신신당부를 드렸어요."

남편은 얼굴에 칼 대는 걸 끔찍이 싫어한다. 아마 필러와 같은 단순한 시술도 반기지 않을 것이다.

"언니도 해보실래요?"

"글쎄…."

망설이면서도 나도 모르게 손이 팔자주름으로 향했다.

"일단 상담만 받아보세요. 생각보다 저렴해요."

혜진이는 마치 성형외과 상담실장처럼 나를 설득했다. 나는 홀딱 넘어가서 출근길에 혜진이가 소개해준 성형외과로 상담을 받으러 갔다. 처음에는 간단히 팔자주름을 없애는 필러 시술이 얼마나 되는지만 알아보려 했다. 그러나 화려하고 현란한 상담실장의 말재주에 넘어간 나는 상담이 끝날 때쯤 필러뿐 아니라 실리프팅 시술까지 한꺼번에 받기로 하고 수십만 원이나 되는 돈을 결제하고 있었다. 시술은 곧바로 가능하다고 했다. 워낙 간단하다고 해서 부담감이 느껴지지 않았다. 내 앞에 간단한 필러 시술을 받아야 하는 고객이 두 명 있어서 잠시 기다려야 했다.

대기실에서 고급스러운 커피를 마시며 예쁜 모델들이 나오는 잡지를 보다가 갑자기 현실을 자각했다. 뭐하는 짓인가 싶었다. 얼굴에 난 모든 주름을 다 없애고 처진 피부를 당겨 V라인을 만드는 시술까지 단번에 받겠다고 결정한 내가 어처구니없었다. 아무리 주름이 거슬려도 이렇게 급작스럽게 시술을 받는 것은 나답지 않았다. 주름을 펴는 데 돈을 쓸 만큼 여유 있는 처지도 아니었다. 나는 벌떡 일어났다. 통화를 하는 척하고는 집에 급한 일이 생겨서 가봐야 한다며 결제를 취소했다. 나중에 꼭 시술을 받겠다는 지키지 않을 약속을 남기고 허겁지겁 성형외과를 빠져나왔다.

수업을 하는 내내 탱탱한 피부에 주름 하나 없는 학생들의 얼굴에서 눈을 떼지 못했다. 손끝으로 누르면 고무공처럼 통통 튈 것 같은 피부가 참 부러웠다. 시술을 받으면 나도 저런 피부가 될지 모른다는 허무맹랑한 상상도 해봤다. 충동이 내 이성보다는 약했지만, 끈질기게 살아남아 나를 유혹했다.

수업이 끝나자 내 앞에는 보고서가 수북이 쌓였다. 시술을 하고 싶다는 욕망이 불쑥불쑥 치밀어서 보고서에 집중하기 어려웠다. 그러다 다시 한번 현실을 자각했다. 이렇게 늑장을 부리다가는 일거리를 집으로 들고 가는 상황이 될 수도 있기 때문이다. 학교 업무를 집으로 가져가지 않겠다는 결심을 지키려면 채점을 빨리 끝내야 했다. 데이터가 정확한지 확인해야 하기에 꼼꼼한 점검이 필요했다. 집중력과 긴장감을 끌어올려서 보고서를 살폈다. 일단 몰입하니 더는 주름 생각이 나지 않았다.

한참 채점에 몰두하는데 선영이한테서 전화가 왔다.

"일하는 중이지?"

"잠깐은 괜찮아. 무슨 일이야?"

"샤샤랑 놀던 세아가 영준이랑 친구들이 들어오니까 도둑이 도망치듯 집을 빠져나갔어."

"걔가? 왜?"

"나도 몰라. 영준이한테 물어봤는데 자기도 영문을 모르겠대.”

영준이는 선영의 첫째 아들이다. 평상시에 교류가 잦아서 불편을 느낄 이유가 딱히 없는데 왜 그랬는지 짐작이 되지 않았다.

“한참 예민한 나이라 내가 물어볼 수도 없고.”

“알았어. 내가 전화해 볼게.”

나는 보고서를 옆으로 밀치며 세아에게 전화를 걸었다.

“엄마, 왜?”

“선영이 이모한테서 전화 왔어.”

세아가 거칠게 숨을 몰아쉬는 소리가 들렸다.

“영준이가 친구들과 들어오니 갑자기 뛰쳐나갔다고 하던데, 무슨 일 있니?”

“별일 아냐.”

세아가 새침하게 대꾸했다. 털어놓기 싫은 기색이 느껴졌다. 무슨 일이 벌어졌는지 알아야 도움을 주는데, 자꾸 숨기려 드니 답답했다. 세아가 6학년 때 겪었던 사건이 떠올랐다. 또다시 그때처럼 뒤늦게 후회하는 일이 벌어지지 않을까 걱정스러웠다.

“엄마가… 걱정돼서.”

배워서 꺼낸 감정 언어가 아니었다. 정말 걱정이 되자 자연스럽게 나온 표현이 ‘걱정’이었다.

“걱정 마. 나 빨리 집에 가야 해. 끊어.”

세아에게는 내 걱정이 전혀 전해지지 않은 듯했다.

"세아야, 그게….."

전화가 툭 끊겼다. 무슨 일 때문에 뛰쳐나갔을까? 분명히 중요한 일인데 왜 아무렇지 않은 척할까? 엄마가 자신에게 아무런 도움이 안 된다고 여기는 걸까? 사춘기 호르몬에 바람이라도 분 걸까?

평정심이 흔들렸다. 딸이 어떻게 반응하든 흔들리지 않으려고 결심했는데, 쉽지 않았다. 첫째라 어릴 때 못 준 사랑을 채워주고 싶은 욕심이 또다시 내 발목을 잡는 듯했다. 강의에서 만난 선생님들은 그 욕심을 내려놓고 딸은 딸대로 살게 하고, 엄마는 엄마대로 살라고 충고하지만 그게 쉽지 않다. 흔들리는 감정을 억지로 다스렸다. 심호흡을 하고 걱정을 밀어냈다. 보고서 뭉치를 앞으로 당겼다. 원자 기호와 분자식과 숫자들이 어지럽게 흔들렸다.

"괜찮아. 괜찮을 거야."

말은 괜찮다고 했지만 감정은 그 말을 그대로 받아들이지 않았다.

"평정심, 평정심을….."

보고서를 덮었다. 나도 모르게 한숨이 나왔다.

"일을 집으로 가져가면 안 되는데….."

어쩔 수 없었다. 미처 채점하지 못한 보고서를 챙겼다.

# 딸

    점심을 배불리 먹고 칫솔질을 하는데 최서윤이 툭 치고 들어왔다.

    "몇 개월이세요?"

    무슨 뜻인지 몰라서 속뜻을 물었다.

    "임신 몇 개월이시냐고요?"

    서윤이가 내 배를 가리켰다.

    "야, 최서윤!"

    나는 하마터면 손에 든 칫솔로 서윤이를 때릴 뻔했다.

    "배에 힘 좀 주고 다녀."

    서윤이는 끝까지 내 속을 긁었다.

    서윤이를 먼저 보내고 거울에 내 몸을 비췄다. 앞으로 보다가 옆으로 틀었다. 힘을 빼니 배가 삐죽 밀고 나왔다. 불룩하게 튀어나온 꼴이 꼭 올챙이 같았다. 힘을 주니 배가 쏙 들어갔다. 다시 힘을 뺐다. 조금 전보다 더 많이 튀어나왔다.

'어제저녁에 야식을 많이 먹어서 그런가?'

아무래도 당분간 야식은 끊어야겠다. 나는 배에 힘을 주고 화장실을 나섰다. 교실까지 오는데 괜히 남들 눈치가 보였다. 안 그래도 몸에 불만이 많은데 살 걱정까지 달라붙으니 기분이 우울했다.

먼저, 몸 중에서 나는 키가 제일 불만이다. 살이야 빼면 그만이다. 독하게 마음먹으면 그깟 살을 못 빼겠는가? 정 안 되면 지방흡입술을 해도 된다. 그러나 키는 청소년기에 자라지 않으면 영원히 그대로다. 아무리 노력하고 많은 돈을 들여도 어쩌지 못하는 게 바로 키다. 나는 내가 165센티미터까지는 클 거라고 믿었다. 의사도 그렇게 말했다. 아빠가 180센티미터고 엄마도 160센티미터가 넘으니 타당한 기대치였다. 기대대로 초등학생 때는 키가 잘 자랐다. 159센티미터까지는 아무 걸림돌이 없었다. 그런데 1센티미터가 장벽이 되어 가로막았다. 딱 1센티미터만 자라면 160센티미터인데 누가 큰 돌을 머리에 얹어놓은 듯 도통 자랄 생각을 안 했다. 키 크는 데 좋다는 일은 다 했다. 엄마를 졸라서 약도 먹었지만 그 1센티미터를 돌파하지 못했다. 나는 1센티미터만 더 자라길 간절히 바랐다. 겨우 1센티미터니 이루어지리라 믿었지만, 안타깝게도 내 소망은 몇 년째 이루어지지 않고 있다.

다음으로, 내 몸인데 내 뜻대로 조절이 안 되는 것이 불만이다. 내 몸은 내 뜻과 따로 놀 때가 종종 있다. 머리는 시킨 적이 없는데 손이 제멋대로 움직인다. 머리는 수업에 집중하고 있는데 수업이 끝나고 보면 공책에 낙서가 가득하다. 머리가 지시한 번호대로 손이 표시하지 않아서 답을 틀린 적도 많다. 머리는 참으라고 하는데 손은 스마트폰을 제멋대로 만지다 엄마에게 혼나기도 했다. 다리도 제멋대로여서, 내가 시키지도 않았는데 편의점으로 나를 끌고 가거나 다른 반으로 나를 옮겨놓는다. 이 증상은 체육시간에 가장 심하게 나타난다. 분명히 위로 던지라고 시켰는데 아래로 던지고, 왼쪽으로 피하라고 지시했는데 오른쪽으로 움직여서 공에 맞는다. 체육시간만 되면 내 몸은 내 의지에서 독립해 제멋대로 군다. 동생은 운동을 잘한다. 같은 부모에게서 태어났는데 나는 왜 이 모양인지 모르겠다.

　이 정도는 그 녀석(?)이 일으키는 말썽에 견주면 사소하다. 오늘도 그 녀석이 사고를 쳤다. 제멋대로인 몸과 힘겹게 겨루는 체육시간이었다. 왼쪽을 겨냥하고 던진 공이 오른쪽으로 가는 바람에 공을 상대편에게 빼앗겼다. 눈총이 빗발처럼 쏟아져서 '미안해'를 연발하는데, 갑자기 그 녀석에게서 위급한 신호가 왔다. 배를 움켜쥐었다. 아슬아슬하게 틀어막았다. 입을 열면 힘이 빠질 것 같았다. 나는 다급히 정혜를 찾았다. 정혜는 내 꼴을 보고 어떤 상황인지 바로 알아챘다.

"빨리 가. 쌤한테는 내가 말할게."

나는 조심스럽게 걸음을 옮겼다. 다리가 엉뚱한 짓을 벌이지 않기를 간절히 바랐다.

"이세아!"

체육 선생님이 내 이름을 불렀다. 난 멈출 수 없었다.

"너 어디 가?"

"쌤!"

정혜가 구원자로 나섰다.

"급똥이에요."

정혜 목소리는 내 귀에도 들릴 만큼 컸다. 애들이 미친 듯이 웃었다. 창피했지만 똥이 더 급했다. 변기에 도달하기까지 아슬아슬한 위기가 여러 번 찾아왔다. 혹시 실수할까 봐 식은땀이 났다. 나는 재빨리 손끝을 세게 누르고, 인중을 두드린 다음 옆구리를 쓰다듬었다. 긴장감이 조금은 누그러지는 듯했다. 급똥을 막는 방법이라면서 이정준이 알려주었는데, 제법 쓸 만했다.

이정준이 그런 정보를 알려준 이유는 내 급똥이 나름 유명하기 때문이다. 수업시간에 급똥이라며 다급히 나가는 건 기본이고, 시험을 보는 도중에 급똥이 찾아와서 시험을 통째로 날릴 뻔하기도 했다. 친구들과 재미난 영화를 보다가 급똥 때문에 반전 부분을 놓치기도 했다.

또 다른 불만은 얼굴이다. 초등학교 때는 나름 예쁘다고 자신했다. 그래서 화장에 관심을 두지 않았는데, 중학생이 되면서 내 얼굴에 확신이 서지 않게 되었다. 발단은 남자애들이 던지는 시선이었다. 드라마에 흔히 나오는 장면처럼 우연찮게 남자애들이 하는 대화를 엿듣게 되었다.

'○○○은 코가 이상하지 않냐?'

'△△△은 쌍꺼풀이 없어서 별로야.'

'◎◎◎은 입술이 얇아서 매력이 없어.'

남자애들은 속된 표현까지 섞어가며 여자애들 외모를 깎아내리고 조롱했다. 몇몇 남자들끼리 모이면 여자들 얼평(얼굴평가)을 한다는 말은 들었지만, 직접 겪어보니 충격이 컸다. 자기들은 오징어처럼 못생긴 주제에 그따위로 여자들 얼굴을 평가하고 조롱하다니 화가 치밀었다. 친구들끼리 그 얘기를 공유하며 욕을 한 바가지 퍼부었다. 그러나 그렇게 욕을 하면서도 남자애들 시선이 자꾸 거슬렸다. 마음을 쓰면 쓸수록 얼굴에 대한 자신감이 떨어졌다. 결국 화장에 손을 댔다.

1학년 때 가깝게 지냈던 수예는 화장이 진했고, 나는 연했다. 나는 색조화장은 왠지 어색해서 기초화장만 하고 다녔다. 둘이 같이 다니는 영어학원에서 남자애들과 놀 때였다. 쉬는 시간에 편하게 농담 따먹기를 하는데, 남자애들이 수예가 하는 말에 유난히 좋게 반응했다. 내 말에는 시큰둥하다가도 수예가 한마디 하면 허기진 저녁에 치킨을 만난 듯이 좋아했다. 아무리 재미난 얘기여도 내 입에서 나오면 듣는 둥 마는 둥 했다. 아무래도 수예가 화장을 예쁘게 해서 그런 것 같았다. 화장으로 얼굴을 예쁘게 꾸민 수예에게만 잘 반응하는 남자애들이 미웠다. 조명을 받은 유리창으로 내 얼굴이 제법 선명하게 비쳤다. 갑자기 수치심이 들었다. 얼룩진 유리처럼 맨얼굴이 부끄러웠다.

그 일을 겪고 나서 나는 화장에 집착하게 되었다. 화장품을 무더기로 사들이고, 영상을 보며 화장술을 익혔다. 그렇게 길들여지자 점점 맨얼굴로 집을 나서기가 꺼려졌다. 화장을 연하게 하고 간 날은 주변 사람들이 전부 나를 이상하게 쳐다보는 것 같았다. 틈만 나면 거울을 보며 화장을 점검했고, 화장을 하지 않으면 집 밖으로 나가지도 않았다. 뾰루지라도 나면 학교도 학원도 가기 싫어졌다. 화장은 마음을 편하게 하고 내 자존심을 지키는 보호막이었다. 물론 남에게 내가 어떻게 비칠지 신경을 곤두세우며 사는 삶은 피곤하다. 나도 맨얼굴로 편하게 살고 싶은데 그게 마음대로 잘 안 된다.

아무튼, 배가 나왔다는 한마디에 하루가 엉망이 되었다. 오후 내내 배에 마음을 쓰느라 수업에 집중하기 힘들었다. 다행히 집에 왔을 때는 아무도 없었다. 학원 수업도 없는 날이라 부담이 없었다. 대충 허물을 벗고 화장을 지웠다. 습관처럼 냉장고 문을 열다가 배를 내려다보았다.

'더는 안 돼.'

나는 손에 명령을 내렸다. 또다시 손이 말썽을 일으켰다. 오른손이 제멋대로 냉장고 안으로 들어가려 했다. 반란이었다. 나는 왼손에 지시를 내렸다. 다행히 왼손은 충실하게 내 명령을 수행했다. 왼손이 오른손을 붙잡았다. 오른손은 냉장고로 돌격하려 했지만, 왼손이 최선을 다해 막았다. 격렬한 전투 끝에 오른손이 굴복했다. 냉장고 문을 닫고 방으로 재빨리 돌아왔다. 냉장고가 보이는 곳에 있으면 손과 발이 언제든 반란을 일으킬 수 있기 때문이다.

나는 심심함이 좋다. 해야만 하는 일이 아무것도 없을 때만 심심할 수 있기 때문이다. 내게 심심함이란 자유와 동의어다. 뒹굴뒹굴 노닥거리며 그림도 그리고, 영상도 보고, 피아노도 치고, 노래도 부르며 여유를 즐겼다. 그러다 고양이 사진에 꽂혔다. 앙증맞은 고양이 사진을 계속 보다 보니 진짜 고양이가 보고 싶었다. 샤샤를 떠올리고 선영이 이모에게 연락했더니 편하게 오라고 했다. 나는 입고 있던 옷차림 그대로 나섰다. 엄마가 봤다면 분명히 한마디 했을 것이다.

"넌 잠옷이 피부니? 예쁘게 입고 다니진 않아도 되지만 깔끔하게는 입어.”

엄마가 쏘아붙이는 잔소리가 귀에 얼얼하게 울리는 듯했다.

“뭔 상관이야. 편하면 되지.”

나는 마치 엄마가 들으라는 듯 투덜거리고는 집을 나섰다. 이모네 집에 가자마자 샤샤를 찾았다.

“이모, 샤샤는 어딨어?”

“또 들어갔어.”

“어디에?”

“찾아봐. 아주 쉬워.”

이모가 찾으라고 하면 방은 아니다. 아마 거실이나 부엌 어디쯤일 것이다. 거실 귀퉁이에 작은 종이상자가 보였다. 나는 손가락으로 종이상자를 가리켰다. 이모가 빙그레 웃었다. 발뒤꿈치를 들고 종이상자로 접근했다. 샤샤는 몸을 구깃구깃 접어서 작은 종이상자에 들어가 있었다. 샤샤는 종이상자를 참 좋아한다.

물끄러미 샤샤를 보다가 슬슬 장난을 쳤다. 손으로 몇 번 톡톡 건드리자 샤샤는 귀찮아하며 앞발을 뒤척였다. 깃털이 달린 낚싯대를 샤샤 눈앞에서 살랑살랑 흔들었다. 안 보는 척하던 샤샤가 앞발을 꼼지락거리더니 슬쩍 쳤다. 깃털 옆으로 앞발이 지나갔다. 더 세심하게 낚싯대를 조종하며 샤샤를 유혹했다. 샤샤는 점점 몸놀림이 커졌고 마침내 거실을 뛰어다니며 깃털을 쫓았다.

신나게 뛰어논 샤샤에게 츄르를 주자 맛있게 먹고는 갸르릉거리며 내 손을 부드러운 털로 비볐다.

그때 현관문이 열리면서 영준 오빠가 들어왔다.

"엄마, 나 왔어."

오빠는 나보다 세 살이 많다. 평소에도 허물없이 지내는 사이라 샤샤를 껴안은 채 눈만 돌렸다.

"오빠 왔어?"

"어, 세아구나."

샤샤를 쓰다듬으며 편하게 있는데 예상치 못한 일이 벌어졌다. 오빠의 친구들이 우르르 뒤따라 들어온 것이다. 열 개나 되는 눈동자가 일제히 나를 봤다. 모든 시선이 내 얼굴에 꽂혔다. 화장을 하지 않은 맨얼굴로 그 많은 시선을 마주하니 갑자기 수치심이 일었다. 나는 벌떡 일어났고, 샤샤는 놀라서 훌쩍 뛰어내렸다. 나는 얼굴을 가리고는 그대로 현관으로 뛰었다. 이모와 오빠가 날 불렀지만 그대로 집 밖으로 뛰쳐나왔다.

승강기 앞에서 기다리면 이모가 쫓아올까 봐 계단으로 내려갔다. 9층에서 1층까지 정신없이 뛰었다. 공동현관에서 혹시나 사람과 마주칠까 봐 얼굴을 가렸다. 고개를 푹 숙이고 집으로 가는데 엄마한테서 전화가 왔다. 최대한 얼굴을 가리며 전화를 받았다.

"선영이 이모한테서 전화 왔어. 영준이가 친구들과 들어오니 갑자기 뛰쳐나갔다고 하던데, 무슨 일 있니?"

"별일 아냐."

"엄마가… 걱정돼서."

"걱정 마. 나 빨리 집에 가야 해. 끊어."

엄마가 내 이름을 불렀지만 무시하고 전화를 끊고는 다시 걸음을 재촉했다. 급한데 발은 내 의지를 따르지 않았다. 서두를수록 느려지는 느낌이었다. 소나무 길을 지나서 공동현관으로 방향을 트는데 정혜가 나를 불렀다.

흘깃 정혜를 봤다. 학원 가방을 든 정혜는 예쁜 옷에 화장도 깔끔했다. 목걸이와 귀걸이도 옷과 잘 어울렸다.

"어…, 안녕."

나는 어색하게 대꾸했다. 왼손으로는 얼굴을 가린 채 스마트폰을 든 오른손을 대충 들어서 반가움을 표시했다. 그 와중에도 내 다리는 멈추지 않고 충실하게 공동현관을 향해 움직였다. 비밀번호를 누르려는데 정혜가 또다시 큰소리로 한마디 했다.

"야, 너 또 급똥이야?"

# 엄마

　걱정을 한가득 끌어안고서 집에 오자마자 딸을 찾았다. 표정부터 살폈는데 괜찮아 보였다. 옷은 후줄근한데 얼굴 화장은 깔끔했다. 마치 집에 들어와서 새로 꾸민 듯했다. 옷과 얼굴이 전혀 어울리지 않았다.

　"집에 왔으면 화장 지워."

　"자기 전에 지울 거야."

　"안 지우고 잔 적 많잖아. 피부에 안 좋아."

　"잔소리 좀 그만해. 내가 알아서 해."

　몇 마디 더 하려다 그만두었다. 궁금증을 해결하려면 더 예민하게 만들면 안 되기 때문이다.

　딸은 중학생이 되면서 화장을 진하게 하고 다녔다. 진한 화장이 거슬리진 않는다. 요즘 애들 문화가 그러니, 나도 인정한다. 그렇지만 집에 들어와서도 지우지 않고 있는 꼴은 이해가 안 된다. 왜 그렇게 안 씻는 걸까? 어디 가려고 하면 나보다 화장에 시간을 더 많이 쓰면서 지우는 데는 게으르다. 지우라고 하면 자기가 알아서 한다고 해놓고 툭하면 그냥 자버린다. 새벽에 일어나서 씻고 잠든 게 한두 번이 아니다.

화장과 어울리지 않는 옷도 이해가 안 된다. 얼굴엔 그렇게 정성을 들이면서 옷은 대충 입고 다닌다. 학교에 갈 때는 생활복이나 체육복만 입고, 학원에 갈 때는 집에서 입는 옷을 걸친 채 그대로 나간다. 친구들과 놀러 나갈 때도 시커먼 옷만 입는다. 예쁜 옷을 사줘도 입을 생각을 안 한다. 심지어 잠옷을 입은 채 편의점에 다녀오기도 한다. 웃긴 점은 그럴 때도 화장은 꼭 한다는 사실이다. 이해하려고 아무리 노력해도 도대체 이해가 안 된다.

"엄마, 나 성형수술 하면 안 될까?"

"넌 어려서 안 돼. 하려면 대학생은 돼야지."

"어차피 내 성장은 멈췄어."

"그래도 네 나이에 하면 안 좋아."

"그럼 쌍꺼풀이라도…."

"다른 데는 몰라도 눈은 건드리지 마. 네 눈은 100억 원짜리야. 너처럼 예쁘고 독특한 눈은 우리나라에서 찾기 힘들어."

세아는 작은 손거울로 자기 눈을 살폈다.

"남들과 똑같은 쌍꺼풀은 개성이 없어. 예쁘지도 않고."

딸은 고개를 갸웃하더니 살며시 웃었다. 더는 말이 없는 걸 보니 일단 눈이 예쁘단 말은 받아들인 듯했다.

"스무 살이 되면 지방흡입술을 할 거야."

"지방흡입술? 네가 살이 어딨다고?"

세아가 자기 배를 가리켰다.

"내가 보기엔 괜찮은데…."

"엄마는 맨날 다 괜찮대. 서윤이가 놀렸어. 임신했냐고."

어처구니가 없어서 나쁜 말이 나올 뻔했다.

"살을 빼려면 운동을 해. 다이어트를 하든지."

딸은 턱을 괴더니 예쁜 눈을 크게 떴다.

"빨리 스무 살이 되고 싶어."

"그 나이가 되면 지금이 그리울 거야."

"스무 살이 되면, 쇄골에 문신도 새길 거야."

첩첩산중이었다.

"해놓고 후회하면 어쩌려고."

"지우면 되지."

"문신은 진피층 아래까지 침투해 착색되어서 쉽게 지워지지
않아."

"그래도 할 거야."

"하려면 헤나나 스티커로 해."

세아는 외모 변신을 과감하게 시도했다가 여러 번 후회했다.

단발로 자르지 말라고 그렇게 말렸는데 자르고 곧바로 후회해서 결국 가발을 사기도 했고, 파란색으로 염색했다가 마음에 안 든다고 바로 빨간색으로 염색하기도 했다. 밝은 회색으로 염색한다고 탈색을 여러 번 하는 바람에 머리카락이 샤프심처럼 뻣뻣해지기도 했다.

딸은 스무 살이 된 때를 떠올리며 즐거운 상상에 빠진 듯했다. 눈치를 살피다가 드디어 묻고 싶던 질문을 슬쩍 꺼냈다.

"선영이 이모네 집에선 왜 그랬어?"

"갑자기 오빠 친구들이 들이닥쳐서 그랬어."

세아는 아무렇지 않게 대꾸했다. 여전히 스무 살 상상 속에 머무는 표정이었다.

"그러게 내가 옷을 제대로 입고 다니라고 했잖아. 외출할 때는 잠옷 바람으로 나가지 말라고."

"잠옷 때문이 아니야."

"그럼…?"

"화장을 지우고 얼굴이 엉망인 채로 갔는데…."

그 순간이 떠올랐는지 세아가 콧잔등을 찡그렸다. 잔주름이 귀엽게 잡혔다.

"오빠 친구들이 우르르 들어오잖아. 맨얼굴을 그대로 보여주기 싫어서 뛰쳐나온 거야."

심각한 일인 줄 알았는데 그런 일 때문이라니 안심이 되었다.

"너는 제법 예뻐."

"그딴 말로 위로하려 들지 마."

"좋아하는 오빠라도 생겼니?"

"없어."

딸이 차갑게 대꾸했다. 진심이 무엇인지는 알 도리가 없었다.

생각보다 딸은 외모 콤플렉스가 심했다. 피부도 좋고 예쁘장한 얼굴인데, 왜 그리 자신감이 없는지 모르겠다. 내가 뭐라고 해도 인식이 바뀔 리 없으니 믿고 기다리는 수밖에 없었다. 자존감이 단단해져서 외모에 흔들리지 않는 사람이 되길 속으로 빌었다.

'내가 이런 생각을?'

예전 같으면 전문가에게 의존해서 겨우 찾았을 답을 스스로 찾아낸 자신이 자랑스러웠다. 나를 칭찬하려다 낮에 성형외과에서 허둥지둥 도망친 일이 떠올라 재빨리 칭찬을 거둬들였다.

'나도 못 하면서….'

쓸쓸한 입맛을 다시며 먼저 일어났다. 집으로 싸 들고 온 보고서가 나를 잡아끌었다. 안방에 처박혀서 보고서를 채점했다. 보고서에 빼곡히 실린 화학식과 원소들이 성형과 외모에 대한 생각에서 빠져나오게 도왔다. 집중력이 극대화되어서인지, 아니면 집에서 오래 일을 끌고 싶지 않겠다는 결심 때문인지 모르지만 채

점은 예상보다 빨리 끝났다.

보고서를 정리하고 기지개를 켜는데 선영이가 사진을 보내왔다. 아파트 헬스장에서 멋지게 자세를 잡고 찍은 사진이었다. 친구와 통화하며 몸에 투자해야겠다는 결심을 떠올렸다.

'이 기회에 운동을 해볼까? 아파트에 헬스장도 있는데….'

필요를 느낀 머리와 게으른 습성에 젖은 몸이 일으킨 갈등을 중재하지 못한 채 거실로 나왔다. 거실에는 세아가 소파에 퍼질러져 과자를 먹으며 TV를 보고 있었다. 살이 쪄서 놀림을 당했다고 걱정하던 모습과는 딴판이었다. 마음과 몸이 따로 노는 꼴이 꼭 나를 닮은 것 같아 거슬렸다. 그런 꼴을 보자 내 안에서 벌어지던 다툼은 바로 끝났다.

"너, 살 뺀다고 했지? 엄마랑 운동 가자."

따라나서겠다는 대답보다는 거절을 예상하고 던진 제안이었다. '엄마나 가', '됐어', '싫어' 하면서 거절하면, 넘어올 만한 대가를 걸어서 설득하려는 계획이었다. 그런데 딸이 예상치 않은 반응을 보였다.

"해볼까?"

딸이 뱃살을 만지더니 콧등을 찡그리며 고민했다.

도대체 쟤가 왜 저러나 싶었는데 텔레비전에 나오는 장면을 보고 바로 이해했다. 큰 화면에서 예쁘고 건강해 보이는 여자 연예인이 열심히 헬스를 하고 있었기 때문이다. 헬스장에서는 연신 웃음이 터지고 활기가 넘쳤다. 헬스장에 대한 환상이 생길 만했다.

"선영이 이모도 헬스장에 있대."

"음… 그럼, 갈게."

세아가 저렇게 빨리 결심하고 선뜻 나서다니 놀라운 일이었다. 혹시라도 변덕쟁이 성깔이 일어날 기회를 주지 않기 위해 빠르게 운동복으로 갈아입고 세아와 함께 집을 나섰다. 엘리베이터에서 선영이에게 세아와 함께 가니 잘 이끌어달라고 부탁하는 문자를 보냈다.

지나가면서 보기만 했던 헬스장인데 들어가 보니 생각보다 넓었다. 시설은 깔끔했고 헬스기구도 많았다. 저녁이라 이용하는 사람이 많을 줄 알았는데 한가해서 마음이 편했다.

"스트레칭부터 하고."

선영이는 마치 헬스 트레이너라도 되는 듯이 우리를 이끌었다. 다리와 허리, 발목과 손목, 목과 어깨를 움직이니 쌓였던 찌꺼기가 빠져나가는 것 같았다. 세아는 선영이에게 온전히 맡기고 나는 나대로 운동을 했다. 세아는 착한 아이가 되어 선영이가 시키는 대로 다 했다. 낑낑대면서도 포기하지 않고 끝까지 해내는 모습이 낯설었다. 나도 지지 않으려고 열심히 움직였다.

헬스장을 나오는데 무척 기분이 좋았다. 세아도 뭐가 그리 좋은지 선영이와 신나게 수다를 떨었다. 공동현관에서 헤어지려는데 선영이가 우리에게 과제를 냈다.

"계단 오르기가 정말 좋은 운동이야. 그러니까 엘리베이터 타지 말고 걸어 올라가 봐."

단 한 번도 1층에서 9층까지 걸어서 올라가겠다는 생각은 해본 적이 없었다. 절대 그러고 싶지 않았다.

"알았어. 이모. 해볼게."

세아가 내 동의도 받지 않고 덜컥 약속해 버렸다.

'오늘따라 쟤가 왜 저러지?'

바람직한 모습이지만 안 하던 짓을 하니 적응이 어려웠다.

세아는 정말 엘리베이터가 아니라 계단을 걸어서 올라갔다. 나도 하는 수 없이 뒤를 따랐다. 4층까지는 괜찮았지만 5층이 되자 힘들었다. 헬스장에서 힘을 뺀 탓이었다. 빠르게 올라가던 세아도 점점 느려지더니 6층에서는 힐끗 엘리베이터를 쳐다봤다. 그래도 포기하지 않고 7층과 8층을 돌파했고, 드디어 9층에 도착했다. 뿌듯함을 한아름 안고 집으로 들어왔다.

샤워까지 하고 나니 몸은 개운하고 마음은 뿌듯했다. 세아도 노래까지 흥얼거릴 만큼 기분이 좋아 보였다. 운동이 주는 활력이었다. 앞으로 꾸준히 해야겠다고 다짐하는데, 남편이 들어왔다. 남편은 들어오자마자 배고프다고 투덜거렸다. 야식을 보급

해 달라는 신호였지만 그냥 무시했다. 운동과 야식은 어울리지 않는 조합이었기 때문이다.

내 눈치를 슬슬 살피던 남편은 라면을 먹겠다며 부엌으로 가더니, 요즘 유행하는 드라마 주제가를 흥얼거리며 라면을 끓였다. 냄새가 나를 유혹했지만 꾹 참았다. 앞으로 운동을 열심히 하겠다는 각오를 다지는데 세아 목소리가 들렸다.

"아빠, 나도 먹게 하나만 더 끓여줘."

"맛있어 보이지?"

그 대화에 이끌려 주방으로 갔다.

남편은 라면 물을 하나 더 올리고 있었다.

"살 뺀다고 운동까지 해놓고 이 시간에 라면을 먹게?"

"조금만 먹을 거야."

세아는 새침하게 대답하고는 스마트폰만 들여다봤다.

"너, 화장 또 했니?"

"가볍게 했어."

운동하고 다녀와서 씻은 뒤에 다시 화장을 하는 그 심리는 도저히 납득하기 어려웠다. 밖에 나갈 일도 없고, 이제 곧 잘 시간인데 왜 저러는지 모르겠다. 내 딸이지만 참 알다가도 모르겠다.

남편은 새로 올린 냄비에 이것저것 맛을 내는 재료를 넣었다. 예전에 남편이 맛있게 끓여주었던 라면 맛이 떠올라 입안에 군침이 돌았다. 남편은 먼저 끓인 라면을 세아 앞에 내놓았다. 세아는 아빠에게 애교 섞인 말로 고맙다고 하더니 나를 경계했다.

"엄마는 안 먹을 거지?"

"안 먹어."

나는 팔짱을 끼었다. 단호한 의지를 드러내려는 의도였다.

세아가 맛있는 소리를 내며 먹었다. 라면 냄새도 견디기 어려운데 소리까지 맛있게 들리니 더는 버티기 힘들었다. 세아는 라면을 반쯤 먹더니 밥을 말아서 먹어야겠다면서 밥솥으로 갔다. 나는 그때를 노려서 재빨리 젓가락을 잡았다. 그러고는 세아가 말릴 틈도 없이 한 젓가락을 먹었다. 더할 나위 없이 맛있는 라면이었다. 수저로 국물도 먹었다. 밥을 말아 먹기에 아주 적당한 맛이었다.

"엄마! 안 먹는다며?"

"딸이 살쪄서 고민할까 봐 엄마가 먹어주는 거야."

나는 작정하고 달려들었다.

딸과 나는 코를 맞대고 맛있게 라면을 먹었다.

"그거 알아?"

남편이 나중에 끓인 라면을 가져오면서 말했다.

"맛있는 걸 먹을 때면 둘 다 콧잔등에 잔주름이 잡히는 거."

나는 딸 콧잔등에 잡힌 잔주름을 봤다. 세아도 내 콧잔등을 봤다. 잔주름이 닮다니, 우리가 모녀 사이라는 것이 새삼스럽게 느껴졌다. 라면 국물에 만 밥까지 다 먹고서야 세아가 일어섰다.

　화장실로 가는 뒤통수에 대고 한마디 했다.

　"이 닦으면서 바로 화장도 지워."

　"내가 알아서 지운다니까."

　딸은 쌀쌀맞게 대꾸하고는 화장실 문을 소리 나게 닫았다.

우정을 찬양하는 문장은 많지만
찬양받을 만한 우정은
드문 현실에서
내게는
자랑하고 싶은 우정이 있다.
자랑하고 싶은 친구가 있다.

관중과 포숙 같은
떠들썩한 우정은 아니지만
목숨을 걸고 신의를 지켰다는
우화 같은 우정은 아니지만
내겐
가슴 따뜻한 우정이 있다.
속 깊은 친구가 있다.

거울이 되어 나를 보게 하고
나무가 되어 의지처가 되고
사는 곳 멀어도 마음은 가까운
내
친구의 이름은 ……

3

# 뒷담을 대하는 우리들의 자세

# 엄마

"대낮부터 웬 술이야?"

평소에는 술을 잘 입에 대지 않는 선영이가 낮술을 먹는다는 말에 놀라서 수업을 마치자마자 점심도 거른 채 달려왔다. 선영이는 이미 얼굴이 벌겋게 달아올랐고, 마주 앉은 혜진이도 제법 술을 많이 마신 듯했다.

"언니가 직장에서 까였대요."

선영이는 오랫동안 다니던 직장을 건강 때문에 그만두고 한동안 쉬다가 몇 달 전에 파트타임으로 다시 일을 나가고 있었다.

"상사가 꼰대 짓이라도 했어?"

선영이는 술잔을 비우더니 바로 채웠다. 다시 마시려는 걸 말렸다.

"천천히 마셔."

"내가, 정말, 치사해서."

술잔을 꽉 쥔 손이 부르르 떨렸다.

"언니, 실컷 욕해."

"그래, 상사는 까야 제맛이지."

혜진이와 선영이가 건배를 하더니 술을 마셨다. 나는 오후에 다른 모임에 가야 했기에 가볍게 입술만 댔다.

"내가 정말 기분 나쁜 게 뭔지 알아? 뒷담을 해도 좋아."

상사 때문인 줄 알았는데 그게 아니었다.

"뒷담을 해도 좋은데, 왜 은근히 나를 따돌리냐고. 그게 사람 미치게 하는 짓이야. 분명히 자기들끼리 뭐라고 나를 욕하는 건 알겠는데, 왜 내가 그렇게 욕먹는지 모르겠어. 욕먹는 이유를 알아야 변명이든 사과든 하지. 이도 저도 못 하게 딱 막아놓고 자기들끼리는 똘똘 뭉쳐서 나만 병신 만들고. 그러려면 차라리 몰래 쑥덕거리는 걸 들키지나 말든지."

선영이는 뒷담과 은근한 따돌림을 당하고 있었다. 도대체 선영이처럼 성격 좋은 사람을 뒤에서 깔 거리가 뭐가 있는지 모르겠다.

"내가 잘못했거나 불만이 있으면 정확하게 나에게 말을 하든지, 내가 뭐 사과도 못 하는 사람인 줄 알아?"

"자기들이 당당하지 못하니까 그런 거야."

"근데 언니, 뒷담이 귀에 들어와도 그렇게 좋지는 않아요. 때론 모를 때가 편해요. 그거 오해 풀려고 얼마나 애써야 하는데

요.”

“그래도 뭐라도 해볼 수 있잖아.”

술을 마시면 안 되는데 술이 끌렸다. 뒤에 참가할 모임을 생각해서 거우 참았다.

“직장생활은 다 구차하고 치사한 것 같아요. 저도 이렇게까지 구질구질하게 살아야 하나 싶어서 때려쳤잖아요.”

혜진이가 직장을 그만둔 사연은 여러 번 들었다. 꽤 잘나가는 병원에서 사무를 담당했는데 원장 부인이 툭하면 병원에 나타나 갑질을 해댔다고 한다. 혜진이는 그때 당했던 다양한 사례들을 기회가 닿을 때마다 펼쳐놓으며 억울해했다. 왜 영상을 찍어놓지 않았는지 후회된다는 말을 늘 덧붙였다.

“사람들이 샤샤의 반만 닮으면 좋겠어. 샤샤는 자기밖에 관심이 없어. 먹고, 놀고, 자고, 호기심을 채우고, 손길이 필요하면 요구해. 그게 다야. 내가 뭘 하든, 내가 무엇을 원하든, 샤샤는 관심이 없어. 샤샤는 자기가 가장 중요해. 그런데 사람들은 정반대야. 자기가 어떤지, 자신이 뭘 원하는지도 모르면서 다른 사람들에 대해선 참 부지런해. 도대체 다른 사람에게 왜 그리 관심이 많은 거야?”

나는 그저 그 자리에 가만히 앉아 투덜거림을 들어주는 수밖에 없었다. 평소답지 않은 선영이를 어떻게 대해야 할지 가늠할

수가 없었다. 혹시 대학에서 내 뒷말이 돌고 있지는 않은지 문득 걱정되기도 했다. 괜히 평판이 나빠지면 재계약에 걸림돌이 될 수도 있기 때문이다.

"에이, 언니. 고양이 같은 사람도 있고, 개 같은 사람도 있고, 여우 같은 사람도 있는 거죠. 세상에 어떻게 고양이 같은 사람만 있겠어요."

"누가 뭐래? 자기들이 개처럼 살든 여우처럼 살든 난 관심이 없어. 나한테 피해만 안 주면 다 괜찮다고."

"그건 그렇죠."

선영이는 화를 내고, 혜진이는 맞장구도 치고 반박도 하면서 술자리를 이어갔다. 술을 더 마시려는 걸 내가 말리자 선영이와 혜진이는 소리라도 질러야겠다면서 대낮에 노래방으로 들어갔고, 나는 모임 약속 때문에 빠져야 했다. 나도 같이 술 먹고 실컷 욕하면서 노래를 내지르고 싶었지만 선약을 지켜야 했다.

내가 가야 할 모임은 솔직함과는 거리가 멀었다. 절대 솔직하게 속내를 드러내면 안 되는 모임이고, 선영이가 그렇게 싫어하는 뒷담이 얼마나 많이 오가는지 짐작조차 할 수 없는 만남이었다. 종우이가 속한 반의 엄마들끼리 교류하는 모임인데, 처음에는 절대 끼고 싶지 않았다. 평소에는 전혀 교류가 없으면서, 오직 자식이 같은 반이라는 이유로 모여서 가식에 찬 대화만 주고받는 모임이었기 때문이다. 그러나 종욱이가 여러 번 사고를 친 뒤로 나가지 않을 수 없었다. 사건이 커지는 걸 막으려면 엄마들과 친분을 미리 쌓아두는 게 필요했다. 처음에는 좀처럼 적응하기 힘들었지만 차츰 분위기를 맞추는 요령이 생겼다.

우선 절대 자식 자랑을 하거나 험담을 하면 안 된다. 자랑을 하면 질투를 받고, 험담을 하면 약점이 된다. 잘나지도 못나지도 않은, 그저 그런 평범한 아이라는 인상을 심어주어야 한다. 그런데 자식은 평범해야 하지만 부모는 그러면 안 된다. 아주 잘나가는 집안은 아니더라도 제법 사는 집처럼 보여야 한다. 나는 비정규직 시간강사라는 건 숨기고 그냥 대학에서 강의한다고만 했다. 대학에서 학생들을 가르치는 신분은 나뿐 아니라 종욱이도 함부로 무시하지 못하게 하는 방패였다.

대화를 나눌 때는 적절하게 보조를 맞춰야 한다. 도저히 받아들이기 힘든 주장을 해도 그러려니 하고 넘겨야 한다. 괜히 반박하면 긴장이 높아지고, 관계가 어그러질 위험이 발생한다. 그들과는 토론이 불가능했다. 비위를 맞추며 대화를 나누는 기술은 대학에서 교수들을 상대하며 충분히 습득한 터라 어렵지는 않았다.

그러나 사교육에 관한 정보가 오갈 때는 장단을 맞추기가 쉽지 않았다. 나와는 애초에 철학이 다른 사람들이었다. 철학이란 어휘보다는 욕망이란 어휘가 더 적절할 텐데, 그 욕망은 오래전에 내가 포기한 것이었다. 그렇다고 내가 자식의 사교육에 아예 관심을 놓은 건 아니었으므로, 오히려 오가는 정보를 취사선택하기가 어려웠다. 잘못 맞장구를 쳤다가는 바로 엮일 수도 있고, 내가 듣기 싫은 얘기를 길게 들어야 하는 고통을 맛볼 수도 있다. 그런 끔찍한 일을 몇 번 겪은 뒤로는 그런 대화가 오가면 예민해졌다.

그중에서도 정말 참기 힘든 상황은 대놓고 진행되는 뒷담이었다. 모임의 특성상 주로 학교 선생님들이 입에 오르는데, 어떤 선생은 능력이 없고, 어떤 선생은 히스테리가 심하고, 어떤 선생은 편견이 심하고, 어떤 선생은 이상한 과제를 낸다는 등의 뒷담이 빠지지 않았다. 물론 그들은 그걸 뒷담이 아니라 자식의 학교와 관련해 필요한 정보를 서로 주고받는다고 믿겠지만, 근거 없이 이어지는 과도한 주장과 비난, 오직 자기 자식만 생각하는 이기심 등 뒷담으로서 갖춰야 할 요건은 다 갖추고 있었다.

선영이가 지적했듯이 뒷담은 은근히, 그러면서 강력하게 영향을 발휘한다. 뒷담의 과녁이 되면 자신이 왜 그런 취급을 당하는지도 모른 채 이상한 사람이 되고 만다. 벗어날 수도, 해명할 수도 없다. 납득하기 힘든 부당한 대우를 속수무책으로 당해야 한다. 학교 선생님도 예외는 아니다. 학교로 들어가는 수많은 민원

중에는 근거가 희박한 뒷담이 쌓인 결과물인 경우도 꽤나 많다.

그날따라 유난히 뒷담이 많이 오갔다. 학교 선생님들뿐 아니라 다른 학부모들과 유명 학원의 선생들까지 입길에 올랐다. 귀를 틀어막고 싶었다. 노래방에서 고래고래 소리를 지르며 노래를 부르고 있을 선영이와 혜진이에게 당장 합류하고 싶었다. 선영이가 이 모임에 왔으면 얼마나 기겁을 했을까 상상하니 실없는 웃음도 나왔다. 시간이 느리게 흘렀다. 대화에 제대로 끼지도 못한 채 늘어지는 시간을 버텼다. 어쨌든 아이들이 하교하는 시간이 되면 모임을 끝낼 수밖에 없으므로, 그 시간이 오기만 바라며 물기마저 사라진 커피잔을 괜히 만지작거렸다.

그러다 조금 귀가 솔깃한 대화가 오갔다. 이제까지와는 다른 제법 유용한 대화였다. 바로 아이들의 국어 어휘력에 대한 이야기였는데, 좀처럼 자식들 험담을 하지 않는 금기를 깨고 다들 얼마나 자기 아이의 국어 어휘력이 딸리는지 털어놓았다. 나도 적당히 장단을 맞추었다. 평소에 심각하게 느끼던 터였기에, 가식 없는 본심의 반응이 나왔다.

세아는 그나마 중학생이 되어서까지 책을 제법 많이 읽어서 어휘력이 탄탄한 편이다. 그러나 종욱이는 3학년부터 거의 책과 담을 쌓고 지냈기에 어휘력이 엉망진창이다. 대화를 나누다가 모자란 어휘력에 깜짝 놀랄 때가 한두 번이 아니었다.

예를 들면 이렇다. 다 같이 저녁을 먹으며 이런저런 이야기를 나누다 남편과 잘 아는 집이 화제로 떠올랐다. 아들이 자꾸 사고를 쳐서 고민이 많은 집안이었다. 그 집 엄마는 아들이라면 어찌할 바를 모르고, 꼼짝도 못 한다고 했더니 남편이 이렇게 말했다.

"아들이 아킬레스건이네."

앞에서 짭짭거리며 고기를 씹던 종욱이가 갑자기 끼어들었다.

"이름이 아킬레스건이면, 외국인이야?"

남편이 한숨을 쉬더니 아킬레스건에 얽힌 트로이전쟁 이야기를 한참을 들려준 뒤에야 종욱이는 그 뜻을 겨우 이해했다.

식사 뒤에 남편이 낡은 캠핑용품을 손질했다. 녹이 슨 부위를 닦다가 힘을 좀 세게 주는 바람에 끝이 부러졌다.

"이런, 강도가 좀 셌나?"

바로 그때 남편 뒤로 지나가던 종욱이가 놀라며 물었다.

"누구 집에 강도라도 들었어?"

아이는 '강도'란 단어에 폭력을 휘두르는 도둑이란 뜻 말고 단단하고 강한 정도를 나타내는 뜻이 있다는 걸 모르고 있었다.

'화제'가 다양하지 않다는 말을 듣고는 그럼 '화재'가 다양하게 나야 하냐면서 내 가치관이 이상하다고 의심했다. 심지어 시어머니가 손이 크시다고 했더니, "할머니 손은 작은데" 하며 내가 틀렸다고 우기기도 했다. 처음에는 농담으로 하는 말인 줄 알았지만, '손이 크다'에 씀씀이가 후하고 크다는 뜻이 있다는 걸 정말 모르고 있었다. 한자어나 유래가 있는 어휘는 그렇다고 해도, 일상에서 자주 쓰는 우리말 관용어까지 모르는 종욱이의 어휘력이 걱정스러웠다. 어휘를 모르면 아무리 노력해도 공부를 잘할 수 없다. 학습은 어휘라는 수단으로 지식을 받아들이는 과정인데, 그 수단이 부족하면 목적도 이루지 못하는 게 당연하다.

대화 중에 작은 해결책이라도 나올까 기대했지만, 불만과 걱정만 오가다가 모임이 끝나고 말았다. 종욱이의 국어 어휘력에 대한 걱정을 안고 나오는데 승우 엄마에게서 전화가 왔다. 승우 엄마는 나와 동갑인데 아이들의 나이도 세아, 종욱이와 똑같다. 성별도 같아서 자연스럽게 가족끼리도 가까워졌다.

"종욱이 엄마, 종욱이랑 승우랑 같이 독서 과외 모둠을 만드는 거 어때?"

승우 엄마는 선생님이 좋은 분이라고 거듭 강조했다. 경력도 좋고, 주위 평가도 최고라고 했다. 들어보니 꽤 괜찮은 선생님 같았다. 안 그래도 종욱이의 어휘력이 얼마나 심각한 상태인지 새삼스럽게 인식하고 있던 터였기에, 꼭 시키고 싶은 욕심이 생겼다. 그렇게 좋은 선생님과 같이 책을 읽고 글도 쓰다 보면 어휘력이 향상될 것 같았다. 승우와 종욱이가 친하고, 모둠에 참여하려는 다른 아이들도 평판이 좋아서 더욱 끌렸다. 그러나 과외 장소가 걸림돌이었다. 장소를 전적으로 제공할 만한 여건이 되는 집이 없어, 아이들의 집에서 돌아가며 과외를 해야 했다. 네 명이 모둠이 되어 할 계획이므로 승우가 우리 집에 오고, 종욱이도 승우 집에 가야 한다. 그런데 이것은 세아가 쳐놓은 금기를 깨뜨리는 일이었다.

세아는 승혜를 싫어하는데, 승혜가 예전에 세아를 괴롭힌 적이 있기 때문이다. '싫다'보다는 '증오'에 가까운 감정이다. 승혜는 승우의 누나여서 세아는 종욱이가 승우와 가깝게 지내는 것도 못마땅하게 여겼다. 승혜한테 심한 따돌림을 당한 사실이 밝혀지고 나서, 세아는 종욱이에게 승우와 절교하라고 요구했다. 종욱이가 거부하자 길길이 날뛰며 난리를 쳤다. 시간이 지나며 그 요구는 어렵게 거둬들였지만 승우가 우리 집에 오는 꼴은 절대 못 보겠다고 철벽을 쳤다. 종욱이도 그 요구는 받아들였다. 덧붙여서 자기도 승우 집에 가지 않겠다고 약속했다. 종욱이는 누나가 집에 있으면 절대 승우를 입에 올리지 않는다. 나도 세아가 있으면 승우 엄마와 통화하지 않는다. 상황이 이러니, 과외를 하려면 세아의 뜻을 확인해야만 했다.

# 딸

친구들과 이야기하며 노는데 옆 반 친구인 소혜가 나를 손짓으로 불렀다. 주변을 살피며 손을 움직이는 동작을 보니 중요한 말을 하려는 분위기가 물씬 풍겼다. 복도에서 말해도 되는데 나를 구석진 데로 끌고 갔다.

"왜 그래?"

소혜는 주변을 한 번 더 살폈다. 듣는 사람이 없는지 확인하고도 귀에 입을 바짝 대고 조용히 말했다.

"예리가 네 뒷담 깠대."

예리는 조금 전까지 나와 얘기를 나누던 친구다. 절친은 아니지만 나름 가깝게 지낸다. 그런 예리가 내가 없는 데서 다른 사람에게 내 험담을 했다는 것이다.

"아무리 친해도 뒷담은 깔 수 있잖아."

나는 대수롭지 않게 반응했다.

"정말 괜찮아?"

소혜가 조금 놀란 표정을 지었다. 내가 예전에 겪은 사건을 잘 아는 소혜로서는 내 반응이 뜻밖이었나 보다.

"괜찮아. 그런데 뭐라고 했대?"

"그것까진 모르겠어."

"고마워. 알려줘서."

나는 아무렇지 않게 교실로 돌아와서 다시 예리와 어울렸다. 예리가 다른 애들한테 내 험담을 했다고 해도 아무렇지 않았다. 예리는 예리의 생각이 있고, 자기 생각을 누구에게 털어놓든 그건 자기 자유니까. 그래도 무슨 험담을 했는지는 알고 싶었다. 예리를 기분 나쁘게 하는 실수를 반복하지 않으려면 예리가 기분이 상한 이유를 알아야 했다.

다음 쉬는 시간이었다. 복도로 나가는 예리를 따라 나갔다. 잡담을 하다가 가볍게 툭 던졌다.

"내 뒷담 깠다며?"

예리가 걸음을 멈췄다.

"따지려는 거 아냐."

예리의 표정이 돌처럼 딱딱해졌다.

"친군데 다음에 또 같은 실수를 하면 안 되잖아."

그렇게 덧붙이니 굳었던 표정이 조금 풀어졌다.

"아침에 내 키가 120이라고⋯."

"아, 그거!"

"아침에 엄마한테 잔소리 들었어. 맨날 키 작다고 투덜거리면서 아침밥도 제대로 안 먹는다고."

듣고 보니 기분이 나쁠 만했다. 내 잘못이 맞았다. 예리는 부당한 뒷담을 하지 않았다. 나는 곧바로 사과했다. 내 진심이 느껴지도록 몇 번이나 반복해서 미안하다고 말했다. 충분히 사과하고 마무리하려는데, 예리는 하나 더 있다고 했다. 이미 내 실수를 확인한 터라 미안하다는 말을 준비한 채 예리가 꺼내는 불만을 들었다. 그런데 아무리 따져봐도 이건 내가 사과할 일이 아니라는 생각이 들었다. 사연은 다음과 같다.

병규는 예전부터 나와 친했다. 흔히 남사친(남자사람친구)이라고 부르는 그런 사이다. 병규는 웃긴 말을 잘한다. 같이 있으면 웃을 일이 많다. 그래서 자연스럽게 가까워졌다. 예리는 2학년이 되면서 친해졌다. 내 덕분에 예리도 자연스럽게 병규와 가까워졌고, 좋아하는 마음이 싹텄다. 결국 둘은 사귀는 사이가 되었다. 그때부터 나는 혹시라도 예리가 오해할까 봐 병규를 멀리했다. 어느 누구에게도 병규와 관련한 말을 하지 않을 만큼 철저하게 예리를 배려했다. 그런데 한 달쯤 사귀다가 둘은 헤어졌다. 병규가 예리를 찼다. 헤어지자마자 예리는 병규를 심하게 욕했다. 나도 같이 맞장구쳤다. 거의 일주일은 같이 욕했다. 나는 예리의 친구로서 충실하게 말하고 행동했다고 자부한다. 헤어지고 한 달쯤 지나자 에리의 기억에서 병규는 아예 지워진 듯 보였다. 나는 병규와 자연스럽게 다시 가깝게 지냈다. 억지로 멀리했기에 다시 가까워지기는 쉬웠다.

예리는 바로 그 점이 불만이었다. 전에는 자신과 같이 병규를 욕하던 내가 아무렇지 않게 병규와 가깝게 지내서 짜증이 난다고 했다. 그런데 그건 그냥 미안하다고 말할 사안이 아니었다. 예리에게 미안하다고 말하면 나는 병규를 멀리해야 하기 때문이다. 하지만 내가 병규를 멀리할 이유는 없었다. 병규와 가까이 지내면 웃을 일이 많이 생긴다. 나는 내 즐거움을 포기하고 싶지 않았다.

"그건 좀 아닌데…."

"뭐?"

사과할 줄 알았던 내가 기대와 다른 반응을 보이자 예리가 날카롭게 눈을 치켜떴다.

"병규와 헤어진 지 한참 됐잖아. 네가 불편하다고 나까지 연을 끊어야 해? 그건 좀 아니라고 봐."

"내 앞에서는 걔 욕을 그렇게 했으면서, 내가 없을 때는 걔랑 웃고 떠들어도 괜찮다는 거야?"

"병규는 내 남사친이야. 너와 사귀기 전부터 친했어."

"나랑 같이 욕했잖아."

나도 슬슬 짜증이 치밀었다.

"그럼 네가 내 남사친들이랑 사귀다 헤어지면 나는 내 남사친들을 전부 버려야 하니?"

"내가 미쳤어. 그런 애들이랑 사귀게."

더는 대화를 이어가기 힘들어 보여서 그만두려는데, 예리가 거칠게 치고 들어왔다.

"너, 혹시 병규 좋아해?"

"남사친이라고."

나는 발끈했다.

"좋아하지도 않는데 그런 애랑 왜 친하게 지내?"

예리는 나와 병규를 엮어서 묘한 삼각관계를 만들려고 했다. 그대로 두면 위험했다. 6학년 때 겪었던 끔찍한 사건이 되풀이될지도 모른다는 경고음이 내 안에서 울렸다.

나는 얼굴을 험하게 구겼다.

"함부로 말하지 마."

목소리 색깔도 바뀌었다.

"나는 너한테 친구로서 할 만큼 했어. 배려도 많이 했고."

나는 단호했다. 그러나 예리의 반응은 달라지지 않았다.

"배려해 줘서 참 고마워."

비꼬는 말투가 심히 거슬렸다.

"너 지금 나랑 싸우자는 거야?"

감정이 소용돌이를 일으켰다. 불안과 분노가 뒤엉켰다.

"나를 배신했잖아. 그래놓고 사과도 안 하고."

"뭐, 배신?"

헛웃음이 나왔다. 수업 종이 싸움이 커지는 걸 막았다. 수업에 들어와서도 머리가 멍했다.

'내가 잘못한 걸까? 내가 정말 친구를 배신한 걸까?'

이 질문이 머리에서 떠나지 않았다. 친구들에게 물어보려다 그만두었다. 얘기하다 보면 모든 상황을 말하게 되고, 그러면 예리에 대해서도 험담을 할 수밖에 없을 것이기 때문이다. 나는 당사자가 없는 데서 험담을 늘어놓기 싫다. 그 험담이 얼마나 나쁜 결과를 만들어내는지 내가 당해봐서 잘 아니까.

6학년 때였다. 네 명이 가깝게 지냈는데, 우리는 여느 초등학생처럼 놀고 어울리며 우정을 쌓았다. 그런데 언제부터인지 모르지만, 이상한 기분이 들었다. 친구들이 나를 멀리하는 것 같았다. 나만 빼고 자기들끼리만 어울리는 경우가 많아졌기 때문이다. 원인을 파악하기까지 시간이 꽤 걸렸다. 나를 고립시킨 당사자는 바로 윤승혜였다. 다른 사람도 아닌 승혜가 내 험담을 하고 다닌다는 사실에 충격을 받았다. 우리 엄마와 승혜 엄마가 가까운 사이라서 오랫동안 알고 지냈기 때문이다. 만약에 내가 실제로 한 행동이나 말을 승혜가 퍼뜨리고 다녔다면 서운하긴 해도 억울하지는 않았을 것이다. 그러나 승혜는 없는 말을 지어내서 나를 모함하고, 친구들과 나를 이간질했다. 자신이 한 짓을 나에게 덮어씌우기도 했다.

나는 사실대로 말했지만 그런데도 친구들은 나보다 승혜를 더 믿었다. 평소에 나와 훨씬 가깝게 지냈는데, 왜 승혜 말만 믿는지 이해가 안 됐다. 최선을 다해 설득해도 통하지 않았다. 도리어 사과할 줄 모른다면서 나만 더 나쁜 사람 취급했다. 아무리 노력해도 관계가 회복되지 않아서, 나는 그 친구들과 다시 가까워지려는 노력을 포기하고 새로운 친구를 사귀기로 마음먹었다. 그러나 그것도 쉽지 않았다. 아무리 애를 써도 새 친구를 사귀기가 무척 힘들었다. 알고 보니 그것도 승혜 때문이었다. 승혜가 이곳저곳에 나쁜 소문을 내는 바람에 내가 기피 인물이 된 것이다.

차라리 대놓고 괴롭히면 학교폭력으로 신고라도 하겠는데, 은근히 뒤에서 나를 외톨이로 만들어버리니 답답해서 미칠 지경이었다. 남몰래 많이 울기도 했다. 그래도 보이는 데서는 꿋꿋하게 지냈다. 엄마에게 털어놓으려고 하다가 그만두었다. 나와 승혜의 관계에 엄마들을 끌어들이고 싶지 않았다. 엄마들이 우리 문제를 해결해 줄 거라는 기대도 없었다. 한번은 엄마들끼리 밥을 먹는 자리에 나와 승혜가 동시에 낀 적도 있었다. 그때도 나는 내색하지 않고 아무런 문제가 없는 척했다. 그때 찍은 사진을 보면 승혜와 내가 꽤 친한 사이처럼 보인다.

나는 그 일을 끝까지 숨기려고 했다. 시간이 지나면 괜찮아질 거라고 믿으면서 버텼다. 그러다 버틸 수 없는 한계점이 오고 말았다. 바로 중학교 진학이었다. 우리 지역은 학생이 1순위에서 5순위까지 가고 싶은 중학교를 선택해 제출하면 추첨을 통해서 배치하는 방식으로 중학교가 결정된다. 나는 승혜와 같은 중학교가 되지 않기를 간절히 바랐다. 친구 관계가 끊어진 나로서는 승혜가 어디를 지원하는지 알아낼 방법이 엄마밖에 없었다. 엄마에게 아무렇지 않은 척하며 승혜가 지원할 중학교의 순위를 물었다.

"안 그래도 승혜 엄마랑 상의했어. 희망 순위를 같은 곳으로 맞추려고."

끔찍한 대답이었다. 승혜와 중학교까지 같은 곳으로 간다니 지옥이 눈앞에 펼쳐지는 듯했다. 3년을 지옥 속에서 보낼 수는 없었다. 나는 그제야 엄마에게 승혜와 얽힌 비밀을 마지못해 털어놓았다. 그때, 엄마가 보인 반응은 잊히질 않는다. 엄마는 내 사연을 알자마자 나를 꼭 껴안고 미안하다고 몇 번이나 사과했다. 엄마는 눈물까지 글썽이면서 힘들어했다. 그러고는 이렇게 신신당부했다.

"다른 일은 털어놓지 않아도 괜찮아. 그렇지만 그런 일은 무조건 엄마에게 말해야 해. 부탁이야. 알았지? 절대 숨기지 마."

나는 그러겠다고 똑같은 약속을 하고 또 해야만 했다. 예리와 벌인 다툼이 엄마와 약속한 바로 그런 일일까? 아직 정확한 판단이 서지 않았다. 아직 예리는 나에게 어떤 짓도 하지 않았다. 그저 다퉜을 뿐이다. 아직은 엄마가 말한 그런 일까지는 아닌 것 같았다.

다행히 승혜는 나와 다른 중학교로 진학했다. 엄마는 승혜와 다시는 마주치지 않게 배려해 줬다. 나는 승혜와 이어진 모든 끈을 차단했다. 딱 하나만 빼고. 그 끈은 내가 어쩔 방법이 없었다. 내가 아니라 승혜를 믿었던 친구인 은영이와 같은 학교로 배정되었기 때문이다.

처음에는 꼴도 보기 싫어서 어떻게든 피해 다녔다. 나는 많은 친구를 사귀었고, 다시는 그런 일을 당하지 않기 위해 최선을 다했다. 중학교 생활이 안정되면서 마음에 여유가 생겼다. 은영이와 복도에서 마주쳐도 피하지 않았다. 기회를 봐서 은영이와 이야기를 나누는 자리도 만들었다. 내 궁금증을 풀기 위해서였다. 도대체 승혜가 왜 그랬는지 알고 싶었다. 은영이가 더 친했던 나를 안 믿고 승혜를 믿은 까닭도 미치도록 궁금했다. 은영이는 나에 대한 안 좋은 감정이 여전히 풀리지 않은 상태였다. 그렇지만 승혜가 없는 사실을 꾸며대면서 심하게 나를 모함했다는 사실은 어느 정도 알고 있었다.

"도대체 승혜가 나한테 왜 그랬대?"

"정확히는 모르겠지만…, 승혜만 빼고 우리끼리 뮤지컬을 보고 온 뒤부터 그랬으니까 아마 그것과 관련이 있지 않을까?"

"자기가 학원 특강 때문에 바빠서 못 간 거잖아."

"그렇긴 한데…, 승혜가 널 왜 그렇게 싫어했는지는 나도 잘 모르겠어."

그 당시 승혜는 유난히 바빴다. 월요일부터 토요일까지 쉼 없이 학원에 다녔다. 일요일에도 툭하면 특강 때문에 학원에 나갔다. 우리도 같이 놀고 싶었지만 승혜에겐 여유시간이 없었다. 어쩌면 그것 때문에 샘이 났는지도 모르겠다. 오래도록 가깝게 지낸 내가 여유롭게 친구들과 노는 꼴이 보기 싫었던 걸까? 그렇다고 왜 나를 괴롭혔을까? 자기가 바빠서 놀지 못한 건데, 왜 나를 미워했을까? 가장 알고 싶었던 진실은 그 꼬투리만 찔끔 드러낸 채 몸통은 여전히 꽁꽁 숨어 있었다.

"그럼 왜 나는 안 믿고 승혜만 믿은 거야?"

"그게… 승혜가 증거를 보여줬거든."

"증거? 무슨 증거?"

"네가 승혜한테 보낸 문자."

"내가 어떤 문자를 보냈는데?"

은영이는 스마트폰을 뒤지더니 승혜가 보낸 문자를 찾아냈다. 그 문자를 확인하고 나는 너무 허탈했다. 겨우 이런 문자 하나가 나를 그런 구렁텅이로 빠뜨린 족쇄였다니….

"이건… 너한테 한 말이 아니야. 그때 내가 즐겨보던 웹툰에 나오는 대사를 흉내 낸 거였어."

오해하기 딱 좋은 부분만 캡처한 사진이었다. 교묘한 속임수였다. 나는 은영이에게 웹툰에 나오는 대사를 찾아서 보여주었다.

"미안해. 정말 미안해. 캡처한 거라 믿을 수밖에 없었어."

때늦은 사과였지만 조금은 응어리가 풀렸다.


그 뒤로 무난하게 흘러가다가 딱 한 번 위기가 찾아왔다. 우리 반에는 성격이 나쁜 여자애가 한 명 있었다. 이름은 김소현인데, 아무한테나 시비를 걸고 말을 함부로 했다. 여자든 남자든 가리지 않고 막말을 퍼붓고 다녀서 다들 부딪치지 않으려고 조심했다. 물론 나도 예외는 아니었다. 어느 날, 교실에서 복도로 나가다가 김소현과 부딪쳤다. 심한 충돌도 아니었는데 김소현이 내게 심한 말을 했다. 워낙 말이 거칠어서 앞에서는 대꾸를 못 하고 나중에 친구에게 하소연했다. 나뿐 아니라 다들 그렇게 했다. 그런데 내가 친구에게 늘어놓은 하소연이 김소현한테 들어가고 말았다.

"뒤끝 쩌네. 난 뒤끝 있는 년은 딱 질색인데."

나는 또 아무 대꾸도 못 하고 그대로 당했다. 김소현한테 뒤끝 있다고 찍혔으니 평화롭던 중학교 생활이 위태로워지지 않을까 걱정되었다.

'소현이가 승혜처럼 하면 어떡하지?'

'승혜처럼 교묘한 속임수를 쓰지는 않겠지?'

걱정이 꼬리에 꼬리를 물고 이어지며 점점 커져갔다.

'지금이라도 사과할까?'

내 잘못도 아닌데 사과하기는 싫었다. 그렇다고 걱정을 안고 지낼 수도 없었다. 나는 중학생이 되면서 승혜에게서 받은 상처를 극복했다고 믿었는데, 현실은 전혀 아니었다. 나는 고심 끝에 이 사건이 엄마가 말한 '그런 일'이라는 판단이 들었다. 끔찍한 기억이 엄마를 찾게 만들었다.

나는 엄마에게 김소현과 벌어진 충돌을 털어놓았다. 그리고 엄마에게 물었다.

"내가 뒤끝 있어? 내가 잘못한 거야?"

"그게 왜 네 잘못이야?"

"소현이는 자기는 뒤끝이 없대. 뒤끝은 못난 년들이나 하는 짓

이래."

"웃기는 애네. 남들에게 할 말 못할 말 대놓고 하는 애가 뒤끝까지 있으면 미친 거지."

미쳤다는 말에 웃음이 나왔다.

"그치? 걔가 미친 거지?"

내가 아니라 김소현이 이상하다는 공감은 내게 큰 힘이 되었다. 엄마에게 해결책을 기대하지도 않았고, 엄마가 하는 도움말이 딱히 내게 유용하지도 않았지만 '김소현이 미쳤다'는 선언은 엄마를 신뢰하게 만들었다. 다행히 얼마 뒤에 김소현은 전학을 갔다.

아무래도 예리와 벌인 다툼이 '그런 일'이 되기 전에 엄마와 상의해야겠다.

# 엄마

종욱이에게 어떤 과외인지 설명하고 의견을 물었다. 종욱이는 과외가 조금 부담스럽기는 하지만 승우와 한다면 좋다고 했다.

"그런데 누나가 괜찮을까?"

누나와 툭하면 다투는 종욱이지만 승혜와 관련된 일만은 누나의 심기를 건드리지 않으려고 했다. 누나가 승혜에게 어떤 일을 당했는지 잘 알기 때문이다.

"엄마도 잘 모르겠어."

"승우가 자기 누나 욕을 엄청 많이 해."

"너는 승우한테 누나 욕 안 하고?"

"에이, 내가 왜 해. 다른 애들이면 몰라도 승우한테는 안 해."

"그래, 잘했어. 절대 승우한테는 하지 마."

"근데 승우는 욕이 좀 심해. 아무리 자기 누나가 싫어도 지켜야 할 선이 있는데, 걔는 그런 게 없어. 심한 욕도 막 하고. 누나가 사고나 병으로 죽으면 좋겠대."

"죽으면 좋겠다니…, 그냥 해보는 소리겠지."

"아니야. 내가 승우를 잘 알잖아. 걔는 진심이야. 심지어 인터넷을 검색해서 되지도 않는 저주를 건 적도 있다니까."

예전에는 나도 납득이 되지 않았다. 승우가 왜 그렇게 자기 누나를 싫어하고, 승혜가 왜 세아에게 못되게 굴었는지 이해할 수 없었다. 그러나 오랫동안 인문학과 심리학 공부를 하면서 그 남매가 왜 그러는지 어느 정도 헤아리게 되었다.

세아는 지친 얼굴로 학교에서 돌아왔다. 저녁밥을 먹고 다시 학원에 나가야 했다. 젓가락질을 하는 세아 앞에 가만히 앉아서 말할 기회를 엿봤다.

"양념이 맛있어."

맛있는 음식이 세아 얼굴에서 어둠을 조금 걷어냈다. 나는 그때다 싶어서 슬쩍 밀고 들어갔다. 종욱이가 과외를 받아야 할 필요성부터 언급했다.

"걔는 책 좀 읽어야 해."

세아도 동의했다.

일단 첫 단계는 잘 밟았다. 좋은 이야기를 이어서 꺼낸 뒤에 마지막에 승우와 같이 해야 한다는 사실을 말했다.

"근데, 종욱이 과외를 왜 나랑 상의하는 거야?"

나는 최대한 덤덤하게 엄마가 어떤 고민을 하는지 털어놓았다. 아직 결정하지 않았으며, 네가 싫다고 하면 과외를 시키지 않겠다고 선언했다. 반찬을 집는 젓가락질이 급격하게 느려졌다. 안 된다고 딱 자르지도 못하고, 쉽게 허락하지도 못하는 심정이 이해가 갔다.

"요즘 들어 엄마가 안 사실인데, 승혜가 그럴 만한 사정이 있었어."

"나한테 승혜를 이해하라고 그런 말 하는 거 아니지?"

트라우마를 작동시키는 단추가 다시 눌린 듯했다.

"그게 아니라, 너도 승혜가 왜 그랬는지 궁금해했잖아."

"왜 그랬대?"

치솟았던 목소리가 아래로 떨어졌다.

"걔 엄마는 어릴 때부터 둘을 계속 견주고, 경쟁심을 자극했어. 엄마가 예전에는 눈치채지 못했는데 요즘엔 알겠더라. 그래서 승우도 승혜를 저주할 정도로 싫어하는 거고."

"나랑 가까이 지낼 때 승혜도 승우를 엄청 깠어. 툭하면 욕하고 저주하고."

"승우 엄마는 경쟁심을 통해서 원하는 대로 통제하고, 자식들이 서로 엄마 눈에 들려고 열심히 노력하게 만들려는 의도겠지만 그게 남매 사이를 원수보다 못하게 만들어버렸어. 언제든지 사랑과 관심을 빼앗길 수 있다는 무의식이 형성되면서 너한테도 그런 짓을 한 게 아닌가 싶어."

"혹시 은영이 기억나?"

"6학년 때 어울려 다녔던 친구 아니니? 승혜랑 그 일 있고 멀어진⋯."

"걔가 그랬어. 승혜 빼고 우리끼리 뮤지컬 보고 온 뒤부터 승혜가 그렇게 했다고."

"자기만 소외되었다고 생각했구나."

"학원 다니느라 바빠서 자기가 못 간다고 했으면서⋯, 이해가 안 돼."

"나도 얼마 전에 알았는데, 승혜가 4학년 때 따돌림을 당했대."

"승혜가?"

"그래."

"그럼 혹시⋯ 또다시 외톨이가 될까 봐 두려워서 선수를 친 거야?"

"아마도."

딸은 젓가락을 입에 물고 입술에 바짝 힘을 주었다.

"두려우면 두렵다고 하고, 걱정되면 걱정된다고 말하면 되는데 그 한마디를 뱉을 용기가 없어서 너한테 그런 짓을 한 거지."

딸이 천천히 눈을 들어 나를 봤다.

"오랫동안 궁금했는데, 이유는 대충 알겠어."

나는 말없이 세아를 응시했다. 그 사건이 얼마나 깊은 생채기를 남겼는지 알기에 조심스러웠다.

"그렇지만 용서는 못 해."

"실컷 미워해. 미워할 만하니까."

"계속 미워할 거야."

세아가 단호하게 선언했다.

"그렇지만 승혜를 증오하지는 마. 그건 너를 다치게 해."

나는 세아가 어릴 때 좋아했던 생쥐 기사 데스페로 이야기를 꺼냈다.

"공주는 자신을 납치하고, 자기 엄마를 죽게 한 시궁쥐 로스쿠로를 마지막 순간에 용서했어. 공주는 로스쿠로를 결코 좋아하지 않았어. 그런데도 용서를 한 까닭은 자기 마음을 구하기 위해서야. 공주는 알았어. 증오는 자기 영혼을 병들게 한다는 사실을."

딸에게 데스페로 이야기를 들려주면서 내 가슴 한구석이 뜨끔거렸다. 나도 미워하는 사람이 몇 명 있다. 무의식의 깊은 우물 속에는 분노의 감정도 여전히 남아 있다. 아무에게도 말하지 못한 상처지만 그 분노는 내 영혼을 끊임없이 어둠으로 잡아당긴다. 그 어둠은 오랫동인 나를 괴롭혔다. 나는 그런 어리석은 실수를 딸이 따라 하지 않기를 바랐다.

"나 오늘 예리랑 싸웠어."

세아는 심각한 고민은 좀처럼 겉으로 드러내지 않는 성향이라 친구와 싸웠다는 얘기에 온 신경이 곤두섰다. 친구와 싸워서 또다시 6학년 때와 같은 사태로 번지면 어쩌나 하는 조바심은 감춘 채 긴장하며 이야기를 들었다. 나와 달리 세아는 예리와 다투게 된 원인과 과정을 덤덤하게 설명했다. 어떻게 반응해야 할지 정리하느라 고민하는데, 세아는 내 반응은 기다리지 않고 스스로 결론을 내렸다.

"엄마한테 말하면서 확신이 들었어. 내 잘못이 아니야. 그건 예리가 심한 거야. 내 친구는 내가 결정해. 예리가 아무리 나와 가깝더라도 내 친구 관계를 이래라저래라 할 권리는 없어."

세아 얼굴이 편안해졌다.

"그런데 가만히 생각해 보니 내가 종욱이한테 예리와 같은 짓을 강요하고 있었어. 과외 하라고 해. 종욱이한테 필요한 공부잖아. 앞으로 승혜는 안 되지만 승우와 집에서 놀고 싶으면 우리 집에서 놀아도 돼."

딸을 짓누르던 어둠이 한 꺼풀 벗겨지는 순간이었다. 스스로 알아챘는지는 모르겠지만 엄청난 성장이 이루어지는 순간이었다.

"그나저나 병규는 예리를 왜 찬 거야?"

내가 물었다.

"멍청하대."

"누가? 예리가?"

"응."

"예리가 공부를 못해?"

"아니. 공부 잘해."

"근데 왜?"

"병규가 농담을 많이 하는데, 예리는 병규가 하는 농담을 잘 못 알아들었나 봐. 잘 웃지도 않고."

"흐흐흐, 그래서 멍청하다고 했구나."

나도 모르게 웃음이 터졌다.

"병규가 예리보다 훨씬 성적이 나빠. 그런 병규한테 머리가 나쁘다는 이유로 차였으니 예리가 자존심이 상했지. 예리는 차인 것보다 그 이유 때문에 더 화를 냈어. 나도 그래서 같이 장단을 맞춰줬고."

웃음이 진정되지 않았다.

"엄마는… 하하… 병규 말이… 큭큭… 맞는 것 같은데…, 머리가 나쁘면… 농담을 이해 못 하거든… 크크크…."

웃음을 참으려고 했지만 참기 힘들었다. 내가 계속 웃으니 세아도 따라서 웃었다.

밥을 다 먹은 세아는 얼굴이 환해져서 자기 방으로 돌아갔다. 그릇을 치우다가 문득 깨달았다. 내가 조금 전에 세아가 가장 원하는 반응을 했다는 사실을. 그렇게 노력해도 잘 되지 않던 진정한 공감을 해주었다는 사실을….

승우 엄마에게 과외 모임에 참가하겠다는 의사를 전달하고 설거지를 하려는데 선영이에게서 전화가 왔다.

"괜찮아?"

내가 물었다.

"노래 부르고, 한숨 잤더니 괜찮아졌어."

선영이에게 해장국이라도 사주고 싶었다.

"내가 술 취해서 실수 많이 했니?"

"아니야. 맞는 말만 했어."

"뒷담은 극혐이야."

"그래. 우리 세아도 전에 뒷담에 심하게 당했잖아."

"그러니까. 애들이나 어른이나 똑같이 왜 그러나 몰라."

"그나마 나이를 먹어서 상처는 덜 받잖아."

"그건 그래. 우린 뒷담 하지 말자."

"불만은 앞에서, 솔직하게."

"그치. 바로 그거야. 참, 나 운동할 건데, 헬스장으로 올래?"

쉬고 싶었지만 선영이와 못다 한 얘기를 나누고 싶어서 설거지를 끝내고 가겠다고 했다.

헬스장에서 우리는 운동보다는 대화에 열을 올렸다. 선영이는 술 마시면서 세세하게 하지 못했던 이야기를 털어놓으며 직장동료들 흉을 봤다. 나도 장단을 맞추며 평소에 조금 거슬렸던 사람들에 대한 감정을 털어놨다. 실컷 수다를 떨고 나니 가슴이 후련해졌다. 그런데 운동을 끝내고 집으로 오면서 문득 질문이 떠올랐다.

'내가 선영이와 나누는 대화도 뒷담인가?'

없는 얘기를 지어낸 게 아니니 뒷담이 아니라는 논리와 다른 사람 험담을 그 사람이 없는 데서 나누었으니 뒷담이 맞다는 논리가 대립했다. 어느 쪽으로도 쉽게 결론을 내릴 수 없었다. 고심 끝에 나쁜 뒷담과 그래도 용납이 가능한 뒷담을 구별해야 한다는 결론을 내렸다. 승혜는 없는 얘기를 지어냈을 뿐 아니라 뒷담을 통해 여론을 만들고 무리를 지어 세아를 괴롭혔다. 세아는 무슨 영문인지도 모르고 당해야만 했다. 선영이도 똑같은 일을 당했다. 그러니 모든 뒷담이 문제인 것은 아니다. 없는 얘기를 지어내거나, 뒷담으로 다수의 여론을 만들어 약자를 치는 행위가 잘못이다.

나름 뒷담에 대한 나만의 결론을 내리고 나니 신념에 어긋나는 못된 짓을 저질렀다는 자책이 사라졌다. 다음에 선영이를 만나면 대학에서 강의하며 겪은 못된 인간들에 대해 뒷담을 실컷 해야겠다. 그런 뒷담을 편하게 나누는 친구가 진정한 친구니까.

어떤 몸이나 아름답지만
모든 몸이 조금은 추하다.

어떤 삶이나 뜻깊지만
모든 삶이 조금은 초라하다.

어떤 사랑이든 빛나지만
모든 사랑이 조금은 옹색하다.

그래서 나와 그대는
아름답지만 추하고
뜻깊지만 초라하고
빛나지만 옹색하다.

그래. 우리는
그렇고 그렇다.

# 4

# 아빠랑 어떻게 만났어?

# 엄마

대학교 2학년 여름방학에 처음으로 해외 대학으로 가는 단기 교류프로그램에 참여했다. 1년 기한으로 가고 싶었으나 사정이 여의치 않았다. 어쩔 수 없이 여름방학을 이용해 두 달 동안만 가기로 했다. 그게 내 첫 해외여행이었다. 나는 자유롭게 숨을 쉬고 싶었다. 고등학교를 이어 붙인 듯한 대학 생활이 미치도록 답답했다. 나로서는 참으로 낯선 감정이었다.

나는 고등학교 생활을 잘 즐겼다. 집보다 학교가 편해서 아침 일찍 학교에 가서 최대한 늦게 집으로 돌아왔다. 내게 편안함을 비유하는 표현은 '집처럼'이 아니라 '학교처럼'이 더 적절했다. 그러나 대학에서 고등학생처럼 생활하는 것은 느낌이 달랐다. 간절히 기다리던 스무 살 생활이 십 대 때와 똑같은 느낌이 들자 이상하게도 갑갑해서 견딜 수가 없었다. 학교와 집의 거리도 어정쩡해서 자취도 못 하고 꽤 먼 거리를 통학하는 처지도 답답했다. 고등학생 때는 야간자율학습 핑계라도 댔는데, 그런 핑계마저 그때그때 떠올려야 하는 상황도 싫었다. 부모님도 많이 변해서 그때는 굳이 간섭하지 않았지만, 스스로 눈치를 보면서 감옥 같다는 느낌에서 빠져나오지 못했다.

고등학교 건물에 들어서면 편안했는데 이상하게 대학 건물에 들어서면 폐쇄공포증에 걸릴 것 같았다. 아파트에서는 아무렇지 않게 승강기를 타면서도, 학교 승강기는 끔찍하게 타기 싫었다. 5층보다 더 높은 층에 자리한 강의실은 불안을 자극했고, 적게는 50~60명에서 많으면 수백 명까지 들어차는 강의실은 좀처럼 적응이 되지 않았다. 낮고 좁은 공간에서 적은 인원이 모여 아기자기하게 공부하던 고등학교 교실이 안방이라면 대학교 강의실은 수많은 사람의 시선에 무방비로 노출된 원형광장 같았다.

엄마에 대한 복잡한 감정은 나를 더욱 혼란스럽게 내몰았다. 어릴 때부터 나는 엄마를 좋아하지 않았다. 엄마에게서 따뜻함을 느껴본 적이 없었다. 엄마도 세월이 흐르며 점차 변해갔지만 나는 그것을 받아들이지 않았다. 대학생이 되고 변해버린 엄마에 적응하기 힘들었고, 그동안 쌓였던 억울함이 겹치면서 엄마를 어떻게 대해야 할지 종잡을 수 없었다.

영혼의 단짝인 연아와 멀리 떨어진 깃이 무엇보다 힘들었다. 연아는 아버지를 따라서 일본으로 건너갔고, 무려 6년이 지난 뒤에야 다시 만났다. 연아는 고등학교 내내 내가 마음을 주고받던

절친이었다. 그 누구도 대체할 수 없는 유일무이한 존재였다. 아무리 힘든 일이 생겨도 연아와 같이 이야기를 나누다 보면 길이 생겼다. 연아는 어떤 상황에서도 나를 믿었고, 내 능력을 신뢰했다. 나는 연아를 진심으로 좋아했고, 어떤 면에서는 존경했다. 이제껏 내가 맺은 수많은 인간관계 중에서 연아보다 친밀하고 믿음직한 관계는 단언컨대 없다.

그렇기에 필리핀으로 떠나는 단기 교류프로그램은 나로서는 살기 위한 몸부림이었다. 익숙한 공간의 답답함에서 벗어나 낯선 공간의 자유로움을 누리고 싶었다. 두 달만이라도 다른 공간에서, 다른 숨을 쉬며, 다른 생각을 하고 싶었다. 오랫동안 나를 옭아맨 굴레를 벗어던지고 푸르른 창공을 누비는 날갯짓을 소망했다. 아마 나는 잠시라도 다른 사람의 시선 따위는 아랑곳하지 않고 제멋대로 구는 고양이가 되고 싶었는지도 모르겠다.

편하게 숨 쉴 자유를 찾아갔지만 첫인상은 정반대였다. 필리핀에 도착해 공항을 나서니 숨이 턱 막혔다. 뜨거운 공기가 허파를 달궜다. 도로에서 뿜어내는 열기는 사물을 뿌옇게 가렸다. 무질서하게 뒤엉켜 떠들어대는 사람들로 인해 정신마저 아득해졌다. 영어를 쓰긴 하는데 도저히 알아들을 수가 없었다. 신호를 무시하고 뒤엉킨 오토바이와 자동차는 신경을 불안으로 채웠고, 차가 멈출 때마다 창문을 두드리는 아이들은 심장을 오그라뜨렸다.

캠퍼스는 나름 괜찮았지만 기숙사에 도착해서는 한 번 더 좌절했다. 방은 나를 한국으로 돌려보내려고 작정했는지 잔뜩 인상을 구기며 퉁명스럽게 나를 맞이했다. 눈에 띄는 색은 모조리 칙칙하고, 침대에 놓인 베개와 이불은 눕고 싶은 본능마저 앗아버렸다. 공기부터 색깔까지 모두가 나에게 속삭였다.

'김경아, 넌 잘못된 선택을 한 거야.'

'이곳은 네가 원하는 숨구멍을 열어주지 못해.'

첫인상이 워낙 엉망이어서인지 몰라도 그다음 날에 접한 필리핀은 꽤 괜찮았다. 아침 공기는 나름 상쾌했고, 처음 만난 필리핀 대학생은 나에게 친절하게 목적지를 안내해 주었다. 직원들은 꼼꼼하게 서류를 처리했고, 열대를 품은 나무들은 색다르고 신선했다. 깊이 숨을 들이마셔도 더는 공기가 답답하지 않게 느껴지면서, 오길 잘했다는 생각이 스며들었다.

예고 없이 쏟아지는 소나기도 마음에 들었다. 뭐든 느리게 처리하고 누구에게나 반갑게 인사를 건네는 필리핀 사람들에게 정이 생겼다. 밤마다 어울려서 노는 기숙사 로비는 내게 활력을 불어넣었다. 칙칙하고 퉁명스럽던 방도 지내고 보니 나름 괜찮아졌나. 시내에 나가서 술도 진탕 마시고, 낯선 사람들과 스스럼없이 어울리며 긴 이야기도 나눴다. 한국에서는 절대 그렇게 술을 마시지 않았고, 낯선 사람과 어울리는 것은 상상도 할 수 없었던 나였다. 그 남자를 만난 것은 바로 그 시점이었다.

필리핀에 도착한 지 한 달쯤 지난 어느 밤이었다. 여느 때처럼 필리핀 친구와 술집에 놀러 갔다. 편하게 술을 마시며 대화를 나누는데, 갑자기 한국말이 들렸다. 필리핀에 온 뒤로 일부러 한국말을 일절 쓰지 않았기에 반가움보다는 묘한 이질감이 들었다. 기묘한 호기심에 이끌려 나는 그 남자 앞에 앉았다. 예전이라면 결코 하지 않았을 행동이었다. 어쩌면 그때 잠시, 호기심이 생기면 절제하지 못하는 고양이의 영혼이 내게 빙의되었던 것 같다.

"안녕. 한국에서 왔나 보네."

나는 대뜸 반말을 했다. 반은 술기운으로, 나머지 반은 객기로 내뱉은 반말이었다. 솔직히 술기운이 없었더라도 그 시절의 나였다면 웬만한 한국인을 만나도 반말을 썼을 것이다. 말투도 불량기가 가득했다. 나를 아는 이들이 들었으면 김경아 맞냐고 의심할 만큼 내게는 전혀 어울리지 않는 말투였다.

"그럼, 며칠 전에 왔지."

남자는 가타부타 따지지 않고 대뜸 반말로 대꾸했다. 내가 누구인지도 전혀 따지지 않았다. 한국 사람이라고 반가운 척도 안 했다. 술집에서 우연찮게 만난 반가운 술친구처럼 나를 대했다. 관습에 얽매이지 않는 그 파격이 마음에 들었다. 내가 억지로 애쓰며 움켜쥐고 지내는 자유를 그 사람은 자연스럽게 꺼내놓았다.

"같이 마실래?"

그 남자가 내게 술을 권했다.

"좋지. 여기 내가 좋아하는 필리핀 맥주 있는데, 그걸로 마실까?"

"경험자의 추천은 언제나 대환영이지."

나는 즐겨 마시던 필리핀 맥주를 주문했고, 잇달아 건배했다. 우리는 서로에 대해 아무것도 모른 채 술을 쉼 없이 들이켰다. 무슨 진지한 대화 따위는 없었다. 그저 '마시자', '원샷', '좋네'와 같은 단순한 단어만 반복해서 내뱉었다. 별다른 대화도 없이 그저 술만 진탕 마셨다. 끝이 기억나지 않았고, 눈을 뜨니 기숙사였다.

다음 날, 다시 그 술집에 갔다. 나는 그 남자와 만날 거라고 확신했고 그 남자도 나와 같은 확신으로 술집을 찾아왔다. 우리는 첫날보다는 천천히 술을 마시며 많은 대화를 나누었다. 일단 말문이 열리자 몇 시간이고 떠들어댔다. 술자리를 파하고 나면 무슨 대화를 나누었는지 거의 기억나지 않았다. 그렇지만 술을 마실 때를 빼고는 끊임없이 입을 놀렸던 기억은 생생하다. 그 남자는 처음에는 묵묵히 내 말을 들었다. 가끔 장단을 맞추며 고개도 끄덕이다가 술이 한참 들어가고 난 뒤에야 자기 이야기를 쏟아냈다.

나는 그 남자 앞에서 완벽한 자유를 누렸다. 내가 무슨 말을 해도 다 들어주었고, 내가 어떤 말을 해도 흉을 보지 않았으며, 내가 털어놓는 모든 이야기를 절대 밖으로 전하지 않았다. 전날 한 실수는 그날로 끝이었고, 그다음 날이 되어 따지지도 않고, 부끄러운 기억을 떠올리게 자극하지도 않았다. 뒤끝이 없으니 무슨 말을 해도 마음이 놓였다. 이제껏 살아오면서 그때처럼 말을 많이 한 적은 없었다.

그 사람은 내게 자유를 누리게 했지만 함께 있으면 안정감이 들었다. 단순히 덩치가 좋고 탄탄한 몸이어서 그런 것만은 아니었다. 감정에 쉽게 흔들리지 않고, 술이 취해도 격을 잃지 않았으며, 대화의 물꼬를 억지로 바꾸지 않고 자연스럽게 흐르게 만드는 재주가 있었다. 그 사람과 함께 있으면 마음이 놓였다. 내가 무슨 짓을 해도 흔들리지 않을 사람 같았다.

그 이전까지 나는 자유와 안정이라는 감정은 절대로 동시에 느낄 수 없다고 믿었다. 자유를 얻으려면 안정을 포기해야 하고, 안정을 위해서는 자유를 포기해야 한다고 믿었다. 그런데 그 남자는 자유와 안정이라는 감정을 동시에 맛보게 해주었다. 내게는 놀라운 경험이었고, 그에게 빠진 이유였다. 그것이 그 남자가 지닌 매력인지, 당시 분위기가 그렇게 내 감정을 몰아갔는지는 잘 모르겠다.

한 2주는 밤마다 그 술집에서 술을 마시며 떠들어댔다. 그러다 술값을 너무 지출해서 주머니 사정이 여의치 않게 되자 맥주 캔 하나를 사서 한밤중에 캠퍼스를 걸어 다니며 이야기를 나눴다. 뭐 그리 할 말이 많았는지 모르겠다. 어쩌면 한국에 돌아와서 대학을 졸업할 때까지 한 말이 그때 그 남자와 나눈 말보다 적을지도 모르겠다. 그때 내 입에서 나왔던 말들을 기억해 내려고 숱하게 애써봤지만 끝없이 이야기하는 나 자신만 떠오르고 무슨 말을 했는지는 전혀 기억나지 않았다.

시간이 어떻게 흐르는지도 모른 채 그 남자와 어울리다 보니 한 달이 금세 지나갔다. 나는 한국으로 돌아가야 했고, 그 남자는 필리핀에 계속 머물러야 했다. 마지막 밤이 오기까지 그 남자와 나는 손도 잡지 않았다. 그렇게 많이 함께 다녔지만 그는 항상 나와 일정한 거리를 유지했다. 그가 가까이 다가왔다면 나는 절대 거부하지 않았을 것이다. 어떤 요구도 수용할 준비가 되어 있을 만큼 나는 자유로웠고, 그 사람을 신뢰하고 있었다. 사랑인지는 모르겠으나 나는 그 사람을 받아들일 준비가 되어 있었다. 그러나 그는 마치 수도자처럼 내 곁을 든든하게 지키기만 했다.

마지막 밤을 함께 보내며 얼마나 울었는지 모른다. 다시 숨 막히는 삶으로 돌아가기 싫었다. 그러나 더 큰 일탈을 감행하기에는 용기가 부족했다. 나는 주저리주저리 떠들었다. 그러다 먼저

다가가, 그를 안으며 키스했다. 그 사람은 거부하지 않고 키스를 받아들였다. 그러나 그 이상은 진도를 나가지 않았다.

"여긴 더운 곳이야. 우리도 뜨겁게 만들어. 그 뜨거움에 휩쓸리고 싶지 않아."

다른 대화는 하나도 기억이 나지 않지만, 그 말만은 아직도 생생하게 기억난다. 그 남자는 나보다 훨씬 냉정하게 판단할 줄 아는 사람이었다. 나도 한국에서는 감정보다 이성을 중심으로 판단하는 사람이었지만, 필리핀 공기에 흠뻑 젖은 그때는 감정에 99퍼센트 이상 잠식된 상태였다. 그는 내가 필리핀이라는 공간이 주는 자유로움에 휩쓸려 자신에게 섣부르게 마음을 열었을지도 모른다고 판단한 것이다. 그리고 자신도 약간 들떠서 나를 실제보다 친밀하게 여기고 있을지도 모른다고 생각한 것이다. 그 뜨거운 밤에, 내일 떠나야 하는 슬픔에 젖어 안겨오는 여자를 차분하게 진정시킬 만큼, 그의 이성은 여전히 힘이 남은 상태였다.

다음 날 아침, 맨정신이 된 뒤에 그 남자가 멋지기도 하고 참 야속하기도 했다. 한편으로는 나를 꼭 붙잡아주지 않아 서운하면서도, 다른 한편으로는 내 처지를 이해하고 존중하는 배려심이 고마웠다. 공항에서 우리는 악수만 하고 포옹도 없이 헤어졌다. 한 달이나 함께 밤을 불태웠던 그 사람을 남겨두고 비행기에 오르자 나도 모르게 눈물이 흘렀다.

걱정과 달리 한국에 돌아오니 적응이 그리 어렵지 않았다. 넓은 강의실도, 고층 건물도 적응할 만했다. 연아와 떨어진 허전함은 대체 불가였지만 그래도 견디지 못할 만큼 괴롭지는 않았다. 나는 바꿀 수 없는 현실을 인정했고, 억지로 거부해 봐야 나만 지친다는 사실을 받아들였다. 그리하여 다시 고등학생처럼 지내면서 내게 주어진 삶을 충실히 따랐다. 남들이 짜놓은 일정표가 내 삶을 채웠다. 여전히 답답했지만 이전만큼은 아니었다. 내 삶에 쌓여 있던 팽팽한 증기를 필리핀에서 많이 빼낸 덕분이었다.

안타깝게도 그 남자와는 연락이 끊어져 버렸다. 여러 번 시도했지만 묘하게 엇갈렸다. 인연이 아니라 여기고 묵묵히 내 길을 밟았다. 그런데 박사학위 과정을 하느라 한참 힘들었을 때, 그 남자가 다시 나타났다. 필리핀 술집에서 만난 것과 같은 아주 우연한 만남이었다.

다시 보자마자 나는 그 사람을 절대 놓치지 않겠다고 결심했다. 필리핀에서 보냈던 그 한 달처럼, 그 사람과 살면 자유와 안식을 모두 얻을 수 있을 거라 기대했다.

그러나 남편은 내 기대와는 다른 사람이었고, 삶도 내 바람과는 다르게 흘러갔다.

# 딸

친구들이 나를 연애하게 만들려고 다 같이 작당한 게 분명하다. 수빈이와 정혜뿐 아니라 소혜까지 연애로 나를 엮으려고 안달이 났다. 나와 엮으려는 대상이 한 명이면 피할 방법을 찾겠는데, 그게 아니어서 고역이었다. 누구와 언제 엮일지 모르니 방어할 방법이 없었다. 나를 엮는 방법도 다양했다. 몇 가지만 소개하면 이렇다.

선생님의 지시를 받고 커튼을 묶으려다가 실수로 끈을 떨어뜨렸다. 내 자리는 창가이기에 종종 선생님이 내게 커튼을 걷어라, 쳐라, 묶어라 하는 일을 시킨다. 나는 별생각 없이 A에게 커튼 끈을 주워달라고 부탁했다. A도 아무 생각 없이 커튼 끈을 집어서 나에게 건넸다. 그 순간에 수빈이가 치고 들어왔다.

"오, 둘이 보기 좋은데."

정혜도 거들었다.

"그러게. 아주 좋은 풍경이야."

기습공격이었기에 뭐라 변명도 못 하고 속수무책으로 당하고 말았다.

5교시 수학 시간을 앞두고 문제를 풀고 있었다. 어려운 문제를 붙잡고 씨름하는데, 아무리 머리를 굴려도 풀리지 않았다. 때마침 수학을 잘하는 B가 지나갔다. B는 다른 건 몰라도 수학에 관해 질문하면 친절하게 잘 가르쳐준다. 나뿐 아니라 많은 애들이 B에게 도움을 받았다. 나도 당연히 습관처럼 도움을 청했고, B도 자연스럽게 내 부탁을 들어주었다. B가 설명해 주니 문제가 쉽게 풀렸고, 나는 고맙다고 했다. 바로 그때 소혜가 교실로 들어오면서 괜히 호들갑을 떨었다.

"야, 벌써부터 딱 달라붙어서 지내네. 부럽다."

아니라고 하려는데 어느새 수빈이가 나타나서 호응했다.

"아주 좋아 죽네, 죽어."

문제를 풀어주던 B는 머리를 긁적이며 교실을 나가버렸다.

그 외에도 수없이 많이 엮였다. 가위바위보를 해서 우연히 모둠이 됐는데 남친이랑 가까이 있으려고 일부러 그랬다고 하고, 계단에서 다리를 잘못 짚어서 균형을 잃었더니 앞에 있는 남자 품에 안기려고 일부러 넘어지는 척했냐고 놀리고, 천장을 보며 멍때리는데 남친을 그리워하냐고 놀림을 당했다.

예상치 못한 곳에서 상황을 가리지 않고 엮였다. 때로는 그냥 흘리고 때로는 강하게 부정하기도 했다. 그렇지만 흘려보내면 인정하냐고 놀리고, 강하게 부정하면 강한 부정은 긍정이라면서 놀렸다. 어떤 반응을 해도 소용이 없었다. 체육시간에 선생님이 시켜서 손을 잡았더니 남친과 손을 잡아서 좋겠다는 놀림을 받고 나서, 이 기회에 확 연애를 해버릴까 하는 충동이 일었다. 연애를 하면 이 모든 놀림이 바로 끝난다고 생각하니 연애를 해도 괜찮겠다 싶었다. 봄바람이 창문 틈으로 들어오듯 작은 씨앗이 뿌려지자 연애 세포가 꿈틀꿈틀 깨어났다. 그러나 연애 세포는 한 시간도 안 돼서 분노 세포로 바뀌었다.

급식을 먹고 밖에서 놀다가 조금 빨리 교실로 들어왔다. 5교시는 컴퓨터실에서 정보 과목 수업을 하는데 선생님이 10분쯤 빨리 와서 도와달라고 부탁했기 때문이다. 수업에 필요한 물품을 챙기는데 남자애들 몇몇이 모여서 나누는 대화가 들렸다. 워낙 큰 소리로 떠들어서 안 들을 수가 없었다.

그런데 대화 내용이 매우 불쾌했다. 야동, 체위, 오르가슴 등 듣기 싫은 단어들이 쉼 없이 이어졌다. 남자애들은 뭐가 그리 즐거운지 계속 깔깔댔다. 잘난 척하며 성에 관한 지식을 늘어놓기도 했고, 어떤 체위가 더 좋은지 되지도 않는 토론을 벌이기도 했다. 교실에 나 말고도 여자애들 몇 명이 더 있었지만 남자애들은 아랑곳하지 않고 떠들어댔다. 같이 있던 여자애들은 불쾌함을 느끼고 밖으로 나가거나 귀를 막았다. 하지만 아무도 그만두라고 요구하지는 않았다. 말을 해봐야 들을 가능성도 없고, 괜히 얽혀서 다툼이 벌어지면 자기만 손해기 때문이다.

도대체 왜 저럴까? 그런 얘기를 하고 싶으면 자기들끼리 있는 데서 몰래 하면 되지, 왜 다들 있는 교실에서 저렇게 대놓고 떠들어대는 걸까? 거북하고 불쾌한 대화를 원치 않게 듣게 된 나에게 그것은 언어폭력이나 다름없었다. 나는 불쾌함을 잔뜩 묻힌 채 교실을 나왔다. 끈적끈적한 진흙이 엉겨 붙었는지 걸음을 내디딜 때마다 발밑이 질척거렸다.

컴퓨터실에서는 정보 선생님을 도와서 비품을 정리했다. 쓰레기도 치우고, 의자와 책상도 정리하고, 원활한 수업을 위해 미리 컴퓨터도 켰다. 마우스와 키보드가 잘 작동하는지 확인하고, 수업에 사용할 코딩 프로그램도 점검했다. 그러다 무심코 마우스를 눌렀는데 화면이 번쩍거리더니 발가벗은 남자와 여자가 튀어나왔다. 화들짝 놀라서 얼른 빠져나왔다. 뛰는 가슴을 진정시키고 바탕 화면을 살폈다. 이상한 아이콘 하나가 보였다. 속성을 확인하니 야동 사이트와 연결된 경로가 나타났다. 누구인지 모르지만 교실에서 이상한 대화를 나누던 애들과 같은 부류인 게 분명했다. 학생들이 수업에 쓰는 컴퓨터에 왜 이런 짓을 해놓은 걸까? 잘난 척하려는 건지, 여자들을 놀라게 하려는 건지, 다른 남자들을 자신과 같은 부류로 만들려는 건지 모르겠다. 바로 지워 버리려다가 그대로 두고 선생님에게 알렸다.

"선생님이 철저히 관리하지 못해서 미안하다."

정보 선생님은 넥타이를 만지더니 관자놀이를 누르며 두 눈을 찡그렸다.

"쌤, 남자들은 왜 그래요?"

나는 화가 나서 '남자들'이라고 싸잡아 비난하고 말았다. 곧 바로 잘못된 단어 선택이라는 걸 깨달았지만 굳이 수정하지는 않았다. 그만큼 잇달아 겪은 일 때문에 짜증 지수가 오를 대로 오른 상태였다.

"글쎄, 한창 성에 대한 호기심이 폭발하는 시기라서 그렇지 않을까?"

"그렇다고 이런 짓을 해요?"

"정당하다는 소리는 아니야. 남자들이 다 그런 것도 아니고."

"다는 아니겠지만…, 아무튼 쓰레기만도 못한 짓이에요."

정보 선생님은 컴퓨터를 자세히 살폈다.

"성인용 사이트 접속을 차단하는 프로그램을 우회하는 길을 만들어놨네."

선생님은 아이콘을 지우고 간단한 조치를 취했다.

"앞으로 이런 일이 없도록 할 테니까 화 풀어."

선생님은 진심으로 미안해하며 나를 달랬다.

이런 일을 겪고 나니 연애 세포가 죽을 수밖에 없었다. 내 성 정체성이 성 소수자 쪽은 아니니 사귄다면 이성애자인 남자가 대상인데, 남자들 수준이 이 정도라면 사귈 마음이 전혀 들지 않는다. 하굣길에 친구들과 한바탕 성토대회를 열었다. 비난과 비판과 짜증과 울분이 뒤엉킨 대화가 한동안 이어졌다. 불똥은 엉뚱하게도 지나가던 민재에게 튀었다.

"야, 이민재 너 이리 와봐."

민재는 중학생이 되면서 가까워진 남사친이다.

"도대체 남자들은 왜 그래?"

나는 다짜고짜 따졌다. 민재는 한쪽 귀를 내 쪽으로 가까이 댔다.

"무슨 일인데?"

"도대체 왜 그러냐고?"

난데없이 날아온 화살에 민재는 어찌할 바를 몰랐다.

"무슨 사정인지 얘기는 해줘야지."

소혜가 끼어들더니 내가 왜 열받았는지 차분하게 설명했다.

"도대체 왜 그래?"

내가 다시 추궁했다.

"그게… 그러니까… 나도 잘 몰라. 나는 그런 데 관심이 없어서."

민재는 자꾸 귀를 만졌다.

"너도 남자들끼리 야한 얘기하면 좋아?"

"나는 그런 거 싫고, 들으면 기분 나빠."

"너도 기분이 나빠?"

"당연하지. 걔들은 남이 들으라고 그런 대화를 일부러 하는 건데, 내가 보기엔 그런 짓은 언어폭력이야."

민재가 그렇게 반응하니 화가 조금 가라앉았다. 모든 남자가 그렇지 않다는 사실을 확인해서 안심이 되기도 했다.

"미안해."

민재가 갑자기 사과했다.

"뭐가 미안해?"

"남자들이 해선 안 될 짓을 했잖아. 그러니까 미안해."

민재는 사과를 잘한다. 자신이 잘못하거나 실수했다고 생각하면 곧바로 인정하고 사과한다. 그럴 의도가 없었다는 핑계를 대며 적당히 덮고 넘어가려고 시도하지 않는다. 그런 면에서 다른 남자들과 참 다르다. 민재는 뭐랄까… 특별하다. 자신이 한 짓도 아니고, 자신이 싫어하는 짓인데도, 남자들이 했다는 이유만으로 남자로서 사과하는 민재가… 조금, 멋져… 보였다.

민재가 사과하니 내 울분도 많이 사그라졌다. 격하게 진행된 성토대회도 마무리되었다. 소혜와 수빈이는 사는 동네가 달라서 학교 앞에서 헤어지고 민재와 같이 걸으며 이런저런 이야기를 나눴다. 민재와 얘기하면 재밌다. 무슨 얘기를 해도 잘 들어주어서, 대화를 하고 나면 속이 시원해진다. 민재와 헤어지려다가 별생각 없이 물었다.

"오늘도 연습하러 가?"

"아니, 오늘은 안 가. 사범님이 어디 가셔서."

"그럼 나랑 코노 갈래?"

"지금?"

"안 돼?"

"그게, 집에 잠깐 들러야 해서."

"그럼 그 뒤에는 괜찮아?"

"응. 괜찮아."

"그럼 집에 들렀다가 다시 보자."

"그래, 그럼."

민재와 헤어지고 나는 콧노래를 부르며 집으로 갔다.

"오늘은 기분이 좋나 보네."

엄마가 차가운 사과주스를 내밀며 나를 반갑게 맞았다. 사과 주스를 마시고 옷을 갈아입은 뒤에 대충 씻었다. 그러고는 화장을 다시 했다.

"어디 가?"

"응."

"학원 안 가는 날 아니니?"

"코노 가려고."

"네 친구들은 다들 학원에 갈 시간 아니야?"

"민재랑 갈 거야."

"아, 그 멋진 남자애."

엄마가 민재를 멋지다고 하자 괜히 기분이 좋아졌다.

"엄마도 민재가 멋있다고 생각해?"

"요즘 애들 같지 않게 어른에게 꼬박꼬박 예의를 갖춰서 인사하는 모습이 보기 좋았어."

엄마가 민재를 칭찬하니 나도 칭찬을 받는 듯했다.

"돈 좀 줄까?"

"주면 좋지."

엄마가 화장대에 돈을 올려주었다. 나는 흥얼거리며 화장을 하고는 돈을 지갑에 챙겼다. 방을 나서는데 엄마가 나를 다급히 불렀다.

"그런 옷차림으로 나가려고?"

"응."

"옷 좀 제대로 입고 가."

"난 편한 옷이 좋아."

"그래도 민재랑 노는데….."

"민재는 여자 옷차림 따위는 관심도 없어."

"그래도 속옷 끈은 좀 가려."

"이게 뭐 어때서?"

나는 일부러 어깨를 더 드러냈다. 엄마가 놀라서 입을 살짝 벌렸다.

"그래도 좀 가리고 가. 사람들이 보잖아."

"보면 뭐 어때? 그냥 옷인데. 보고 이상하게 생각하는 사람이 문제지."

엄마 콧잔등에 잔주름이 잡혔다.

"그럼 화장은 왜 그렇게 진하게 했는데? 민재가 화장에는 관심이 많대? 사람들 시선 때문 아니야?"

엄마가 또 트집을 잡으려 들었다. 엄마는 어떤 때는 참 깨인 어른인데, 어떤 때 보면 놀랄 만큼 고리타분하다. 특히 성(性)이나 연애와 관련한 얘기만 나오면 조선시대에서 건너온 사람처럼 말한다. 도대체 왜 그런지 모르겠다. 그래서 나는 성이나 연애에 관한 고민은 엄마에게 털어놓지 않는다.

"엄마! 꼰대처럼 왜 그래?"

신발을 신으면서 한마디 덧붙였다.

"화장은 나를 위한 거야."

# 엄마

어깨끈을 가리라고 지적했다가 고리타분하다고 딸한테 구박을 당했다. 딸은 가끔 나를 옛날 사람처럼 취급한다. 정말 내가 시대의 흐름을 따라가지 못하고 구시대의 가치관에 붙잡힌 걸까? 아무래도 다음 독서 모임 때 다른 엄마들과 진지하게 대화를 나눠봐야겠다.

아무튼 세아가 민재와 놀러 나간다고 하니 흐뭇했다. 예전에는 웬만하면 연애는 스무 살이 넘은 뒤에 하는 게 낫다고 생각했는데, 강의를 들으면서 생각이 바뀌었다. 강사 선생님은 10대에는 10대만 느끼는 감정을 충분히 경험하는 게 좋다고 했다. 10대는 20대와는 확연히 다른 연애 감정을 느끼므로 그 나이에만 느끼는 감정을 겪을 필요가 있다고 강조했다. 그 강의를 듣고 나서 딸이 연애를 하면 좋겠다고 생각했다. 그렇지만 혹시라도 이상한 남자를 만날지도 모른다는 걱정도 들었다. 딸이 민재처럼 듬직하고 착한 아이에게 마음을 두니 안심이 되었다. 민재와 놀러 나간다고 흥얼거리면서 화장까지 진하게 하는 걸 보니 그 나이에 느끼는 연애 감정을 드디어 맛보나 싶어서 흐뭇했다.

세아는 예전부터 종종 민재에 대해 이야기했다.

"민재는 격투기 도장을 열심히 다녀. 일찍 일어나서 새벽마다 운동도 하고, 도장에 안 가는 날이면 따로 훈련도 해. 꿈이 경호원이거든. 다른 공부는 거의 안 하는데 영어 공부는 열심히 해. 경호원이 되려면 영어는 필수라면서. 민재는 다른 남자애들처럼 가볍지 않고, 여자애들에게 친절하고, 실수하거나 잘못하면 바로 사과해. 참 괜찮은 남자애야."

아무래도 민재가 그냥 남사친 같지는 않았다. 민재에 대한 얘기를 할 때면 목소리가 약간 들뜨고, 눈빛이 초롱초롱하고, 입꼬리가 올라갔다. 좋아하는 감정이 하루가 다르게 짙어지는 게 눈에 보였다. 둘이 같이 다니는 영어학원은 종종 늦게 끝나는데, 그럴 때면 민재는 꼭 세아를 현관까지 데려다주었다. 집 앞까지 와서 세아가 들어가는 걸 보고 가는데, 나와 마주치면 허리를 숙여서 예의 바르게 인사했다. 세아가 칭찬하는 그 어떤 말보다 그런 인사 하나가 좋은 인상을 남겼다. 솔직히 말해 종욱이가 민재를 반만 닮으면 좋겠다.

코인노래방까지 같이 가는 걸 보니 감정이 더 짙어진 것 같았다. 딸에게 좋은 남자친구가 생겼다고 생각하니 괜히 내 가슴이 설레었다. 그래서 안 하던 짓을 하고 말았다. 딸이 쓰는 SNS 계정을 살피고 만 것이다. 그곳에서 민재가 남긴 흔적을 찾았고, 어렵지 않게 민재의 계정까지 들어갔다. 멋진 경호원 사진들이 많았고, 간간이 운동을 끝내고 찍은 사진도 보았다. 구슬땀을 흘린 흔적이 묻어나는 사진에 호감도가 쑥쑥 올라갔다. 글도 가볍지 않아서 좋았다. 그러다 예상치 못한 정보를 접했다.

"귀에… 장애가… 있네."

늘 현관 밖에서 인사하는 모습만 봐서 몰랐던 사실이었다. 민재는 SNS에 자신의 장애를 숨기지 않고 거리낌 없이 드러내놓았다. 한쪽 귀가 들리지 않는 '일측성 난청'을 앓고 있는데, 태어날 때부터 한쪽 귀가 난청이어서 치료가 불가능하다는 것이다. 그래서 어릴 때부터 늘 한쪽 귀에 크로스 보청기를 끼고 지냈다고 한다. 과거에 쓴 글을 보니 경호원들이 귀에 이어폰을 끼고 다니는 모습과 보청기를 끼고 사는 자기 상황이 겹쳐 보이며 경호원을 꿈꾸게 된 듯했다.

"참 좋은 애인데…."

말 줄임표에 묘한 감정이 실렸다.

나는 평소에 나에게 장애에 대한 편견이 없다고 믿었다. 장애인은 비장애인과 조금 다를 뿐이고, 누구라도 아프거나 사고가 나면 장애인이 될 수 있으므로 장애인이 살기 좋은 사회환경을 만드는 것이 무엇보다 중요하다고 생각했다. 그런데 딸이 사귈지도 모르는 남자애가 장애인이라고 하니 감정이 복잡하게 요동쳤다.

세아는 9시쯤에 들어왔다. 오늘도 민재는 현관까지 같이 왔다. 나를 보고 깍듯이 인사를 하는데 나도 모르게 귀 쪽으로 시선이 갔다. 세아는 눈웃음을 한가득 담고 집으로 들어왔다. 이것저것 가볍게 이야기하다가 흘리듯이 민재에게 장애가 있는지 물었다. 딸은 아무렇지 않게 그렇다고 했다.

"그런 얘기를 왜 엄마한테 안 했어?"

"그걸 왜 엄마한테 얘기해?"

세아가 눈을 동그랗게 떴다.

"너랑 가까운 사이잖아. 더구나….."

사귈지도 모른다는 말은 삼켰다.

"가깝다고 다 말해야 돼?"

"그건 아니지만… 살짝 당황해서….."

적절한 단어를 찾기가 쉽지 않았다.

"왜 당황했는데?"

딸은 내가 질문하는 의도를 전혀 이해하지 못했다. 대화를 이어가려면 사귈지도 모르는 사이여서 그렇다는 점을 밝혀야만 했다. 그러나 예상과 달리 내가 왜 걱정하는지 밝힌 뒤에도 반응은 전혀 바뀌지 않았다.

"내가 민재랑 사귀게 된다고 해도 마찬가지야. 그걸 왜 엄마한테 얘기해? 민재는 청각이 조금 불편하지만 살아가는 데 전혀 불편하지 않아."

세아가 내 기색을 살피더니 콧잔등을 찌푸렸다.

"설마, 내가 민재와 사귀면 장애가 있다고 반대라도 할 거야?"

"그건 아닌데…."

"그럼 왜 그러는데?"

나는 적당한 대답을 찾지 못했다.

"병규, 수빈이, 소혜, 서윤이도 나와 다른 점이 많아. 그 다른 점을 내가 일일이 엄마한테 다 얘기하지는 않잖아. 민재는 청각 능력 말고도 나와 다른 점이 엄청 많아. 그렇지만 나는 민재와 내가 다른 점을 일일이 구별하지 않아. 민재 귀에 꽂힌 보청기는 팔뚝에 난 작은 점과 다를 바 없어."

"넌 그게 아무렇지도 않아?"

"엄마, 그렇게 안 봤는데 정말 이상하네."

세아가 고개를 절레절레 저었다. 졸지에 딸에게 가치관이 비뚤어진 엄마로 취급당하고 말았다. 못된 엄마로 찍히지 않은 게 그나마 다행이라고 해야 할까.

"누나, 민재 형이랑 연애해?"

지나가던 종욱이가 분위기 파악을 못 하고 끼어들었다.

세아가 종욱이를 째려봤다. 종욱이는 그러거나 말거나 자기 할 말을 하고는 가버렸다.

"엄마, 누나 주변 다른 형들은 다 이상한데 그 형은 괜찮아."

툭하면 누나와 싸우는 종욱이조차 그렇게 말하니 나만 고정관념에 빠진 꼰대 엄마가 되고 말았다. 이 상황을 어떻게 받아들여야 할지 난감했다.

문득 몇 달 전에 읽은 책이 떠올랐다. 그 책에서 작가는 "눈에 띄는 데서 차별이 출발한다"라고 지적했다. 예를 들어 어떤 사람이 피부색이 다르거나, 다리를 절뚝이면 눈에 뜨인다. 피부색과 걸음걸이를 인식하지 않으면 나와 다르다는 생각을 하지 않게 되고, 그러면 차별도 없다. 반면에 피부색과 걸음걸이가 나와 다르다고 인식하면 차별하는 조건이 마련된다. 인식한다고 해서 곧바로 차별로 이어지지는 않지만, 구별하는 마음이 차별로 가는 첫 단계가 된다는 이야기였다.

민재 사례에 적용하니 그 작가가 한 말이 정확히 들어맞았다. 세아는 민재가 지닌 장애를 자신과 다른 점으로 인식조차 하지 않았다. 나는 장애를 인식했고, 그러고 나서 나도 모르게 편견에 빠져들고 말았다.

세아가 기특해 보이긴 했지만 한편으로는 마음이 무거웠다. 설레발이긴 하지만 세아가 민재와 결혼하는 모습을 상상하니 그리 흔쾌하지 않은 나를 발견했기 때문이다. 민재가 좋은 아이이긴 하지만, 딸이 같이 살면서 어려움을 겪을 가능성도 있기 때문이다. 딸은 그냥 편하게 살면 좋겠다는 욕심이 나를 편견에 빠진 엄마로 만들어버렸다.

식탁에 앉아 차를 마시며 이런저런 상념에 젖어드는데 세아가 방에서 나와 맞은편에 앉았다. 그러더니 뜬금없는 질문을 꺼냈다.

"엄마는 어떤 남자가 좋아?"

"어떤 남자라니?"

"사귄다면 어떤 남자가 좋냐고."

"나한테 아무런 의미가 없는 질문이야. 너한테는 연애가 자유지만, 내가 연애하면 불륜이 돼."

"그럼 질문을 바꿀게. 예전에, 그러니까 아빠를 만나기 전에 엄마의 이상형은 뭐였어?"

결혼한 지 오래고, 이혼할 마음도 없으니 옛날의 이상형을 떠올려봐야 무슨 의미가 있을까 싶지만 딸이 재촉해서 어쩔 수 없이 옛 기억을 더듬어 꺼냈다.

"일단 옷을 잘 입어야 하고, 치열한 논쟁을 길게 끌어갈 만한 논리력과 사고력을 갖춰야 하고, 내 얘기를 끝까지 잘 들어주고, 항상 열정이 넘쳐서 높은 이상을 향해 노력하는 사람…. 더 있었는데 기억이 안 나."

"어? 아빠랑 거의 안 맞네."

"그런가?"

세아가 팔짱을 끼더니 고개를 까딱거렸다.

"엄마는 아빠랑 결혼을 잘한 거야. 엄마가 원하던 그런 남자랑 결혼했으면 엄마는 맨날 싸웠을 거야. 열정이 넘치고, 이상이 높고, 논쟁을 길게 하는 사람이면 엄마와 밤새 말다툼을 벌였을지도 몰라."

세아가 부부 상담가처럼 굴었다.

"하긴, 아빠는 다투다가도 잠잘 시간이 되면 자야 하는 사람이니까. 처음 만났을 때 그런 줄 알았으면 아마 더 안 만났을 거야."

"아빠랑 처음에 어떻게 만났어?"

그러고 보니 남편과 처음에 만난 사연은 아무에게도 털어놓은 적이 없다. 일탈과 우연이 겹친 만남이었다. 그 공간과 시간이 아니었다면 남편 같은 사람이 눈에 들어오지도 않았을 것이다. 세아 말대로 남편은 내가 그리던 남자와는 전혀 다른 사람이었으니까. 아니면 그때는 나뿐 아니라 남편도 잠깐 동안 전혀 다른 사람이 되었던 건지도 모르겠다.

남편과 만났던 때를 떠올리며 상념에 젖는데 세아가 재차 답변을 재촉했다.

"엄마, 아빠를 어떻게 처음 만났냐니까?"

세아는 턱을 괴고 내 입을 뚫어지게 바라보았다. 마치 로맨스 드라마의 주인공이 겪는 이야기라도 기대하는 듯했다. 환상을 깨지 말아달라는 소망이 새까만 밤하늘에서 반짝였다. 나는 딸이 원하는 빛깔로 남편과 처음 만났던 얘기를 꾸미기로 마음먹었다.

"…흔들리는 조명 아래에 앉은 네 아빠를 처음 봤는데, 내 심장이 샤샤처럼 예쁜 고양이를 본 듯이 두근거렸어. 그래서… "

연애 경험담을 그럴듯하게 꾸며서 말하다가 문득 깨달았다. 내가 이루지 못한 연애 판타지를 딸에게 바라고 있음을.

그 당시 나로서는 연애 상대로 나름 괜찮은 남자라고 골랐다. 어쩌면 완벽한 남자라고 믿었을지도 모른다. 이런 남자와 결혼하면 완벽한 결혼생활이 되리라 믿었다. 그러나 연애와 결혼은 다르다는 사실을 그때는 제대로 몰랐다. 연애할 때는 완벽한 상대가 결혼한 후에도 완벽한 배우자가 될지는 알 수 없다. 연애가 판타지를 공유하는 관계라면, 결혼은 일상을 공유하는 관계이기 때문이다. 판타지를 공유할 땐 완벽한 남자라도 일상을 공유하면 어찌 될지는 아무도 모른다. 판타지와 일상은 애초에 전혀 다른 차원이다.

나는 딸이 결혼 상대자로 완벽한 남자와 연애하기를 바랐다. 이루어질 가능성이 지극히 낮은 소망이긴 하지만, 운이 좋으면 연애하기에 완벽한 상대는 만날지도 모른다. 그러나 결혼하기에 완벽한 상대는 애초에 존재할 수가 없다. 일상은 때로는 구질구질하고 보잘것없기 때문이다. 그런 일상을 공유하는데, 어떻게 완벽한 결혼이 가능하겠는가?

나도 이런저런 다툼과 갈등과 시련을 겪으며 결혼생활을 이어오고 있다. 아마 특별한 일이 생기지 않는 한 계속 이어갈 것이다. 완벽한 결혼생활이라서 지금까지 유지하고, 앞으로도 끌고 가려는 게 아니다. 공유하는 일상을 파괴해서 얻는 변화에 대한 기대가 없고, 함께한 시간만큼 길들어 익숙해져 버린 탓도 있다.

힘주어 꾸며내던 판타지가 뒤로 갈수록 흐려지더니 그렇고 그런 연애 이야기로 마무리되었다. 세아는 한 번도 끊지 않고 내 이야기를 다 듣더니 콧잔등을 찡그리며 물었다.

"엄마, 이거 지어낸 얘기지?"

나는 솔직히 인정했다.

"티 났니?"

"그래. 심하게."

"반쯤은 사실이야."

딸이 피식 웃었다.

문득 딸에게도 이상형이 있는지 궁금했다.

"너는 어떤 남자가 좋아?"

세아는 머뭇거리지 않고 바로 대답했다.

"민재 같은 남자."

내게는 그 대답이 이제부터 민재와 사귈 거라는 선언으로 들렸다.

"내가 민재랑 사귀면 반대할 거야?"

"반대는 무슨…."

"근데 표정이 왜 그래?"

"내 표정이 어때서?"

딸이 뭐라고 말하려는데 스마트폰에서 알림음이 났다. 딸보다 먼저 거기에 눈이 갔다. 문자를 보낸 이는 민재였다.

문자를 확인한 딸은 얼굴이 환해지더니 나는 쳐다보지도 않고 자기 방으로 가버렸다. 순식간에 비어버린 의자 위로 휑하니 바람이 불었다.

세아가 고개를 절레절레 저었다.

졸지에 딸에게 가치관이 비뚤어진 엄마로 취급당하고 말았다.

못된 엄마로 찍히지 않은 게 그나마 다행이라고 해야 할까.


문득 몇 달 전에 읽은 책이 떠올랐다.

그 책에서 작가는 "눈에 띄는 데서 차별이 출발한다"라고 지적했다.

인식한다고 해서 곧바로 차별로 이어지지는 않지만,

구별하는 마음이 차별로 가는 첫 단계가 된다는 이야기였다.

아이는 그냥 투정을 부렸는데
엄마만 괜히 날카로워진 건 아닐까?
아이는 조금 지쳤을 뿐인데
엄마만 괜히 예민해진 건 아닐까?
아이는 잠깐 고민했을 뿐인데
엄마만 괜히 심각해진 건 아닐까?
아이는 어쩌다 감정에 휘둘렸을 뿐인데
엄마만 괜히 민감하게 군 건 아닐까?

그렇게 어긋난 지레짐작이
심각한 문제를 만들어낸 건 아닐까?
어쩌면 그 반대일지도 모른다.
엄마는 가볍게 여기는데
아이에겐 심각한 위기인 건 아닐까?

안개 짙은 미로에서
엄마는 오늘도 아이와 함께 걷는다.

# 5

# 엄마 노릇 힘드니까 빨리 독립해

# 엄마

수업을 마치고 스마트폰을 켜니 독서 모임 단톡방에 문자가 떴다. 강의 입장권이 필요하면 주겠다는 문자였다. 유명한 교육 전문가가 온다고 해서 입소문이 자자했는데, 입장권이 아이돌 공연표처럼 사라져버렸던 바로 그 강의였다. 꼭 듣고 싶은 강의였기에 바로 달라고 했다.

표를 받기로 했는데, 곤란한 상황이 떠올랐다. 일전에 표를 구하려다 실패하고는 강연이 열리는 시간에 강사 회의를 잡았기 때문이다. 빠지면 안 되는 회의였다. 강사 단톡방을 열어 회의 시간을 바꿔달라고 부탁했다. 한턱낸다고 약속한 뒤에야 힘들게 회의 시간을 옮겼다.

카톡으로 표를 받은 뒤에 마트에 들러서 장을 봤다. 세아가 시험을 마치는 날이라 맛있는 요리를 해주고 싶었다. 방에 틀어박혀 나오지 않던 세아는 저녁으로 자기가 좋아하는 음식을 차리자 그제야 나왔다. 좋은 엄마가 되기로 결심하면서 시험점수는 물어보지 않기로 했기 때문에, 궁금하지만 참았다. 세아는 저녁밥을 먹고는 다시 방에 틀어박혔다. 시험이 끝나는 날에만 누리는 자유이기에 내버려 두었다.

그런데 그런 생활이 하루로 끝나지 않았다. 다음 날에도 그다음 날에도 계속 똑같이 굴었다. 방은 엉망진창이었다. 옷은 뱀이 허물을 벗듯이 곳곳에 널렸고, 과자 부스러기와 휴지로 발 디딜 곳을 찾기 어려웠다. 집에 돌아와서는 계속해서 스마트폰만 붙잡고 노닥거렸다. 학원 숙제도 제대로 안 했다. 아무리 그래도 숙제는 하라고 지적하려다 그만두었다. 예전에 숙제로 한바탕 충돌했던 기억이 떠올랐기 때문이다.

몇 번이나 숙제를 안 해가서 학원 선생님에게 연락이 온 적이 있었다. 비싼 수업료를 내고 제 할 일을 하지 않는 꼴을 용납할 수 없었다. 그래서 야단을 쳤더니 바로 대들었다. 말꼬리 잡기가 이어지고 다툼이 격렬해졌다. 감정이 격해진 나는 다 때려치우라고 과격하게 나갔다.

"공부 안 하려면 문제집 다 갖다 버려."

"그렇게 말하면 내가 못 할 줄 알아?"

세아는 문제집을 몽땅 들더니 현관을 박차고 나갔다. 그러고는 한동안 들어오지 않았다. 시간이 지나고 화가 가라앉자 슬슬 걱정이 되었다. 세아가 얼마나 고집이 센지 알기 때문이다. 세아가 어렸을 때, 잘못을 저지른 벌로 벽에 서서 손을 들고 있으라고 시킨 적이 있었다. 그러고는 집안일을 하는데, 한 시간이 넘도록 아무런 움직임이 없었다. 이상한 생각이 들어서 방으로 가봤더니 땀을 삐질삐질 흘리면서 그때까지 손을 들고 있었다. 앙다문 입이 고집 센 성격을 오롯이 드러냈다. 그 뒤로도 고집을 부릴 때면 지독했다.

어쩌면 이번에도 그 고집이 발동될지도 모른다는 걱정이 들어 서둘러 밖으로 나갔다. 재활용 쓰레기 처리장으로 가보니 세아가 버린 문제집이 곳곳에 널려 있었다. 한숨을 내쉬고는 스마트폰 손전등을 켜고 문제집을 수거했다.

"뭐 하세요?"

경비원이 지나가면서 전등을 비췄다. 드러내고 싶지 않은 민낯을 들킨 듯해서 낯부끄러웠다. 나는 사정을 설명했다.

"이런 일 종종 있습니다."

경비원은 빙그레 웃으며 손길을 보탰다. 문제집을 가득 들고 승강기를 탔는데 평소에 친하게 지내는 아랫집 부부와도 만났다. 이래저래 창피했다. 그 사건을 겪고 난 뒤로는 공부로 잔소리하려고 할 때마다 그 기억이 떠올라서 머뭇거려졌다.

유명 강사의 강의를 듣기로 한 날은 일정이 **빡빡**했다. 종욱이 담임선생님과 면담하기 위해 아침 일찍 학교를 찾았다. 애들이 거의 오지 않은 시간에 종욱이를 데리고 같이 등교했다. 아이는 감옥에 끌려가는 죄수처럼 내 뒤를 따랐다.

"뭐 할 말 없니?"

선생님을 만나기 전에 물었다.

"없어."

종욱이는 애먼 바닥을 발로 툭툭 차며 뚱하게 대꾸했다. 이럴 때 심하게 야단이라도 쳐야 할까? 아니면 따뜻하게 다독이며 격려해야 할까? 아니면 아무렇지 않은 일이니 학교에서 내리는 처분에 고분고분 따르라고 해야 할까? 선뜻 결론을 내리지 못한 채 머뭇거리는데 종욱이는 거북이가 기어가듯이 교실로 들어갔다.

담임선생님과 만나기로 한 면담실까지 가는데, 죄인이 된 기분이었다. 자식이 저지른 잘못은 모두 부모 책임이라는 낙인도 무서웠다. 어떻게 자식의 잘못이 다 부모 때문일까? 부모가 아무리 잘해도 엇나가는 게 자식이다. 자식은 부모 뜻대로 되지 않는 걸 다 알면서 왜 모든 책임을 부모에게 물을까? 엄밀하게 말하면 사람들은 부모의 책임이 아니라 엄마의 책임이라고 여긴다. 엄마가 아이의 인성을 잘못 가르쳐서, 엄마가 제대로 된 모범을 보이지 못해서, 아이가 어릴 때 엄마가 사랑을 충분히 주지 못해서,

잘못된 육아로 아이의 감정에 결핍이나 불안을 심어서 말썽을 부린다고 생각한다. 문제는 나도 거기에 어느 정도 동의한다는 사실이다. 나는 초보 엄마였고, 사랑을 제대로 주기에는 미숙했다. 제멋대로 구는 아이를 넉넉하게 품을 만한 감정의 여유도 없었다. 지금 아는 것을 그때 알았더라면, 세아도 종욱이도 전혀 다르게 컸을지도 모른다. 최소한 툭하면 학교에서 사고를 쳐서 불려가는 이런 일은 벌어지지 않았을지도 모른다.

담임에게 내 잘못을 고백하며 빌어야 할까? 종욱이의 인성에 문제가 많다는 지적이라도 받으면 어떻게 하지? 상담실까지 가는 동안 별의별 걱정에 시달렸다. 상담실 문을 여는 데에도 상당한 용기가 필요했다. 담임 앞에 앉으려니 야단맞는 학생이 된 것 같았다. 학교에 다닐 때 단 한 번도 말썽을 부린 적이 없고, 언제나 모범생으로 칭찬만 받으며 생활했던 나로서는 이런 상황이 낯설 뿐 아니라 고통스럽기까지 했다. 차라리 내가 저지른 잘못으로 이러고 있다면 심한 죄책감까지 들지는 않았을 것이다.

담임은 자술서부터 내밀었다. 자술서에는 종욱이가 무엇을 잘못했는지 세세히 적혀 있었다. 변명의 여지 없이 잘못을 저지른 것이 맞았다. 담임은 평소 종욱이가 어떻게 장난을 치고, 말썽을 부리는지 수많은 사례를 들려주었다. 익히 예상되는 모습도 있고, 예상을 벗어난 사례도 있었다. 나는 한마디도 변명하지 않고 가만히 들으며, 가끔 죄송하다는 말을 내뱉어야 했다. 그래야만 할 것 같았다.

"종욱이가 관심을 받고 싶어 해요. 그렇다 보니 행동이나 말이 과해요. 뒷북친다고 하죠? 분위기에 휩쓸려서 끌려가다가 남들은 다 그만둔 뒤에 혼자 시끄럽게 굴다가 걸려요. 그럼 저로서는 종욱이만 야단칠 수밖에 없죠. 다른 선생님들한테도 그렇게 걸린 적이 많고요. 이번 사건도 비슷합니다. 그 아이를 말로 놀리는 짓은 다른 애들이 먼저 시작했죠. 그렇지만 다들 적당한 수준에서 멈췄어요. 종욱이는 뒤늦게 휘말려서 더 심하게 놀렸고, 다른 애들이 그만둔 뒤에도 끝까지 놀려댔어요. 그게 종욱이가 늘 말썽쟁이로 찍히는 공식이죠."

나도 그런 성향을 잘 안다. 종욱이는 멈출 줄을 모른다. 재미가 붙으면 과도하게 매달린다. 친구들의 관심이 자신에게 모이면 좋아한다. 그래서 괴상한 짓도 많이 하고, 툭하면 웃긴 농담도 늘어놓는다. 그래서 친구들이 많다. 분위기에 휩쓸린 종욱이를 이용해 먹는 친구들도 종종 있다. 어릴 때는 그래도 잠깐 떠들거나 장난이 심한 정도였는데, 고학년이 되면서 심각한 문제아 취급을 받는 데까지 이르고 만 것이다.

"집에서 어떻게 해야 할까요?"

잔뜩 기대하고 물었는데, 담임은 나도 이미 아는 뻔한 방법만 늘어놓았다. 그 방법들은 아마도 잠깐 효과가 있겠지만 얼마 지나지 않아 효력을 다할 것이다. 철부지 영혼을 바른길로 이끄는 방법은 정녕 없는 것일까?

죄인이 되어 훈계를 듣고 상담실을 나오니 등에 식은땀이 흐르고 있었다. 교실에 있는 종욱이를 만나고 가려다, 애들이 등교하는 시간이라 그만두었다. 차에 탔지만 어디로 가야 할지 망설여졌다. 어렵게 구한 표로 강의를 들으러 가야 하는데, 그럴 기분이 아니었다. 이런 못난 엄마가 그런 좋은 강의를 들어서 뭐 하나 싶었다.

난 고민이 들면 하기로 한 것을 일단 한다. 계획한 일을 안 하고 고민에 빠진다고 해결되는 건 없기 때문이다. 괜히 고민한다고 계획한 일을 포기하면 나름 굴러가던 일상마저 무너져버린다. 그래서 늘 그랬던 것처럼 꾹 참고 시동을 걸었다. 강의 장소까지 어떻게 가는지도 모른 채 차를 몰았다. 주차를 하고 차에서 내리는데 머리가 지끈거리고 먹먹했다.

큰 대강당에는 내 또래로 보이는 엄마들이 엄청 많았다. 종종 남자들도 보였는데, 그들은 엄마들 못지않은 열기를 뿜어냈다. 강의를 듣지도 않았는데 참가자들의 적극성에 내 감정도 따라서 뜨거워졌다. 강사가 잘 보이는 자리에 앉아서 강의를 기다리다 보니 두통이 점점 사라졌다. 아침부터 에너지를 잔뜩 소모한 몸은 피곤했지만 머리는 피로를 밀어내고 배움을 받아들일 준비를 마쳤다.

　강사는 농담과 유쾌한 사례를 적절히 섞으며 이야기를 풀어나갔다. 강사가 이끄는 대로 따라가니 연신 웃음이 터졌는데, 블랙 코미디를 볼 때처럼 즐거움 사이로 가시가 뾰족하게 튀어나와 나를 찌르는 것 같았다. 상쾌한 웃음과 보석 같은 지혜가 흘러넘치는 강의였다. 강사가 왜 유명한지 알 수 있었다. 나도 대학에서 저렇게 강의하면 좋겠다는 바람이 얼핏 들었지만, 복잡하고 심오한 화학을 그런 식으로 가르치면 안 된다는 사실을 재빨리 자각했다.

　달뜬 기분으로 강의실을 빠져나와 주차장으로 내달렸다. 이제 내가 강의하러 가야 할 시간이었다. 점심을 느긋하게 먹을 여유가 없었다. 대학으로 가는 도중에 편의점에 들러 김밥을 샀다. 시간을 보니 간신히 강의 시간에 맞춰 갈 것 같았다. 운전 중에는 못 먹고, 신호에 걸렸을 때만 김밥을 먹었다.

　아슬아슬하게 강의실에 도착해서 정신없이 수업을 했다. 학생들이 제대로 이해를 못 해서 설명하는 데 애를 먹었다. 유명 강사처럼 재미난 농담으로 수입을 채우고 싶었지만, 꼭 이해하고 넘어가야 하는 중요한 내용이라 온 에너지를 쏟아부었다. 다른 때보다 유난히 힘든 강의였다.

강의가 끝난 뒤에는 미루었던 회의를 했다. 어느 회사, 어느 조직이나 다 그렇듯이 회의는 지겹고 힘들었다. 특히나 권한은 거의 없고, 책임은 끝도 없이 짊어지고 사는 시간강사에게 회의란 안 그래도 무거운 짐에 또 다른 짐을 얹는 가혹한 형벌인 경우가 많았다. 회의가 끝날 때쯤 내 어깨에도 짐이 하나 지워져 있었다. 회의가 끝난 뒤에는 밀린 업무를 처리했다. 집으로 일을 가져가지 않으려고 문자도 확인하지 않고 집중했다. 업무를 겨우 끝내고 다시 서둘러 주차장으로 달렸다. 종욱이와 세아가 같이 다니는 수학학원에 들러서 면담을 해야 하기 때문이다.

학원 면담은 학교와는 결이 달랐다. 학교 면담이 인성에 초점을 둔다면 학원 면담은 거의 모두 공부에 초점을 둔다. 인성도 학습능력과 관련된 부분만 화제에 오른다. 종욱이는 다른 과목은 뒤처지는데 이상하게 수학은 잘한다. 세아는 그 반대다. 다른 과목은 그럭저럭 잘하는데 유독 수학을 못 한다. 종욱이 담당 선생은 과학 수업을 권했고, 세아 담당 선생은 세아에게 특별 보충수업을 추천했다. 종욱이는 과학 실력을 쌓아서 확실하게 이과 쪽 재능을 키워주는 게 좋다고 했고, 세아는 수학의 기초가 부실하니 그 점을 보강하는 수업이 필요하다고 했다. 둘 다 선뜻 결정할 수 없는 문제였다. 아이들과 상의도 해야 하고, 추가 지출에 따른 부담액이 적정한지도 따져봐야 했다.

학원 면담까지 마치고 나오니 몸이 파김치였다. 축축 처지는 몸을 겨우 갈무리하며 집에 들어왔는데 세아는 소파에 퍼질러 누운 채 엄마를 본 체도 안 했다. 방은 여전히 더럽고, 거실 한복판에 양말까지 벗어놓았다. 저렇게 놀면서 설거지나 집 청소를 조금만 하면 안 될까? 세아는 내가 시키지 않으면 절대 집안일을 안 한다. 쓰레기라도 한 번 치우면 꼭 보상을 원한다.

오늘 강의에서 강사는 일상을 유지하는 힘을 키워줘야 한다고 했다. 몸을 청결히 관리하고, 생활공간을 깨끗이 정리하고, 제시간에 자고, 스스로 일어나고, 요리와 설거지를 혼자 해낼 줄 알아야 한다고 했다. 학교 공부보다 생활능력이 탄탄한 사람이 훌륭한 사회인으로 성장할 가능성이 높다고 강조했다. 세아가 하는 꼴을 보며 그 강사의 말이 타당함을 다시 확인했다.

딸이 바뀌어야 하는데, 과연 그게 내 힘으로 될까? 어떻게 하면 습관이 바뀔까? 모르겠다. 배움을 실천하기는 여전히 어렵다. 엄마 노릇, 참 버겁다.

# 딸

시험을 망쳤다. 학원에 다니는 과목은 더 심하게 망쳤다. 그렇다고 걱정하진 않았다. 시험을 망친다고 해도 후폭풍은 없기 때문이다. 예전에는 학원에서 보는 시험점수 하나에도 잔소리 폭풍을 쏟아냈던 엄마가 요즘은 달라졌다. 책이나 강사에게 배운 원칙을 지키려고 내 앞에서만 아닌 척하는지, 정말 괜찮다고 여기는지는 모르겠지만 잔소리가 없으니 마음이 편하다. 시험이 끝난 날부터 틈만 나면 스마트폰을 만지고, 친구들과 노닥거리고, 학원 숙제도 대충 하면서 시험에서 벗어난 해방감을 마음껏 누렸다. 그러다 예상치 못한 위기가 닥쳤다.

거실에서 이어폰을 꽂고 스마트폰을 만지며 노닥거리는데 엄마가 내 어깨를 톡톡 쳤다. 이어폰을 꽂은 채 엄마를 봤다. 엄마가 손끝으로 이어폰을 빼라는 신호를 보냈다.

"왜?"

엄마는 말없이 스마트폰을 내밀었다. 담임선생님이 보낸 문자였다.

"이게 뭔데?"

"네 눈에는 안 보이니?"

징조가 좋지 않은 말투였다.

스마트폰에 찍힌 문자를 봤다. 발신자는 담임선생님이었다. 문자에는 내 시험점수가 찍혀 있었다. 심지어 과목별 평균과 표준편차와 같은 세세한 정보도 덧붙어 있었다. 내 예상보다 나쁜 점수였다. 나는 어깨를 으쓱하고는 스마트폰을 엄마에게 돌려줬다.

"너 이래도 돼?"

엄마가 가시처럼 까칠했다. 시간이 옛날로 돌아가려고 발가락을 꼼지락거렸다.

"지금 성적으로 뭐라 하는 거야? 성적은 중요하지 않다고 말하지 않았어?"

말을 뱉어놓고 바로 후회했다.

서윤이는 시험을 망치면 먼저 울어버린다고 한다. 엄마 앞에서 펑펑 울고는 문을 꼭 닫고 공부하는 척한다고 했다. 엄마가 화를 내기 선에 자기가 먼저 좌절하고 슬퍼하는 모습을 보이면 엄마도 야단치지 않기 때문이라는 것이다. 나는 그런 연기는 싫어서 안 한다고 했는데, 엄마의 반응을 보니 서윤이처럼 연기를 하는 게 더 나았을지도 모르겠다는 후회가 일었다.

"문제는 네 태도야. 시험을 망쳤으면 그래도 울적해하거나, 다음엔 잘 보려고 마음을 다잡는다든가, 뭐 그래야 하는 거 아니야?"

"엄마는 내가 우울하게 보내면 좋겠어?"

"누가 우울하게 보내래? 시험을 망쳤는데도 아무렇지 않게 지내니 그렇지."

"그게 그 말이잖아. 시험을 망친 게 큰 죄도 아니고, 시험 끝나서 좀 편하게 지낸 게 무슨 잘못이라고 갑자기 잔소리를 하냐고."

나는 조금도 지지 않고 엄마에게 맞섰다.

"넌 학생이잖아. 결과가 안 좋으면 반성하고 어떻게 하면 더 나아질지 고민해야지."

"결국 점수가 나쁘다고 뭐라 하는 거잖아."

"넘겨짚지 마. 시험을 망치고서도 아무렇지 않게 지낸 네 태도를 지적하는 거야."

"실수 때문에 망쳤어. 실수야, 실수!"

"핑계는…."

"시 실이야. OMR이 번져서 하나 깎이고, 서술형에서 '기'를 빼먹어서 깎이고, 숫자가 6인데 8로 보여서 틀리고…."

"그게 사실이라면 실수를 줄일 방법은 고민 안 해?"

"실수인데 어떻게 줄여? 말 그대로 실수인데….”

"실수도 실력이란 말은 못 들어봤어?”

어른들은 잔소리할 때 이런 뻔한 말밖에 못하는 걸까? 좀 참신한 말을 지어내면 좋겠다.

"시험을 망쳤으면 최소한 스마트폰은 좀 자제해야 하는 거 아니니?”

"언제는 내가 알아서 쓰라며? 나를 믿는다고….”

"믿어주면 그에 맞춰 행동해.”

"시험 끝났는데 좀 길게 할 수도 있지.”

"바로 그런 태도가 문제라고.”

"그만해. 시험 성적으로 잔소리하는 엄마는 질색이야.”

더는 말싸움하기 싫었다. 벌떡 일어나 내 방으로 갔다. 문을 닫으려는데 엄마가 문손잡이를 잡고 놓지 않았다.

"왜 이래?”

"방이 저게 뭐야? 쓰레기장도 아니고.”

"내 방이야. 내 방을 두고 이래라저래라 간섭하지 마.”

"네 방도 우리 집이야. 같은 집에 사는 사람도 생각해서 적당히 더럽게 해.”

"내가 알아서 나중에 치운다고.”

"양말에 속옷에 과자 부스러기에, 더러워서 발을 디딜 데가 없어. 여자애 방이 이게 뭐야, 도대체."

"지금 여자애 방이라고 했어? 그거 성차별 발언인 거 알아?"

"아휴, 그러세요? 트집거리 하나 잘 잡으셨네요. 너는 맨날 엄마한테 할 말 못 할 말 다 하면서 엄마가 말실수 하나 하면 그걸로 꼬투리 잡아서 엄마가 죽을죄라도 지은 것처럼 대들고는…."

"오늘따라 정말 왜 이래?"

"너야말로 왜 이러는데? 그냥 나도 시험 못 봐서 속상해, 다음부터 잘할게, 이런 말 하면 혀에 가시가 돋니? 그 말을 하기가 싫어서 이렇게 엄마에게 대들어야겠어?"

또다시 뻔한 훈계다. 반성과 각오는 어른들이 좋아하는 태도다. 나는 반성도 싫고 각오를 다지기도 싫다. 시험 성적은 반성할 대상이 아니고, 앞날이 어찌 될지도 모르는데 함부로 각오를 하면 실망감만 커진다. 특히 열심히 하겠다고 내뱉고 나면 나중에 끊임없이 그 약속이 족쇄가 된다.

'너 열심히 한다고 했잖아, 이게 열심히 하는 거니?'

'약속했으면 지켜야지. 매번 어기는데 어떻게 널 믿겠어?'

이런 말로 나를 괴롭힐 게 뻔하다. 나는 내가 지킬 약속은 하고, 지키지 못할 약속은 하지 않는 게 낫다고 믿는다. 어른들에게 하는 약속은 대부분 지키기 어렵다. 그러니 어른들과는 되도록 약속을 하지 않는 게 좋다.

"그런 빈말은 하기 싫어."

"그게 어떻게 빈말이야? 그럼 열심히 안 할 거야?"

"그만 좀 해!"

나는 그냥 밖으로 나와버렸다. 그러고는 곧장 현관으로 갔다.

"너 어디 가?"

"왜? 외출 금지라도 시키게?"

"어디 가는지는 알아야 할 거 아니야."

"친구 집."

엄마가 친구 누구냐고 묻는 질문을 무시하고 현관문을 닫았다. 곧바로 친구들에게 연락했다. 다들 학원에 갔고, 정혜만 집에 있었다. 정혜를 만나자마자 엄마와 다툰 일을 털어놓았다. 정혜도 성적으로 야단맞은 경험을 나와 공유했다. 우리는 같은 아픔을 겪는 피해자였다.

"그래도 네가 더 나아. 너희 엄만 대놓고 성적으로 야단치진 않잖아."

"우리 엄마도 겉으로만 아닌 척해. 뜬금없이 내 방이 지저분하다고 트집을 잡는 이유가 뭐겠어?"

"그래도 너희 엄마는 말이 통하잖아. 우리 엄마는 막무가내야. 야단치는데 조용히 있으면 대답하라고 다그치고, 대답하면 어디서 말대꾸냐고 나무라고, 엄마 눈을 보면 어디서 버릇없이 눈을 똑바로 뜨냐고 화내고, 눈을 내리깔면 엄마가 얘기하는데 눈도 안 마주치냐고 짜증 내. 야단맞고 울면 운다고 뭐라 하고, 묵묵히 버티면 반성하는 자세가 아니라고 뭐라 한다니까."

"엄마들은 뭐든 트집을 잡고 싶나 봐."

"책이나 드라마에 나오는 엄마는 '엄마'라고 부르면 부드럽게 쳐다보잖아. 그런데 우리 엄마는 뭘 귀찮게 하느냐는 표정으로 나를 봐. 미간을 찌푸리고 한쪽 눈을 치켜뜨고, 입꼬리는 찌그러져."

내가 힘들어서 정혜에게 왔는데, 이상하게 정혜의 하소연을 들어주는 꼴이 되고 말았다.

"어릴 때는 아무 생각이 없어서 엄마에게 야단맞거나 엄마와 다퉈도 조금 지나면 아무렇지 않게 감정이 풀렸어. 마치 햄스터처럼. 햄스터는 서로 싸우더라도 천을 뒤집어씌우고 몇 초만 지나면 그새 까먹고 그냥 다시 잘 지낸대. 나도 어릴 때는 햄스터였어. 이제는 그게 잘 안 돼. 서운하고 억울한 감정이 오랫동안 사라지지 않고 마음에 남아."

나는 정혜를 위로했다.

"공부로 야단치면 나는 미친 듯이 공부하는 척해. 숨도 안 쉬고 공부하면 엄마가 뭐라 안 해. 잔소리하려고 하면 공부하는 데 방해받고 싶지 않다고 은근히 대들면 조용히 물러나. 힘들 때면 문제집에 코피라도 쏟으면 좋겠다는 생각도 해. 그러면 엄마가 좀 쉬면서 하라고 할 테니까. 그런데 내 몸이 너무 튼튼해서인지 코피가 난 적은 한 번도 없어.”

“내가 주먹으로 쳐줄까?”

나는 주먹을 쥐고 정혜 코를 때리는 시늉을 했다. 그 동작이 웃겼는지 정혜가 웃음보를 터뜨렸다. 나는 과장된 몸짓을 하며 계속 정혜를 때리는 척했고, 정혜는 내 주먹을 피하며 깔깔댔다. 그렇게 수다를 떨고 장난도 치니 기분이 조금 풀렸다.

그러고서 나가려는데 정혜 엄마가 저녁을 먹고 가라고 했다. 조금 전까지 정혜에게서 엄마에 대한 불평을 잔뜩 들었던 터라 일부러 정혜 엄마를 주의 깊게 살폈다. 조금 전에 들은 것과 달리 아주머니는 매우 다정하고 상냥했다. 첫 수저를 드는데 정혜 아빠가 들어왔다. 평소에 얼굴을 몇 번 봤던 터라 어색하진 않았다. 맛있는 음식이 많아서 입은 즐거웠다. 그런데 몇 분 뒤부터 앉아 있기가 몹시 불편해졌다.

발단은 식탁 유리 밑에 깔린 지도였다. 몇 주 전에 다녀온 여행 이야기를 하던 정혜네 가족은 갑자기 지도를 살피며 여행지를 확인하더니 그 지방의 특성과 역사, 자원과 문화에 대한 이야기를 길게 주고받았다. 주로 정혜 부모님이 이야기하고 정혜도 가끔 자기 지식을 늘어놓았다. 여행 이야기를 듣다가 느닷없이 과외수업을 받는 기분이었다. 여행 이야기가 끝나자 정혜 아빠가 얼마 전에 이슈가 되었던 뉴스를 화제로 올렸다. 정부, 국회, 법원, 검찰, 재벌까지 싸잡아 비판을 하더니 뜬금없이 "그러니까 남자를 믿지 말고, 공부를 열심히 해야 돼" 하고 마무리 지었다. 아무리 맛있는 음식이어도 그런 말을 들으며 먹으니 체할 듯했다. 나는 적당히 먹다가 수저를 내려놨다.

저녁을 먹고 곧바로 정혜네 집을 나왔다. 승강기가 올 때까지 잠깐 시간이 있어서 배웅하러 나온 정혜에게 내가 느낀 불편함을 이야기했다.

"너는 그러고 어떻게 사니?"

"뭘?"

"밥 먹을 때도 계속 공부 얘기잖아."

"그 정도는 공부 얘기도 아니야."

"나는 그러면 숨 막혀서 못살아."

"거봐. 너희 엄마가 더 낫지?"

위로 아닌 위로를 받으며 승강기에 올랐다. 내려가는 동안에도 몸이 축축 처지는 답답함을 느꼈다. 집으로 가면서 엄마가 원하는 대로 '속상해'와 '열심히'를 읊을지 말지를 두고 한참 고민했다. 현관 앞에서도 고민하다가 비밀번호를 누르며 마음을 정했다. 엄마와 불편한 감정의 담을 쌓아둔 채 지내고 싶지 않았다.

'나도 속상해서 그랬어, 앞으로 열심히 할게.'

엄마가 좋아할 문장을 고르고 문을 열었다. 신발을 벗고 집에 들어섰는데, 내 방에서 나오는 동생과 눈이 마주쳤다.

"너 뭐야? 네가 왜 내 방에서 나와?"

"형광펜 좀 빌리려고."

"내 방에 허락 없이 들어가지 말랬지!"

나는 버럭 소리를 질렀다.

"숙제를 해야 하는데 형광펜이 없어서 그랬다고."

"내가 있을 때, 허락하면! 이거 그동안 수없이 말했는데 잊었어? 너 바보야?"

"집에 없는데 어떡하라고."

그 말이 내 화를 더 돋우고 말았다.

"그럼 그동안 내가 없으면 내 방에 아무 때나 들어갔어?"

나는 화가 나서 있는 힘껏 동생 등짝을 때렸다. 덩치가 커지고 나보다 힘도 세졌지만 동생은 여전히 나를 무서워한다. '짝' 소리가 울렸다. 별로 아프지도 않을 텐데 동생이 과도하게 아픈 척을 하더니 거친 욕을 하면서 거실로 도망쳤다. 나는 동생을 뒤쫓았다. 동생은 손을 휘휘 저으며 나를 피하거나 막았고, 나는 있는 힘껏 동생을 향해 손을 날렸다. 그렇게 뒤엉켜 잠시 난투극을 벌였다.

"뭐 하는 짓이야?"

엄마가 끼어들었다.

"넌 동생을 왜 그렇게 또 쥐 잡듯이 패!"

"내 방에 허락도 없이 들어갔다고."

"숙제 때문에 형광펜 빌리러 갔어."

"내가 없을 때 들어가지 마!"

"종욱이가 숙제 때문에 들어갔다는데 그게 그렇게 이해 못 할 일이야?"

"싫다고. 내 방에 함부로 들어오는 거."

엄마는 내 손목을 잡더니 억지로 부엌으로 끌고 갔다. 종욱이는 눈치를 보더니 재빨리 자기 방으로 도망쳐버렸다. 엄마는 눈을 부라리며 나를 째려봤다. 엄마를 위해 준비한 문장을 뱉기에는 적절하지 않은 상황이었다. 하여튼 못된 동생 녀석이 늘 말썽이다. 엄마는 식탁 위에 종이를 두 장 올려놓았다. 찢어진 학습지였다. 덧셈과 뺄셈 문제가 빽빽했다.

"이게 뭔지 알지?"

"학습지잖아."

"조금 전에 안방에서 찾아냈어. 아빠가 오랫동안 안 입은 양복 주머니에서."

"그런데?"

"기억 안 나? 네가 예전에 학습지를 하라고 시키면 찢어서 곳곳에 숨겼잖아. 네가 하도 잘 숨겨놓으셔서 요즘에도 가끔 청소를 하다 보면 나와."

"어릴 때 얘기는 왜 꺼내는데?"

"그때나 지금이나 똑같으니까 그렇지. 넌 요즘도 공부하라고 하면 늘 그런 식으로 얍삽하게 빠져나갈 궁리만 해."

"그때는 엄마가 학습지를 심하게 시켜서 그런 거잖아."

"또 엄마 탓이야? 엄마가 무슨 철천지원수라도 돼?"

엄마의 화가 점점 커지는 게 보였다. 이렇게 엄마를 자극해서 좋을 게 없는데, 내 의도와는 어긋나는 방향으로 대화가 흘렀다.

'반항은 눈에 보이게, 그러나 적당히!'

이것이 내 신조다. 나는 '적당히' 하고 그만두려는데 엄마가 그 '적당히'를 지키지 못하게 계속 나를 자극했다. 더는 참을 수가 없었다.

"짜증 나, 그만 좀 해."

나는 벌떡 일어섰다.

"공부하기 싫으면 하지 마. 누가 공부하랬어? 학원도 네가 간다고 해시 보냈고, 공부도 네가 한다고 해서 시킨 거잖아."

"공부 안 한다고 하면 그러라고 할 거야?"

"네 인생이니까 네가 알아서 해."

"그럼 공부도 내가 알아서 할 테니까 뭐라고 하지 마."

"네가 공부하는 돈은 누가 대는데? 힘들게 번 돈을 대면서 너한테 그 정도도 요구하면 안 돼?"

엄마가 가장 강력한 무기를 꺼냈다.

"내가 독립을 하든지 해야지…."

"누가 말려. 독립하고 싶으면 해."

"나도 하고 싶어. 나이만 되면."

"나도 누구 엄마 노릇 하기 힘드니까 빨리 독립해."

엄마가 모질게 말했다. 한동안 저러지 않았는데 오늘따라 왜 그러는지 모르겠다. 화가 머리끝까지 나서 그동안 속에 담아두었지만 절대 하지 않던 말을 쏟아내고는 집을 나와버렸다. 아파트 단지를 빠져나와서 주머니에 손을 넣었다. 있어야 할 스마트폰이 없었다. 아무래도 종욱이와 몸싸움을 벌이는 와중에 거실 바닥에 떨어진 모양이었다. 다시 집으로 갈까 하다가 그만두고 발이 가는 대로 걸었다.

# 엄마

몸이 지치니 의욕이 생기지 않았다. 기운을 차리려고 애쓰는데 문자가 왔다. 발신인은 세아 담임선생님이었고, 얼마 전에 본 시험점수가 찍혀 있었다. 요즘엔 시험점수도 문자로 보내나 보다 하며 점수를 확인하다가 정신이 번쩍 들었다. 점수가 아니라 태도가 문제라는 학습법 강사의 지적이 기억났다. 시험을 망쳤으면 괴로워하고 개선하려는 낌새라도 보여야 하는데, 아무렇지 않게 노닥거리는 꼴이 무책임해 보였다. 시험이 끝난 뒤에는 학원 숙제도 제대로 안 했다. 믿고 기다리면 잘한다더니, 도무지 그럴 기미가 안 보였다. 그대로 넘어갈 수가 없었다.

점수를 보여줬더니 세아는 되레 화를 냈다. 조용히 태도만 지적하고 끝내려던 처음 결심이 흔들렸다. 이러면 안 된다 싶은데 지꾸 강한 말이 나왔다. 자기도 시험을 못 봐서 속상하다고, 다음부터 잘하겠다고만 하면 나도 감정이 풀어질 텐데, 고집스럽게 그 말을 하지 않았다. 그러고는 친구 집에 간다면서 뛰쳐나가 버렸다. 얼마 뒤에 정혜 엄마에게서 문자가 왔다. 정혜와 같이 논다고 하면서, 괜찮다면 저녁도 먹이겠다고 했다.

마음을 달래려 안방을 청소했다. 지칠 때 지저분한 공간을 치우면 공간과 함께 마음도 깔끔해지고, 에너지도 회복된다. 평소에는 손도 대지 않던 남편 옷장을 깔끔하게 정리했다. 그러다 오래된 남편 양복에서 찢어진 학습지 두 장을 발견했다. 덧셈과 뺄셈 문제가 빽빽했다. 예전에 세아는 학습지를 풀기 싫으면 찢어서 곧잘 숨겼다. 하도 잘 숨겨놔서 청소를 하다 보면 구석진 곳에서 아직도 나온다. 어처구니가 없었다. 가라앉던 짜증이 다시 올라왔다. 내가 이런 불성실하고 여우 같은 애를 잘 키우려고 이 고생을 하나 싶었다.

세아는 생각보다 빨리 집으로 돌아왔다. 그런데 들어오자마자 종욱이랑 다퉜다. 세아는 제 눈에 조금만 거슬리면 트집을 잡아서 동생을 구박한다. 안 그래도 밖에서 이런저런 갈등을 겪고 사고를 치고 다니는 종욱인데, 누나가 저래서 더 비뚤어질까 걱정되었다.

고함을 내지르며 세아를 종욱이에게서 떼어낸 뒤 식탁으로 데려가 찢어진 학습지를 내밀었다. 너도 잘못이 많으니 동생만 나무라지 말라는 의도였지만, 내 의도는 먹히지 않았다. 세아는 격렬하게 반항하면서 더 강하게 따지고 들었다. 그러더니 갑자기 독립하겠다고 했다. 그 말이 맹렬하게 소용돌이치며 내 화를 돋우었다.

"나도 누구 엄마 노릇 하기 힘드니까 빨리 독립해."

세아가 두 눈을 크게 뜨고 부들부들 떨더니 얼굴에 냉기가 돌았다.

"엄마는 날 잘 키우겠다고 맨날 유명한 전문가가 하는 말은 귀담아듣고, 책에서 작가가 하는 말은 철석같이 믿잖아. 그런데 왜 정작 잘 키워야 하는 당사자인 내 말은 제대로 안 듣고, 내 결심은 믿지 않아? 엄마는 나를 사랑하기나 해?"

그렇게 쏘아붙이고는 나가버렸다. 머리가 멍했다. 충격에 한동안 정신을 차리지 못했다. 내가 딸보다 전문가의 말을 더 잘 들었을까? 딸보다 책을 더 믿었을까? 앞뒤가 바뀐 태도라는 지적이 내 마음을 뒤흔들었다.

나와 세아가 한바탕 하는 동안 종욱이는 사라지고 없었다. 세아와 부딪치는 사이에 학원 간다고 했던 말이 기억났다. 학원 수업은 저녁을 먹고 나가도 충분한데, 엄마와 누나의 갈등에 휘말리기 싫어서 눈치껏 도망친 모양이다. 저녁을 차리려고 준비하려다 그만두었다. 혼자 있으니 저녁을 차리기도 귀찮았다. 배는 고팠지만 손을 움직이기 싫었다. 혼자다 보니 시켜 먹기도 애매했다. 이도 저도 선택하지 못한 채 멍하니 앉아 있는데 혜진이한테서 연락이 왔다. 자기 집에 선영이가 와 있는데 혹시 시간 되면 오라고 했다. 딸은 캠프를 떠나고, 남편도 늦게 들어올 예정이라 선영이를 초대해서 같이 술 한잔하고 있다고 했다. 잘됐다 싶어서 재빨리 갔다.

혜진이가 평소에 즐겨 만드는 파스타가 나를 반겼다. 아침부터 강행군을 하고, 점심도 제대로 못 먹었던 터라 허겁지겁 배를 채웠다. 혜진이가 요리를 잘하기도 하지만, 확실히 남이 해주는 요리라 더 맛있었다. 두둑한 배에 와인까지 한 잔 마시니 기운이 돌았다.

"세아가 집을 뛰쳐나갔어."

"세아가 가출했어?"

선영이가 깜짝 놀라며 물었다.

"에이, 설마 가출이겠어요. 그냥 감정이 폭발해서 뛰쳐나간 거겠죠."

혜진이가 마치 직접 본 듯이 말했다.

"가출인지 뛰쳐나간 건지는 나도 몰라."

내 말에 세아를 향한 서운함과 짜증이 섞여 나왔다.

"뭔 일 있었어?"

선영이가 걱정스럽게 물었다.

"엄마가 자기 말은 듣지도 않고 강사나 작가들 말만 듣는다면서, 내가 자기를 사랑하지 않는대."

"헉, 세네요."

느긋하던 혜진이가 놀랐다.

"내가 정말 그랬을까? 딸이 하는 말은 귀담아듣지도 않고, 강사나 작가들 말만 중요하게 여겼을까?"

"자책하지 마. 그렇지 않다는 건 네가 더 잘 알잖아. 너처럼 열심히 노력하는 엄마가 어딨다고."

선영이가 나를 위로했다.

"세아가 고집이 세잖아."

"걱정되면 전화라도 해보든지."

"됐어. 전화는 무슨…."

전화를 걸면 세아의 주장을 인정하는 꼴이 될 것 같았다. 그러기에는 너무 억울했다. 나는 좋은 엄마가 되기 위해 무척 노력했고, 예전과는 많이 달라졌다. 다른 엄마들보다 관대하게 대하고, 세아의 요구에 귀를 기울여 왔다. 반면에 세아는 내 말을 좀처럼 안 듣는다. 고집이 세서 자기 뜻에 맞지 않으면 절대 하지 않는다. 물론 때로는 고양이 앞발보다 부드럽게 나와 대화도 하고, 농담도 나누지만 어떨 때는 남보다 멀게 느껴진다.

답답한 마음에 선영이와 혜진이한테 딸 뒷담을 늘어놓았다. 둘 다 믿을 만한 관계이고, 서로 편하게 마음을 나누는 사이이기에 가능한 투덜거림이었다.

"언니, 세아는 그래도 중2잖아요. 우리 현지는 초4인데 벌써 엄마 말은 듣는 척도 안 해요."

혜진이가 와인을 소주처럼 벌컥 들이마셨다.

"지난 일요일에 모처럼 현지랑 둘이 있었어요. 그래서 엄마랑 도서관이랑 카페에 갔다가 마트 갈까 하고 물었더니 단박에 '싫어' 하고 거부하는 거예요. 그냥 친구들이랑 놀겠다더니 나가버렸어요. 두 시간쯤 뒤에 집으로 돌아왔는데, 저는 그동안 심심하게 집에 있었죠. 현지가 들어오니 카페에 가고 싶은 마음이 간절했어요. 현지랑 함께 가고 싶었죠. '엄마 이제 카페에 갈 건데, 친구랑 놀고 왔으니까 같이 갈까' 하고 물었더니, 또다시 냉정하게 '안 가, 혼자 가' 이러는 거예요. 아무래도 혼자서 TV를 보고 싶어 하는 것 같아서 '엄마가 리모컨 가져갈 거야' 그랬더니, 가져가래요. 노트북을 하려고 그러나 싶어서 노트북도 가져간다고 해도 시큰둥하고, 자기 스마트폰을 가져간다고 해도 시큰둥하고. 그렇게 다 챙겼는데 아무렇지 않게 혼자서 피아노를 치는 거 있죠."

"피아노는 못 들고 가잖아."

선영이 말에 내가 크게 웃었다.

"당황스럽기도 하고 서운하기도 하고, 솔직히 조금 화도 났어요. 그래도 어쩌겠어요. 나가기 싫다는데…. 그냥 혼자 나가려니까 몇 시에 올 거냐고 묻더라구요. 밥까지 다 먹고 늦게 들어올 거라고 했죠. 심통이 잔뜩 났거든요. 그랬더니 자기 배고프면 어떡하냐는 거예요. 그래서 단호하게 알아서 챙겨 먹으라고 하고 나가려고 했더니, 얼굴을 잔뜩 찡그리면서 그럼 엄마랑 같이 나가겠대요."

"결국 협박이 통했네."

"구차한 협박이었죠."

"5학년 되면 그런 협박도 안 먹힐걸."

"저도 예상하고 있어요. 그런데 그게 다가 아니었어요. 같이 카페에 가는데 어찌나 생색을 내는지, 자신이 엄마를 위해 마치 큰 배려를 하는 것처럼 굴면서, 저녁으로 맛있는 걸 사달라고 은근히 압력을 넣는 거 있죠."

"머리 좋네."

"근데 그 일을 생각할수록 서운해요. 저는 딸이 원하면 웬만하면 다 해주거든요. 안 해줄 때는 나름 타당한 이유를 설명하고. 하지만 현지는 제가 어쩌다 한 번 요구해도 잘 들어주지 않고, 들어줄 때면 선심 쓰듯이 생색을 내요."

"그래도 현지는 어쨌든 카페에 갔잖아. 영준이 서준이는 초등학생 때부터 아예 나랑 다니려고 하질 않았어. 자기들 노는 곳에는 엄마를 맨날 끌고 다니면서, 내가 가고 싶은 데는 절대 안 가. 계속 그렇게 살다 보니까 나 스스로도 나중에는 내 취향이 뭔지조차 모르겠더라니까."

좀처럼 아들들에 대해 서운함을 드러내지 않던 선영이도 분위기에 맞춰 불만을 드러냈다.

"너희들은 딸이 있잖아. 그래도 말이 통하잖아. 남자 녀석들은 말이 안 통해. 이제 서준이도 중학생이 되더니 내게 말을 아예 안 해. 남편도 한통속이야. 남자들끼리 어쩌고저쩌고 하면서 나는 쏙 빼놔."

선영의 입술 사이로 붉은 와인이 거칠게 흘러 들어갔다.

"내가 고양이를 입양할 때 왜 암컷을 택했겠어."

"그래서, 같은 여성끼리 마음이 잘 통해?"

내가 장난기를 담아서 물었다.

"마음이 통하는지는 모르겠고, 샤샤한테 많이 배워."

"샤샤를 스승님이라 불러야겠네."

"농담이 아니야. 샤샤는 자기 생각밖에 안 해. 남들한테 관심이 없어. 그게 좋아. 나는 맨날 아들에 남편에 신경을 곤두세우는데 샤샤는 자기가 우선이야."

"그래서 고양이 키우는 사람들은 다들 집사가 되나 봐요."

"맞아. 근데 나도 이해가 안 가는 점은 집사 노릇이 행복하다는 거야.”

“왜 그럴까?”

“그 뻔뻔한 당당함에 끌리는 거지. 샤샤를 보며 늘 다짐해. 나도 자식이든 남편이든 좀 내버려 두고 나를 위해 살자고.”

“쉽지 않지.”

“맞아요. 어려워요.”

빈 술잔에 선영이가 술을 가득 따랐다. 나와 혜진이도 술잔을 채웠다. 우리는 건배를 하며 '나를 위해'를 크게 외쳤다. 그리고 그 자리에서만은 자식과 남편 얘기를 하지 않기로 약속했다. 혹시라도 자신도 모르게 자식과 남편 이야기가 나오면 옆에서 말리며 화제가 그쪽으로 가지 않게 막았다. 남편과 자식이 사라진 술자리는 그 어느 때보다 즐겁고 자유로웠다. 고양이다움을 조금은 배우는 술자리였다.


집에 돌아왔는데 세아가 없었다. 종욱이는 게임을 하다가 화들짝 놀라더니 공부하는 척했다. 세아에게 전화를 걸었는데 거실에서 전화가 울렸다. 종욱이와 다투다 전화기를 놔둔 채 나간 모양이었다. 연락할 방법이 막히니 갑자기 걱정스러웠다. 최후의 안전망이 제거된 듯 불안했다.

세아는 고집이 세다. 아무래도 오늘 밤, 그 고집으로 사고를

칠 것 같았다. 민재에게 먼저 연락했지만 모른다고 했다. 다른 친구들에게도 연락했지만 아무도 세아와 같이 있지 않았다. 뒤늦게 퇴근한 남편에게 세아가 나가서 안 들어온다고 했더니 나보다 더 걱정했다.

11시가 넘자 남편이 옷을 걸쳐 입었다. 주변을 찾아본 뒤에 못 찾으면 지구대에 가출 신고를 하겠다고 나간 남편은 1시가 넘도록 들어오지 않았다. 종욱이는 그러다 들어온다면서 천하태평이었다. 남편과 딸이 모두 없는 밤이 불안과 걱정으로 뒤숭숭했다. 술기운은 걱정에 밀려 사라진 지 오래였다. 세아는 새벽 1시 30분이 되어서야 돌아왔다. 괜찮은 척하며 딸을 맞이하고 남편에게 세아가 들어왔다고 문자를 보냈다.

"왜 들어왔어? 네 고집에 아침은 되어야 들어올 줄 알았는데."

세아는 어깨를 축 늘어뜨리더니 소파에 털썩 주저앉았다.

"너무 처량하고…, 무서웠어."

무섭다는 말에 애써 눌렀던 걱정이 몽글몽글 올라왔다.

"무슨 일 있었니?"

처진 어깨가 안쓰러웠다.

"화가 나서 막 걷다 보니 차도 안 다니고 어딘지도 모르는 곳이었어. 주위는 가로등도 별로 없는 골목길인데 갑자기 무서워졌어. 누가 날 공격하면 별 저항도 못 하고 꼼짝없이 당하겠구나 싶었어. 내가 남자였다면 그렇게 무섭지는 않았을 거야. 어떻게든 밤을 샜겠지. 내가 혼자 힘으로 내 몸을 지키지 못하는 나약한 여자라는 게 너무 슬펐어. 어디 연락할 데도 없고, 돈도 한 푼 없어서 집까지 걸어오는데 너무 처량했어."

그 말을 듣는데 가슴이 미어졌다. 딸의 어깨를 가만히 쓰다듬었다. 처졌던 어깨에 살포시 기운이 돌았다.

"엄마, 나 배고파."

"밥 줄까?"

"아니, 라면 끓여줘."

세아는 나한테 화가 나면 일절 부탁을 안 하고 고집스럽게 버틴다. 그러다 화해하고 싶으면 슬그머니 뭔가를 부탁한다. 나도 싸우고 나면 세아가 뭐든 부탁하기를 기다린다. 우리의 싸움은 그렇게 마무리되었다.

라면을 맛있게 먹던 딸이 말했다.

"엄마, 나는 햄스터처럼 살고 싶어."

"햄스터라니, 무슨 소리야?"

"그런 게 있어."

인생은 어려워.
출구 없는 미로에 선 듯
막막해.
네 인생이지만
네가 어쩔 수 없어.
억지로 어떻게 하려고 해봐야
뜻대로 되지도 않아.

그러니 삶이 그대로
흐르게 둬.
그리고
그저 인생을 즐겨.

# 6

# 네가 고양이처럼 살면 좋겠어

# 엄마

    오랜만에 아무 일도 없는 하루를 맞이했다. 수업도 강의도 만남도 아무것도 정해지지 않은, 텅 빈 날이다. 온전히 빈 날을 얼마 만에 맞이하는지 기억이 가물가물했다. 아침 10시, 문득 커피가 그리웠다. 창 너머 하늘에서 커피 향이 나는 듯했다. 누구와도 함께 마시고 싶지 않고, 오직 나 혼자 커피와 마주하고 싶었다. 나를 위해 커피를 선물하고 싶었다.

    한갓진 풍경에 안긴 한옥 카페를 찾았다. 커피를 주문하고 툇마루에 앉아 기다리는데 새소리가 들렸다. 녹음된 소리가 아니라 진짜 새가 제 목청으로 내는 소리였다. 귀하게 찾아온 청량함에 귀는 모처럼 엷은 웃음을 지었다. 처마는 손을 들어 기와를 밀어 올리고 지붕 너머 소나무는 한가로이 어깨춤을 추고, 바람은 마당으로 찾아들어 볼을 쓰다듬더니 한옥 마루에 사뿐히 몸을 누였다. 하늘을 올려다봤다. 내가 그리워하는 하늘은 푸른 바다에 고양이가 장난하듯 솜뭉치를 뿌려놓고, 바람에 발을 얹은 아기가 몽글몽글 발자국을 찍고, 초록빛과 하늘빛의 경계가 흔들리며, 나뭇가지가 장난꾸러기 어린이처럼 꼬물거리며 방랑하는 새를 부르고, 바람이 멀리서 느린 걸음으로 올 때, 새초롬하게 올려다보는 그런 하늘이다. 비스듬히 한옥 기둥에 기대어 앉아 내가 그리워하던 하늘에 반갑게 인사를 건넸다.

때맞춰 나온 커피는 하늘과 어울리는 향을 풍겼다. 찻잔에 그려진 솔잎에서도 향이 은은하게 더해지며 마음을 맑게 했다. 커피 한 모금에 햇살 두 모금을 곁들이며 내게 찾아온 쉼표를 확실하게 즐겼다. 문득 내가 고양이가 된 기분이 들었다. 아무 걱정 없이 햇살을 받으며 편안히 쉬는 샤샤를 부러워한 적이 있었다. 나도 샤샤처럼 커피와 햇살과 바람과 공기와 새소리에 잠겨 온전히 쉬었다. 고양이처럼 쉬니, 참 좋았다.

점심도 한옥 카페에서 가볍게 채우고 잠시 어디로 갈까 고민했다. 이곳저곳 선택지를 두고 망설이다 작은 도서관을 골랐다. 오래된 작은 도서관인데 집에서도 가깝고, 낡고 오래된 책이 많아서 정겨운 공간이다. 주차장이 꽉 차서 주차할 곳을 찾아 골목으로 들어섰는데 나무공방 앞에 빈자리가 보였다. 차를 세우고 들여다본 나무공방 안에 아주 익숙한 얼굴이 있었다.

그냥 도서관으로 갈까 하다가 심혈을 기울여 나무와 씨름하는 선영이에게 끌려 공방 안으로 들어갔다.

"어서오세요."

닫힌 문 안에서는 목재를 가공하는 소음이 얕게 깔리고, 앞치마를 입은 채 작은 나무를 다듬던 여자가 나를 반갑게 맞이했다. 초록빛 앞치마에 새겨진 '노아 나무공방'이란 하얀 글씨체에서 나무 향이 났다.

"어, 경아야. 네가 여긴 웬일이야?"

선영이가 호들갑스럽게 나를 맞았다.

"주차하다 너 보고 들어왔지. 근데 뭐 만들어?"

선영이는 사포질을 멈추고 얼굴에 쓴 보호안경도 벗었다.

"샤샤를 위한 캣타워."

"캣타워를 직접 만들게?"

"이것저것 알아봤는데, 샤샤에게 맞는 제품이 없어서 내가 직접 만들기로 했지."

선영이는 자신이 직접 그린 설계도를 보여주었다. 샤샤를 위한 세심한 정성이 잘 드러나는 캣타워였다.

내가 입은 옷을 살피더니 선영이가 사포를 내밀었다.

"너도 해볼래?"

"그래."

편안한 복장이었기에 작업이 부담스럽지는 않았다.

"어떻게 하면 되는데?"

"방금 잘라서 나무 면이 거칠어. 사포질을 해서 여기처럼 부드럽게 만들면 돼."

작업은 그리 어렵지 않았다. 손을 열심히 놀리면 되는 일이었다. 처음에는 선영이와 수다를 떨면서 작업을 하다가 나중에는 일에만 집중했다. 손을 움직일 때마다 나무가 얇은 가루를 벗으며 부드러워지는 변화가 신기했다. 한참 동안 일에 빠져 열중했다.

"어머, 고양이네."

선영이와 나는 작업을 멈추고 고양이를 보러 공방 입구로 향했다. 우리는 문에서 살짝 떨어진 곳에 쪼그려 앉았다. 한 마리는 노란 바탕에 흰 넥타이와 흰 양말을 신었고, 다른 한 마리는 검은색 바탕에 얼굴과 목과 앞발과 배가 흰색이었다. 길고양이라고 하기에는 털에 윤기가 돌고, 흰 털이 무척 깨끗했다.

"여기서 키우는 고양인가?"

"아니야. 여긴 고양이 안 키워. 내가 면담 때 물어봤어."

두 고양이는 공방 문 앞에 앉아서 연신 앞발로 문을 탁탁 쳤다.

"앞발로 문을 계속 건드리네."

"문을 열어달라는 것 같아."

"열어줄까?"

"우리 맘대로 하면 안 되지. 저, 민경 씨!"

선영이가 앞치마를 한 여자를 불렀다. 작은 나무 공예품을 정리하던 민경 씨가 우리 쪽을 보더니 고양이를 발견했다.

"어머, 벌써 시간이 이렇게 됐네."

민경 씨는 작업을 멈추고는 책상 서랍을 열었다. 부스럭거리는 소리가 들리더니 민경 씨가 사료가 듬뿍 든 그릇 두 개를 들고 나와 문을 열고는 공방 앞에 내놓았다. 두 고양이는 당당하게 사료 그릇 앞으로 가서 자연스럽게 밥을 먹기 시작했다. 민경 씨는 다른 그릇에 물을 담아서 사료 그릇 옆에 놓아주었다.

우리는 유리창 너머로 고양이들이 당당하게 식사를 즐기는 모습을 구경했다.

"늘 사료를 챙겨주시나 봐요."

내가 말했다.

"네. 가게 근처에서 보이던 애들인데 안쓰러워서 챙기기 시작했어요."

"근데 무척 당당하게 요구하네요."

"고양이들은 다 그런가 봐요. 처음에는 허겁지겁 먹기도 하고, 고마운 기색을 내비치기도 했는데, 이제는 마치 권리를 누리듯이 당당해요."

고양이를 보는 민경 씨 눈에 사랑이 가득했다.

"개는 먹이를 주면 주인으로 여기지만, 고양이는 먹이를 주면 자기 하인인 줄 안다잖아."

선영이가 빙그레 웃었다.

"저도 가끔 제가 쟤네들 하인 같아요."

민경 씨도 따라 웃었다.

선영이와 민경 씨는 고양이에 대한 이야기를 한참 동안 나누었다. 나는 끼어들기 힘든 대화였다. 대화는 고양이가 얼마나 제멋대로인지, 남들 눈치를 안 보는지, 자기 하고 싶은 일만 하는지 등을 두고 재미나게 이어졌다.

"고양이처럼 살고 싶네요."

"그러니까요. 자기가 세상의 중심인 고양이가 부러워요."

사료를 다 먹은 고양이 두 마리는 물을 마시고는 한가하게 앉아 혀로 털을 골랐다. 모든 일을 마친 뒤에는 느긋한 걸음으로 산책을 떠나듯이 골목으로 사라졌다. 고양이가 사라지자 민경 씨는 그릇을 깨끗이 닦아서 책상 서랍에 넣었다. 고양이를 모시는 집사다운 태도였다.

우리는 다시 작업에 몰두했다. 잠깐만 도와주다 가려고 했는데, 하다 보니 무척 재미있어서 시간 가는 줄 몰랐다. 종욱이가 학교에서 돌아오며 건 전화를 받고서야 시간이 얼마나 지났는지 알아차렸다. 나무공방에 있다고 하니 종욱이는 어딘지 안나면서 이리로 오겠다고 했다.

곧 공방으로 온 종욱이는 이것저것 신나게 구경했다. 민경 씨가 그런 종욱이를 데리고 나무로 작은 소품을 만들었다. 종욱이는 평소답지 않게 장난도 안 치고 만들기에 열중했다. 그런 모습을 거의 본 적이 없기에 참 신기했다. 종욱이는 나무를 재단하는 내부 공간까지 들어가서 작업을 구경하고, 나중에는 직접 드릴로 피스를 박기도 했다.

나무공방을 나와서 집으로 가는 동안에도 종욱이는 상당히 들떠 있었다.

"엄마, 나는 커서 목수가 될 거야. 그 가구들 봤어? 나도 그런 멋진 가구를 만들고 싶어."

"그러게. 멋지긴 하더라. 그런데 목수 일이 생각보다 힘들 거야. 나무를 자르고, 다듬고, 깎고, 조립하는 일을 모두 직접 손으로 하니까."

나는 부모로서 별로 바람직하지 않게 반응했다. 천진난만한 환상에 빠져서 경솔하게 진로를 선택하지 않기를 바라는 소망이 작동한 탓이었다.

"난 재미있었어."

종욱이는 내 말을 귀담아듣지 않았다. 말린다고 들을 아이도 아니긴 했다.

"근데 목수를 하면 돈을 많이 벌까?"

종욱이가 물었다.

"글쎄, 그렇게 많이 벌지는 못할걸."

돈을 적게 번다고 하면 포기할 줄 알았더니, 아이의 생각은 내가 예상치 못한 엉뚱한 방향으로 흘러갔다.

"그럼, 은행원이 돼서 가구 만드는 일도 같이 하면 어떨까? 은행원이 되면 돈을 많이 벌겠지?"

"그건 내가 잘 모르지만, 은행원이 돈을 많이 만지긴 하지."

초등학교 5학년인 종욱이는 재미난 경험을 하면 꼭 그걸 직업으로 삼겠다고 다짐한다. 갯벌 체험을 하고 나서는 어부가 되겠다고 하고, 천문대에 다녀온 뒤에는 우주비행사가 되겠다고 하고, 놀이공원에 다녀와서는 곰 탈을 쓰고 아르바이트를 하겠다고 했다. 아르바이트는 직업이 아니라고 했더니 그럼 곰 탈을 만드는 사람이 되겠다고 했다. 젖내가 빠지지 않은 꿈이 한편으로는 귀엽지만, 다른 한편으론 무척 걱정되었다. 세상 물정을 저렇게 몰라서 어떻게 살아가려는지 불안했다.

그래도 종욱이는 충동에 따른 꿈일지라도 나에게 털어놓고 의견을 구한다. 내가 진지하게 대해도 별로 심각하게 받아들이지 않긴 하지만, 어쨌든 자기 꿈을 이야기한다. 그러나 세아는 다르다. 세아는 나와 이런저런 얘기를 많이 하는 편이지만 속 깊은 고민은 잘 털어놓지 않는다. 특히 진로와 관련한 생각은 아예 내가 접근하지 못하도록 봉쇄해 버렸다.

아이의 꿈을 찾아주는 일은 나에게 가장 큰 숙제 중 하나였다. 학교 교육이 이른 나이에 꿈을 찾는 아이에게 유리한 탓도 있지만, 내 경험이 더 큰 영향을 끼쳤다. 어릴 때부터 조금 더 확고하게 꿈을 인식했다면 내 삶도 지금과는 크게 달라졌을 것이기 때문이다. 꿈을 세웠으되 제대로 그 꿈을 향해 매진하지 못했다는 반성과 후회는 아이들에게 꿈을 더 빨리 찾아주고 싶다는 의욕으로 자라났다.

의욕은 높았으나 꿈을 찾아주기는 쉽지 않았다. 어떻게 꿈을 찾아줘야 할지 헤매던 와중에 세아가 그림 쪽으로 꿈을 정했다고 밝혔다. 그 꿈을 접하자마자 아이에게 잘 어울린다는 생각이 들었다. 딸은 어려서부터 심심하면 그림을 그렸기 때문이다. 스트레스를 받으면 그림을 그렸고, 공부하다가도 그림을 그리며 딴짓을 했고, 좋아하는 그림책에 나온 그림은 꼭 따라서 그렸다. 좋아하는 만화 캐릭터는 아직도 미친 듯이 좋아한다.

세아에게 꿈이 생겨서 처음에는 기뻤지만, 배우고 싶은 분야를 자세히 밝혔을 때는 반가움보다는 걱정이 앞섰다. 세아는 순수 미술이나 손 그림이 아니라 애니메이션을 배우고 싶다고 했다. 애니메이션 전문학원에 다니고 싶다고 하기에 알아보니 괜찮은 학원은 수강료가 무척 비쌌다. 제대로 배우고 작업하려면 집에도 최신형 컴퓨터와 장비, 소프트웨어를 갖춰야 하는데 그 비용도 만만치 않았다. 학원에 방문해서 상담해 보니 색감과 표현력을 기르기 위해서 일반 회화에 쓰는 도구도 갖춰놓고 꾸준히 연습하는 게 좋다고 했다.

비용이 부담스러웠지만 딸이 모처럼 꿈을 밝혔는데 꺾을 수는 없었다. 어릴 때부터 고집 세기로 유명했으니, 일단 시작하면 포기하지 않고 끝까지 원하는 길을 가리라 믿었다.

아이도 처음에는 예상대로 무척 열심히 했다. 카드 청구서에 찍히는 할부금을 확인할 때마다 가슴이 쓰렸지만 그래도 딸이 자기 길을 찾아 노력하니 보기 좋았다. 그런데 어느 순간부터 의욕이 떨어지는 것 같더니 갑자기 그만두겠다고 선언했다. 학교 갈 준비를 하다가 느닷없이 폭탄을 투척하듯이 포기하겠다고 했다.

아무리 다그쳐도 그 이유를 명쾌히 밝히지 않았다. 비싼 애니메이션 장비와 많은 미술도구를 구입하는 데 들인 비용이 허공으로 날아가 버렸다. 헤어진 연인에게 준 선물의 카드 할부금이 뒤늦게 날아오는 심정이 이런 걸까? 할부금을 다 갚았을 때쯤, 세아는 지나가는 말로 자기가 왜 포기했는지 밝혔다. 마치 할부금이 끝나는 날을 알기라도 한 것처럼.

딸이 밝힌 이유는 내가 지난날 부딪쳤던 벽과 비슷했다. 자기 나름대로는 제법 솜씨가 있다고 자부했는데, 학원에서 만난 경쟁자들은 차원이 달랐던 것이다. 특히 그중에는 천재가 있었다고 한다. 자기랑 나이도 같고, 배운 지 얼마 되지도 않았는데 자기와는 차원이 다른 작품을 만들어내는 걸 보고 기가 질려버린 것이다. 그 천재 말고 다른 애들도 자신보다 훨씬 실력이 뛰어났다. 처음에는 노력하면 따라잡을 줄 알고 온 힘을 다해 노력했지만, 시간이 갈수록 실력 차가 벌어졌다. 노력이 통하지 않자 세아는 자기 재능은 평범하며, 그림은 그저 취미로 끄적거리는 게 맞다는 결론을 내렸던 것이다.

사연을 듣고 나니 가슴이 쓰렸다. 그 옛날 내가 겪었던 좌절이 떠오르며, 대를 이어 좌절을 안겨주는 운명을 원망했다. 그전에는 미술도구와 비싼 장비들을 볼 때마다 화가 났는데, 그 뒤로는 예전의 나와 지금의 내 딸이 모두 안쓰러웠다.

세아가 그림을 포기한 뒤로 꿈 찾아주기는 제1 과제에서 밀려나 버렸다. 좋아한다고 해서 무조건 밀어줘야 할지도 확신할 수 없었다. 큰 실패는 다음 도전을 머뭇거리게 했다. 아무래도 처음부터 과하게 시작한 모양이다. 싼 장비와 소프트웨어로 천천히 하면서 한 발씩 밟아나갔다면 그렇게 크게 좌절하진 않았을 것이다. 자식이 어떤 목표를 밝혔을 때 부모가 너무 과도하게 밀어주는 것도 썩 좋지만은 않다는 사실을 배웠다. 그리고 나니 뭘 어떻게 해줘야 할지 갈피를 잡을 수 없었다. 강의와 책과 인터넷에서 권하는 방식은 이론으로는 괜찮았지만 세아에게 적용하려고 하면 막막했다.

　아무튼 그 일을 계기로 나도, 딸도 진로 얘기는 입에 올리지 않
게 되었다. 그런데 그날 집에 돌아온 세아가 뜬금없이 진로에 대
한 고민을 털어놓았다. 그 고민을 해결해 줄 만한 역량은 없었지
만 반가운 고백이기에 진지하게 들었다. 그런데 들으면 들을수록
갑갑했다. 어떻게 대응해야 할지 갈피를 잡을 수가 없었다.

# 딸

솔직히 이번 시험은 무지 어려웠다. 선생님들이 대놓고 문제를 어렵게 냈다. 들리는 소문에 따르면 새로 부임한 교장 선생님이 교과목 선생님들에게 문제 난이도를 높이라고 강하게 지시했다고 한다. 아무나 맞는 A가 아니라 그만한 자격을 갖춘 학생만 A를 얻도록 문제를 어렵게 내라고 했단다. 전 과목 만점을 맞은 학생은 한 명도 없고, 대부분 점수가 크게 떨어졌다. 시험점수를 문자로 통보한 것도 전에 없던 일이었다. 담임선생님에게 왜 문자로 통보했는지 따지자 '교장 선생님이 내린 지침'이라는 무책임한 답변만 돌아왔다.

후폭풍은 거셌다. 문자로 점수를 받은 부모님들은 종이나 말로 점수를 확인했을 때보다 더 격렬하게 반응했다. 엄마가 내게 보인 반응은 약한 편에 속했다. 구박을 당한 사연도 가지가지고, 부모님에게 들은 험한 말도 형형색색이었다. 교실은 마치 장례식장처럼 무겁고 침울했다. 가끔 울분을 토하는 목소리가 분위기를 더 어둠침침하게 가라앉혔다.

시험이든 수행평가든 항상 100점을 맞는 정유나도 예외가 아니었다. 눈이 벌게져서 교실에 들어왔는데, 오자마자 책상에 엎드려 꿈쩍도 안 했다. 평소에 워낙 잘나가던 우등생이라 그 모습을 보니 통쾌했다. 물론 겉으로 드러내진 않았다. 하늘 높은 줄 모르고 날아다니다 떨어진 충격이 감당하기 힘든 듯했다. 1교시가 됐는데도 넋을 놓고 수업에 집중하지 못했다. 우리 반 최고의 우등생이 그러니 조금 안쓰럽기도 했다.

그렇지만 3교시가 돼서 유나가 왜 울적한지 듣고는 안쓰럽던 감정이 싹 사라졌다. 도리어 짜증이 났다. 정보통인 수빈이에 따르면 유나는 전체 시험에서 딱 1점이 깎였다고 한다. 한 문제가 아니라 1점이었다. 서술형에서 글자 하나를 잘못 쓰는 바람에 감점을 당했고, 그 감점이 유나가 얻지 못한 유일한 점수였다. 늘전 과목 만점을 맞는 유나에게는 1점이 대단한 점수인지 모르지만, 그래도 전교 1등이었다. 1점이 깎였다고 그렇게 우울해하다니 납득이 안 됐다. 그런데 사정을 듣고 보니 우울의 원인은 점수가 아니라 유나네 엄마에게 있었다. 유나 엄마는 실수로 감점당한 것을 심하게 나무랐다고 한다. 몰라서 틀리는 것보다 실수로 틀리는 것이 더 큰 문제라는 게 그 이유였다. 나로서는 도저히 이해가 안 되는 이유였다. 만약 우리 엄마가 그랬다면 나는 물불 안 가리고 대들었을 것이다.

아마 유나는 더 죽어라 공부할 것이고, 다음 시험에서는 그런 작은 실수도 하지 않을 것이다. 유나는 머리가 좋을 뿐 아니라 정말 열심히 노력한다. 나와는 차원이 다른 존재다. 유나를 볼 때마다 나는 괴롭다. 나는 어중간하다. 공부를 아주 잘하는 머리도 아니고, 그렇다고 공부를 포기할 만큼 모자란 머리도 아니다. 노력을 죽어라 하는 성격은 못 되는데, 숙제나 시험공부를 아예 놓고 지내지도 못한다. 머리도 노력도 어중간하다.

흔히 재능은 노력을 이기지 못한다고 말한다. 내 경험으로는 틀린 말이다. 노력도 재능이기 때문이다. 머리가 똑똑한 애들은 노력하는 재능마저 타고나는 경우가 대부분이다. 빵빵한 지원을 받으며 죽어라 노력하는 천재를, 보통으로 태어나서 노력도 설렁설렁 하는 내가 이길 가능성은 희박하다. '희박하다'보다는 '불가능하다'란 단어가 적절하겠지만 그러면 너무 절망감이 드는 까닭에 '희박하다'는 단어를 골랐다.

어떤 사람들은 노력은 제대로 안 하고 핑계나 댄다고 지적할지도 모르겠다. 저번 시험이라면 그 지적은 타당하다. 그렇지만 이번에는 정말 열심히 공부했다. 이번처럼 놀지도 않고, 딴짓도 안 하고, 오직 공부만 한 적은 단언컨대 없었다. 노력하면 좋은 결과를 얻으리라 믿었다. 엄마가 점수에 대해서는 아무런 지적을 하지 않으니 그 신뢰에 보답하고 싶었다. 나를 믿고 자유를 주면 알아서 잘한다는 점을 증명하고 싶었다. 내가 책임지는 모습을 보이면 더 많은 자유가 주어질 테고, 더 많은 자유는 나를 행복하게 할 테니까.

그러나 시험 결과는 노력을 배신했다. 이번만 그런 게 아니다. 이제껏 노력은 늘 나를 배신했다. 어쩌면 앞으로도 노력은 나를 배신할 것이다. 재능이 모자란 이에게 노력이란 그저 실패를 늦추고, 추락하는 강도를 줄이는 효과를 발휘할 뿐이다.

시험을 망치니 무척 허탈했다. 노력해도 안 되는 현실이 노력하려는 의지마저 갉아먹어 버렸다. 그래서 게으르게 퍼져서 지냈다. 친구들과 놀지도 않고 방구석에만 처박혀 있었다.

그렇다고 내내 공부도 안 하고 놀면서 지낼 생각은 없었다. 어쩔 수 없이 다시 공부해야 하는 현실을 나도 잘 안다. 공부한다고 내가 원하는 삶을 살 수 있을지는 모르지만, 공부는 해야 한다. 이 길이 맞는지 모르겠지만 다른 길을 모르니 가는 수밖에 없다. 저 앞에서 날아가는 경쟁자들의 꽁무니라도 놓치지 않으려면 죽어라 뛰어야만 한다.

울적한 마음으로 하루를 보내고 미지막 진로 수업 시간이 되었다. 진로는 내가 가장 싫어하는 수업이다. 도대체 왜 진로 수업을 하는지 모르겠다. 사회도 모르고, 미래도 모르고, 인생도 모르고, 적성도 잘 모르는 나에게 진로 수업은 뜬구름을 잡으려고 허공에 그물을 날리는 짓이나 마찬가지였다.

한때 나는 애니메이션을 창작하는 작가가 되고 싶었다. 그림을 좋아하고, 만화 덕후이기도 하고, 어릴 때부터 심심하면 그림을 그렸기에 그림은 나와 친근했다. 부모님은 비싼 장비와 소프트웨어도 군말 없이 사주셨다. 학원비도 무척 비쌌다.

처음에는 제법 열심히 다녔다. 그러나 곧 좌절을 맛봤다. 그곳에는 유나와 같은 천재들이 수두룩했다. 그들과 나는 애초에 비교 불가였다. 유나를 공부로 이기려고 해봐야 안 되는 것과 같은 이치였다. 그렇다고 바로 포기하진 않았다. 죽어라 노력했다. 노력하면 조금이라도 격차가 줄어들 줄 알았다. 노력은 배신하지 않는다는 말이 실현되기를 바랐다. 그러나 노력은 나를 배신했다. 늘 그렇듯이….

내가 그만둔다고 했을 때 엄마가 이유를 따져 물었지만, 나는 "그냥 다니기 싫어졌다"라고만 하고, 아무 말도 안 했다. 내 초라한 재능을 인정하기 싫었다. 그걸로 대판 다투기도 했지만 내 허접한 능력을 엄마에게도 내비치기는 싫었다. 한참 지난 뒤에야, 내 상처를 내가 대수롭지 않게 받아들인 뒤에야 넌지시 그 이유를 전했을 뿐이다.

아무튼 애니메이션 작가라는 꿈을 포기한 뒤로는 꿈이란 말만

들어도 알러지 반응이 일어난다. 내가 정도가 좀 심한 편이긴 하지만 다른 애들도 비슷할 것이다. 어른들이 하도 꿈, 꿈 하니 그러려니 하며 듣고 있지만, 꿈을 그리기에는 세상은 너무 어렵고 내 재능은 허접하다.

거의 모든 애들이 꿈이란 말을 싫어하는 걸 알았는지 진로 선생님이 꿈이란 단어 대신에 북극성이란 단어를 썼다. 북극성이라고 하니 꿈보다는 조금 더 그럴듯했고, 반발심도 살짝 누그러졌다.

"오늘은 북극성 찾기를 할 거야. 북극성은 언제나 북쪽에 떠 있으니 옛날 사람들은 북극성으로 방향을 알아냈고, 길을 찾았어. 인생에서 북극성과 같은 별을 찾아낸다면 어떤 순간에도 길을 잃지 않고 살아갈 힘이 생길 거야."

비유는 그럴듯했다.

"예를 들어 어떤 사람이 찾은 북극성이 '음악'이라고 해보자. 그 사람이 실제로 가수가 될지, 작곡가가 될지, 연주자가 될지, 기획사에서 일할지, 음원 판매 회사에서 근무하게 될지, 음악과 상관없는 일을 하며 음악을 좋아하는 사람으로만 머물게 될지는 몰라. 그렇지만 그 사람의 인생에는 언제나 '음악'이 함께할 거야. 음악이라는 방향이 분명하면 인생이 끝나는 그 순간까지 음악과 함께하는 삶이 가능해. 이게 북극성이 지닌 힘이지."

선생님은 우리에게 북극성을 찾는 과제를 냈고, 모둠별로 앉아서 북극성 찾기를 진행했다. 애니메이션 작가를 포기한 뒤로 내 꿈은 질문을 받을 때마다 바뀌어왔다. 그 종류가 하도 많아서 나도 다 기억을 못 한다. 아마 북극성 찾기에서 찾아낸 것도 조금 더 시간이 지나면 가물가물해질 가능성이 높다. 그래서 나는 별다른 고민을 하지 않았다. 문득 대학에서 강의를 하는 엄마가 떠올랐고, 내 북극성으로 '교수'를 적었다. '교수'가 내 북극성에 어울리는지는 진지하게 따지지도 않았다.

그런데 같은 모둠인 유나가 나를 보며 대놓고 비웃는 게 아닌가? 누가 봐도 무시하는 표정이라 몹시 불쾌했다. 가만히 보니 유나의 북극성도 '교수'였다. 느낌이 딱 왔다. 유나는 자기처럼 똑똑하고 공부 잘하는 학생이나 교수를 북극성으로 삼아야 한다고 믿는 것이다. 따지고 보면 맞는 말이긴 했다. 내 성적으로는 교수 언저리도 못 간다. 그렇지만 괜히 자존심이 상했다. 나는 연필로 '교수' 글씨를 더 진하게 덧칠했다. 그런 나를 보더니 유나가 더 진한 비웃음을 흘렸다. 대화는 한마디도 없었지만 팽팽한 신경전이 펼쳐졌다. 모둠이 끝나고 선생님에게 종이를 제출했다. 유나를 비롯한 몇몇 애들은 자랑스럽게 북극성을 발표했지만, 내 종이는 선생님 봉투 속으로 조용히 사라졌다.

수업이 끝난 뒤에도 불쾌한 감정이 사라지지 않았다. 공부로 유나의 콧대를 꺾고 싶었다. 물론 그것은 불가능하다. 내가 잠도 안 자고 공부만 해도 유나를 꺾을 가능성은 없다. 유나는 넘을 수 없는 장벽이다. 그래서 자존심이 더 상했다.

　우울하게 학교를 나서는데 수빈이가 자기 집에 잠깐 가자고 했다.

　"사촌 언니가 이번에 빵 가게를 여는데 홍보용으로 아는 사람들 나눠주라고 잔뜩 빵을 가져왔대. 그러니까 받아 가."

　수빈이 사촌 언니에 대해서는 몇 번 들었다. 그 언니는 고등학생 때까지 맨날 놀기만 했는데, 졸업하고 제빵을 배우더니 유명한 빵 가게에 들어갔다. 늦잠을 자느라 툭하면 학교에 지각하던 언니인데, 취업을 하고서는 꼬박꼬박 새벽에 출근해서 부모님도 놀랐다고 한다. 참 특이한 언니였다. 수빈이와 가까운 친구들이 우르르 몰려갔다. 수빈이 집은 들썩들썩했다. 누구는 빵을 먹고 바로 감탄해서 수빈이 사촌 언니를 행복하게 만들었다. 일정이 바쁜 친구들은 가고 몇 명이 남아서 그 언니와 이야기를 나눴다.

　"언니는 참 대단해요."

　"대단하긴, 이제 출발인데. 솔직히 주위에서 거의 다 말렸어. 그 빵 가게를 계속 다니면 일은 힘들지만 월급이 따박따박 나오고, 잘리지 않는 한 꽤 안정된 직장이니까."

　"그럼 왜 그만두고 빵집을 차렸어요?"

　"답답해서. 나는 답답한 게 질색이거든."

"뭐가 그렇게 답답해요?"

"똑같은 빵만 계속 만드니까. 유명한 빵집이 원래 그래. 나는 내 개성을 담아서 빵을 굽고 싶은데 그곳에서는 불가능해."

"독립이 불안하지 않으세요?"

"나는 불안보다 답답한 게 더 싫어. 나 같은 사람은 공무원 같은 일은 돈을 엄청 많이 준다고 해도 못 해. 학교 다닐 때도 그랬어. 그 성격이 어디 안 가."

"가게 차리는 데 돈이 많이 들지 않나요?"

"청년 창업지원금도 받고, 그동안 저축한 돈도 몽땅 다 투자했어. 엄마는 아직도 내 선택에 불만이 많아. 그 좋은 데를 왜 나왔냐고. 실패하면 어떡하냐고."

"언니는 걱정 안 돼요?"

"첫걸음인데 왜 걱정이 안 되겠어. 그래도 나는 내 성격대로 살 거야. 실패해도 고등학교 졸업할 때보다는 훨씬 나은 상태니까. 밑바닥에서 출발해 이 정도까지 해냈는데, 앞으로 뭔들 못하겠어."

그 자신감과 꿋꿋함이 존경스러웠다. 진로 선생님이 말한 북극성에 담긴 의미가 어렴풋이 이해가 되었다.


웬만하면 진로 이야기는 하고 싶지 않았지만, 이런 진지한 고민을 나눌 상대는 그래도 엄마밖에 없었으므로, 엄마한테 오늘 겪은 일들과 심정을 털어놓았다. 북극성 얘기도 하고, 재수 없는 유나 험담도 하고, 수빈이 사촌 언니가 얼마나 멋진지도 얘기했다.

"난 진로 얘기만 나오면 막막해. 뭘 어떻게 해야 할지 모르겠어. 내가 뭘 잘하는지도 모르겠고. 공부만 열심히 하면 괜찮을까?"

엄마는 가만히 듣기만 했다.

"선생님들은 꿈이니 북극성이니 하면서 자꾸 미래를 계획하라고 하는데, 나는 그런 말을 들을 때마다 너무 힘들고 불안해. 어떤 선생님은 그냥 기다리다 보면 운명처럼 나한테 맞는 일이 온다고 하는데 그런 운명이 나한테 오기는 할까? 애니메이션이 내 운명인 줄 알았는데 아니었던 것처럼, 어쩌면 운명을 엉뚱하게 받아들일지도 모르잖아. 정반대로 운명이 다가왔는데 내가 못 알아볼 수도 있고. 그러면 어떡하지?"

내게 해줄 적당한 답을 찾지 못했는지 엄마의 눈동자가 자꾸 흔들렸다.

"공부만 잘하면 불안이 사라질까? 그런데 난 유나처럼 잘할 자신이 없어. 솔직히 그만한 재능도 없잖아. 유명한 대학에 진학해서 돈을 많이 버는 직업을 얻고 싶은데, 아마 내 능력으로는 힘들 거야. 공부에 자신이 없으면 수빈이 사촌 언니처럼 과감한 도전정신이라도 있어야 하는데, 엄마도 알다시피 나는 고집은 세지만 소심한 편이잖아. 그 언니는 실패를 두려워하지 않는데 난 실패가 두려워."

아무래도 엄마에게서 내가 원하는 답을 듣기는 어려울 듯했다. 문득 엄마는 어떤 북극성을 좇으며 살았는지 궁금했다. 엄마에게 꿈이 무엇인지 물으면 어색하지만, 엄마의 북극성이 무엇인지 묻는 건 어색하지 않을 것 같았다.

"그런데, 엄마! 엄마의 북극성은 뭐였어?"

질문을 받은 엄마의 눈이 방향을 잃은 나침반처럼 흔들렸다. 엄마는 한동안 침묵 속에 깊이 잠겨 있었다. 과거를 회상하는 듯 얼굴빛이 계속 바뀌었다. 나는 사과주스를 마시며 가만히 기다렸다. 한참을 고민하던 엄마가 조심스럽게 답을 내놓았다.

"엄마의 북극성은, 가르치는 사람이었어. 키는 작지만 당당하게 교단에 서서 학생들을 훌륭하게 가르치고 싶었어."

"엄마 키는 나보다 크잖아?"

"어릴 때는 작았어."

엄마의 입술이 쓸쓸하게 가라앉았다.

엄마는 대학에서 강의하는 시간강사다. 시간강사는 엄마가 좇던 북극성 언저리이긴 하지만 엄마가 도달하려던 북극성은 아닐 것이다. 나는 엄마가 여전히 같은 북극성을 좇는지 궁금했다.

"그럼, 지금도 엄마의 북극성은 학생들을 가르치는 거야?"

엄마의 콧잔등에 잔주름이 잡혔다. 선뜻 대답이 나오지 않는 걸 보니 북극성이 희미해지거나 사라져버린 듯했다.

"혹시, 지금은 북극성이 없어?"

한참 동안 고민하던 엄마가 알쏭달쏭한 대답을 내놓았다. 북극성이라 하기에는 이상해서 이해하기가 어려웠다.

"그게 무슨 말이야?"

내 눈에 힘이 들어갔다. 거울을 보면 아마 내 콧잔등에 잔주름이 잡혔을 것이다. 나와 달리 엄마의 콧잔등에는 잔주름이 사라졌고, 입가에는 얇은 웃음이 걸렸다.

"엄마도 여전히 불안해. 엄마야말로 비정규직 시간강사잖아. 언제 잘릴지 모르는…. 당장 다음 학기에도 강의를 한다는 보장이 없어."

내용은 쓸쓸한데 목소리는 여전히 밝았다.

"내가 그때 박사학위를 포기하지 않고 나를 가로막는 장벽에 부딪쳤더라면, 키 작은 아이 때처럼 당차게 도전했다면 어땠을까 종종 생각해. 과연 내게 그 고비를 넘을 힘이 있었을까? 멋지게 성공해서 내가 원하는 모습이 되었을까? 지금보다 더 나은 삶이라고 만족하며 살고 있을까?"

지금과 다른 엄마를 상상하기는 쉽지 않았다.

"아마 그랬다면, 내가 원하는 대로 되었을지는 모르지만 너와 종욱이를 만나지 못했을 거야. 너희 둘을 키우며 겪었던 수많은 행복과 시련도 겪지 못했겠지."

"무슨 말을 하고 싶은 거야?"

"무엇을 하든 나름 괜찮다고. 나는 좌절했지만 그 대신에 새로운 인생을 경험했어. 불안하지만 너희를 만나서 행복하고."

엄마에게 내가 행복을 주는 존재라니 기분이 좋아졌다. 엄마는 스마트폰을 만지더니 노래 한 곡을 틀어줬다.

"어차피 앞날이 어떨지 모른다면, 걱정하기보다는 그냥 즐겨야지. 이 노래처럼."

가볍고 발랄한 리듬이 시냇물처럼 시원하게 흘렀다.


♬ 인생은 어려워.

출구 없는 미로에 선 듯 막막해.

네 인생이지만 네가 어쩔 수 없어.

억지로 어떻게 하려고 해봐야 뜻대로 되지도 않아.

그러니 삶이 그대로 흐르게 둬.

그리고 그저 인생을 즐겨. ♪


노랫말이 내게 속삭였다. 어차피 뜻대로 안 되니 그저 인생을 즐기라고.

무슨 뜻인지 이해하기는 어렵지 않았다. 그렇지만 그렇게 살기는 마음처럼 쉽지 않다. 아는 것과 아는 대로 사는 것 사이에는 바다보다 넓은 미로가 펼쳐져 있으니까. 인생은 영원한 미로일까? 미로를 헤매는 게 인생을 사는 맛일까? 10대인 나에게 이 질문은 너무나 어렵기만 하다.

# 엄마

세아가 학교에서 북극성 찾기를 했는데 공부 잘하기로 동네에 소문이 자자한 유나에게 무시를 당했다며 억울해했고, 수빈이 사촌 언니를 만나고 깊은 인상을 받은 얘기도 털어놓았다. 그러면서 자신은 공부를 잘하지도 못하고, 도전정신도 투철하지 못해서 암담한 미래를 맞을 거라고 걱정했다. 선뜻 도움말을 건네지 못했다. 정해진 길로만 살지 않아도 괜찮다고 말하고 싶었지만 나도 확신이 없었다. 나 역시 자식이 남들이 다 가는 길에서 벗어날 기미만 보여도 불안해지기 때문이다.

적당한 답을 찾지 못해 고민하는데 세아가 예상치 못한 질문을 던졌다.

"그런데 엄마, 엄마의 북극성은 뭐였어?"

질문을 받고 선뜻 대답이 나오지 않았다. 처음에는 내 나이에 그런 질문을 받는 게 어색해서 그런 줄 알았다. 그러다 질문에 주눅이 드는 내 자아를 확인하고 이유가 다른 데 있음을 알아차렸다.

남편은 좋은 사람이지만 좀 답답한 사람이다. 가정 경제가 온전히 자기 힘으로 돌아가길 원한다. 내가 대학에서 시간강사로 일하겠다고 하자 탐탁지 않은 듯한 반응을 보였다. 나는 남편에게 온전히 의존하는 삶이 싫다. 의존은 자유를 빼앗고, 자존감을 가라앉히기 때문이다. 내가 조금 힘들어하면 남편은 바로 그만두라고 한다. 남편이 힘들다고 할 때 나는 그런 소리를 한 적이 단한 번도 없는데 말이다. 그런 태도가 날 서운하게 한다. 남편은 내 일을 대단치 않게 본다. 남편만 그런 게 아니다. 이 나이에 시간강사를 하는 나를 많은 이들이 그런 시선으로 본다. 나도 내가 걱정이다. 교수도 아닌데 비정규직 시간강사를 앞으로 얼마나 더 할 수 있을지 모르겠다.

이러한 내 처지가 딸이 던진 질문에 움찔하게 만들었다. 정확하게는 스스로 '그럴듯한 성공'을 거두지 못했다고 여기기 때문일 것이다. 딸에게는 일을 포기하고 지금 삶을 선택한 덕분에 너희를 만나서 행복하다고 했지만, 이루지 못한 북극성에 대한 미련이 진하게 나를 흔들었다.


나에겐 북극성이란 말보다 꿈이란 낱말이 더 익숙하다. 내 꿈은 어릴 때는 제법 뚜렷했지만 자라면서 희미해졌다. 초등학생 때 내 꿈은 가르치는 사람이었다. 어릴 때는 또래보다 키가 작았는데 "키는 작아도 당당하게 교단에 서서 학생들을 훌륭하게 가르치는 선생님이 되겠습니다" 하며 당차게 꿈을 발표했던 기억이 난다. 나이가 들면서 가르치는 사람이 되겠다는 꿈은 점점 희미해졌다. 왜 그렇게 됐는지는 나도 잘 모르겠다.

초등학교 때는 글쓰기와 독서를 좋아해서 국어에 관심이 많았는데, 중학생이 되면서 과학에도 흥미가 생겼다. 현상 뒤에 숨은 원리를 밝혀내는 과학을 공부하다 보면 마치 보물찾기를 하는 것 같았다. 고등학교에 진학해서도 국어와 과학을 다 좋아했기에 이과와 문과 중에서 어느 쪽으로 갈지 정하지 못했는데, 존경하던 수학 선생님이 해주신 말씀이 내 선택에 큰 영향을 끼쳤다.

"이런 지식은 이과에 가야만 배워. 문과에 가면 절대 못 배워."

문과에 가면 못 배운다는 선언이 배움을 향한 내 욕구를 자극했다. 문과에 가면 저 무궁한 지식을 접하지도 못한 채 살아가야 한다고 생각하니 음식에 체한 듯이 가슴이 답답해졌다. 나는 곧바로 이과를 선택했다. 내 성향이 어떤지, 내 적성이 무엇인지 깊이 따지지 않았다. 당연히 장래 희망도 고려하지 않았다. 수학을 좀 더 깊이, 더 많이 배우고 싶다는 충동이 내가 살아갈 길을 결정해 버렸다. 그만큼 나는 순진했다. 어이없는 선택이었지만 그만큼 알고 싶다는 욕구가 강했다. 지금도 자식을 제대로 키우는 법을 배우러 열심히 돌아다닐 만큼, 내 성향은 여전히 강한 영향을 끼치고 있다.

고3이 되어 대학과 전공을 골라야 할 때도 나는 선뜻 마음을 정하지 못했다. 문과였다면 바로 국어 쪽을 택했겠지만 이과는 상황이 달랐다. 특별히 잘하거나 뒤떨어지는 과목도 없었다. 모든 과목에서 그럭저럭 성적이 나오니 한 과목을 선택하기가 어려웠다. 공부는 열심히 했지만 나중에 무엇이 될지, 내게 맞는 직업이 무엇인지 생각해 본 적도 없었다. 학교만 충실하게 다니느라 별다른 경험도 없었다. 독서실이나 학원은 다닌 적도 없어서 학교 밖 세상에 대해서는 백지 상태나 마찬가지였다.

주위에서 적절한 도움을 줄 만한 사람도 찾지 못했다. 실제로 그런 분이 있었을지도 모르지만, 나는 찾을 능력도 의지도 없었다. 부모님처럼 살지 않겠다고 어릴 때부터 늘 다짐했기에 그분들은 내 미래를 설계하는 데 도움이 되지 않았다. 나는 모범생에 우등생이었고, 내가 듣는 말은 늘 칭찬이었다. 그래서 내 자신이 무척 똑똑하다고 확신했고, 대학 선택도 혼자 힘으로 해낼 자신이 있었다.

찾아낸 정보를 바탕으로 먼저 학교를 고르고, 학과는 그다음에 선택했다. 적성과 장래는 일절 고려하지 않았다. 지원하는 그 순간까지 선생님뿐 아니라 누구와도 상의하지 않았다. 심지어 가장 친한 친구인 연아에게도 내가 지원하는 곳을 알리지 않았다.

정확한 정보 덕분인지, 실력 덕분인지는 모르겠지만 나는 다 합격했다. 모두 붙고 나니 또다시 고민이었다. 학과도 뒤죽박죽 섞어서 지원했기에 진로가 분명하지 않았다. 마지막 순간까지 고민하다 가장 잘나가는 대학교를 선택했다. 진로나 적성보다는 겉으로 드러난 이름이 내겐 중요했다. 그래서 선택한 전공이 '화학'이었다. 내 인생은 그렇게 결정되었다. 어쩌다 보니 그냥 그렇게 되었다. 살면서 하는 많은 선택이 그렇듯….

국어를 좋아했던 초등학생 시절, 나는 과학을 싫어했다. 실험은 안 하고 실험관찰 책을 채우고, 제대로 이해도 못 했는데 빈칸에 받아 적기만 하는 수업은 과학을 싫어하게 만들었다. 책을 많이 읽었지만 과학 분야는 손도 대지 않았다. 더구나 화학은 과학 중에서도 내가 가장 멀리했던 과목이었다. 그나마 '물질은 왜 색이 다를까?' 하는 호기심이 생겨서 과학 만화책을 뒤진 것이 화학에 가장 친근하게 다가간 행동이었다. 화학은 이과를 선택한 고등학교에서도 내 인생을 걸고 공부할 만큼 좋아했던 과목이 아니었다. 그랬던 내가 화학을 전공하게 되었으니 사람의 앞날은 참 알 수가 없다.

나름 기대에 부푼 대학 생활이었지만 처음으로 학교에서 불행을 느꼈다. 초등학교부터 고등학교까지 학교는 내게 가장 익숙하고 편안한 공간이었다. 나는 모범생에 우등생이었고, 칭찬을 받는 것에 익숙했다. 대학은 달랐다. 한글로 읽어도 이해가 어려운 화학책을 영어 원서로 봐야 하니 미칠 노릇이었다. 공부를 해보니 화학은 과학 중에서도 나와 가장 맞지 않는 분야인 것 같았다. 그 답답함과 암담함은 나를 필리핀 학교의 교환학생으로 지원하게 만든 원인 중 하나였다.

필리핀에 다녀와서 나는 기력을 회복했고, 미래를 그리게 되었다. 초등학생 때 선생님을 꿈꾸며 했던 발표도 새삼스럽게 기억났다. 나는 학교가 편한 사람이었다. 내 경험은 학교 안에서만 이루어졌기에, 내 미래도 학교 안에서 찾는 게 적합해 보였다. 나는 어릴 적 꿈을 되찾기로 했고, 선생님이 되기 위해 교직 이수를 신청했다. 혹시 모를 미래를 대비한 보험이기도 했다.

대학교 4학년에 여고로 나간 교생 실습은 참으로 행복하고 즐거웠다. 학생들과 어울리면서 에너지가 채워졌다. 어릴 때 꿈이 내 적성에 맞았다. 나는 그 길을 가야 했다. 그러나 엉뚱한 질문이 내 운명을 틀어버렸다.

"중고등학교 교사는 대학교수보다 덜 노력해도 이룰 수 있는 길인데, 혹시 내가 어려운 길을 피하고 싶어서 교사를 택하는 것일까?"

왜 그런 질문이 나를 찾아왔는지 모르겠지만, 잘못된 답과 이어지면서 나는 스스로 진흙탕으로 빨려들고 말았다.

"교수가 되기 힘들다고 교사로 도망치는 짓은 비겁해. 도전은 인생을 빛나게 해."

부적절한 질문에 이은 잘못된 답이었다. 나는 참된 교사가 되는 길이 얼마나 어려운지 제대로 이해하지 못한 상태였다. 단지 자격을 취득하고, 직업을 얻는 과정이 쉽고 어렵다는 요소만 판단 기준으로 삼는 오류를 범했다. 무엇보다 나를 행복하게 하는 적성이 무엇인지 고려하지 않았다. 그 중요한 결정을 하는 순간에, 교생 실습을 나갔을 때 얼마나 행복했는지 까먹은 것이다.

나는 스스로를 채찍질했다. 젊으니 뭐든 하면 될 줄 알았다. 교수가 되기 위해 대학원에 진학했다. 열심히 노력했다. 중고등학교에서 중간·기말고사를 준비하듯이 대학원 생활을 했다. 그런데 노력한 만큼 결과가 나오지 않았다. 처음으로 내 재능이 의심스러웠다. 주변에는 똑똑한 사람들이 정말 많았다. 화학과 교수가 되는 관문은 좁은데, 나보다 뛰어난 인재들은 넘쳐났다. 고심 끝에 연구 분야를 바꿔서 박사학위에 도전하기로 했다. 교수님께 편지까지 쓰는 정성을 들인 끝에 연구실에 합격했다.

낯선 용어와 개념이 가로막았지만 미친 듯이 공부하며 어려움을 이겨나갔다. 연구실 분위기는 좋았다. 교수님은 정성껏 지도하며 이끌어주셨다. 그러나 시간이 흐를수록 화학과 석사과정을 밟을 때와 똑같은 문제에 부딪혔다. 천재는 많고, 통과해야 할 문은 좁았다. 더구나 전공을 옮긴 탓에 따라가기가 더욱 벅찼다. 태어나서 처음으로 열등감에 빠졌다. 한없이 작아지는 나를 확인하며 절망했다. 교수님 앞에서 연구 진행 과정을 설명해야 하는데 미칠 것 같았다. 지하철을 타고 연구실로 가다가 심한 어지러움을 느끼며 쓰러지기도 했다. 머리카락도 뭉텅이로 빠졌다. 더는 버티기 힘들었다.

돌이켜보면 나는 연구보다 교수에 초점을 두고 지냈다. 연구를 통해 박사학위를 성취하겠다는 목표보다 교수가 되어야 한다는 목표가 더 강했다. 그저 눈앞에 주어진 과제에 집중했다면 힘들더라도 박사학위를 따냈을 것이다. 그랬다면 교수가 되겠다는 목표를 이룰 수 있었을지도 모른다. 그러나 나는 오로지 교수만 꿈꿨다. 어릴 때부터 다른 사람을 가르치는 사람이 되고 싶었고, 그것은 내 무의식에 깊이 각인되어 있었다. 마라톤 10킬로미터 지점에서 결승선만 바라보는 꼴이었다. 결승선은 까마득했고, 나는 의욕이 점점 꺾였다.

그런 상황에서 필리핀에서 만났던 남자와 우연히 다시 마주쳤다. 필리핀에서 쌓았던 추억이 되살아났고, 나는 그 사람에게 빠르게 마음을 열었다. 그 사람도 나를 다시는 놓치지 않겠다는 의지로 다가왔다. 남자는 결혼 이야기를 꺼냈다. 그때까지 결혼 생각은 한 번도 한 적이 없던 나였다. 고심하고, 알아보고, 준비해서 결혼해야 했지만 그러지 않았다. 결혼하면 안정감이 생기고, 그러면 연구를 더 잘할 수 있겠다는 어설픈 기대에 지배당해, 결혼을 서둘렀다. 그러나 결혼 뒤 내 감정은 기대와는 정반대로 흘렀다. 오히려 연구소 생활이 더 견디기 힘들어졌다. 결혼이라는 도피처가 생기니 힘겨움을 이겨내야겠다는 의지가 아예 사라졌다. 얼마 지나지 않아 나는 울면서 쓴 편지를 교수님께 전하고, 꿈을 접었다.

내 꿈에 엄마나 주부는 없었다. 결혼을 깊이 고민해 본 적도 없었다. 내게 결혼은 더는 힘들게 연구실에서 버티지 않아도 되고, 불확실한 미래를 걱정하지 않아도 되는 도피처였다. 하지만 준비 없이 맞이한 결혼생활은 무척 힘들었다. 오랫동안 공부만 하던 내게 미숙한 집안 살림은 하루하루가 시련으로 다가왔고 아이와 남편을 위한 일들에 익숙해지기가 어려웠다. 시시각각 닥치는 온갖 사건과 고난을 허겁지겁 처리하며 지내는 나 자신이 초라하고 허무했다.

이러려고 내가 초·중·고등학교를 그렇게 열심히 다녔을까? 이러려고 초등학교부터 대학원까지 단 한 번도 결석, 조퇴, 지각을 하지 않고 성실히 살아냈을까? 이러려고 내가 그 힘겨운 대학원 생활을 버텼을까?

질문은 끝없이 나를 괴롭히고, 준비 없이 마주한 과제들은 가

혹하기만 했다.


"엄마의 북극성은 뭐였어?"

딸이 내미는 질문이 너무나 무거웠다.

나는 고심 끝에 지금보다 훨씬 당찼던 초등학생 시절에 발표한 꿈을 들려주기로 했다.

"엄마의 북극성은, 가르치는 사람이었어. 키는 작지만 당당하게 교단에 서서 학생들을 훌륭하게 가르치고 싶었어."

나는 대학에서 학생들을 가르치는 시간강사로 일한다. 아마도 꼬맹이 때 세웠던 북극성이 나를 이렇게 살도록 만들었을 것이다.

"그럼, 지금도 엄마의 북극성은 학생들을 가르치는 거야?"

딸이 다시 물었다.

미래를 묻는 질문이다. 과거를 묻는 질문보다 훨씬 무거웠다.

'김경아, 너는 앞으로 남은 인생에서 무엇을 목표로 삼아 살 거야?'

세아가 던진 질문에 담긴 본뜻을 되살려 나 자신에게 물었다. 고민이 꼬리를 물고 이어졌다.

수명이 길어져서 내 나이도 이제 겨우 인생 반환점이다. 인생 전반전이 끝났지만 아직 후반전이 남았다. 남은 후반전을 어떻게 살아야 할까? 그 질문에 분명한 답을 내놓기에는 머릿속이 지나치게 복잡하고, 감정은 뒤죽박죽이었다. 이 엉킨 실타래를 풀어야 딸에게 답을 건넬 텐데, 무엇을 어떻게 풀어야 할지 종잡을 수 없었다. 삶이 갑자기 까마득해졌다.

문득 고등학교 시절엔 후회 없이 살았다는 생각이 들었다. 중학교까지만 해도 나를 괴롭히는 외부 요인 때문에 힘들었다. 그러나 고등학교에서는 그런 요인이 하나도 없었다. 나는 온전히 고등학교 생활을 즐겼다. 남들처럼 대학을 목표로 공부하지 않았다. 성적을 잘 받기 위해, 선생님들 눈에 들기 위해 생활하지 않았다. 친구들과 즐겁게 어울리는 순간이 좋았고, 존경하는 선생님의 수업을 듣는 시간이 행복했고, 호기심을 채우는 공부가 흥미로웠다. 나는 그 순간을 온전히 즐기며 살았다. 그때가 가장 나답게 살아낸 시절이었다.

그때처럼 다시 살 수 있을까? 그때처럼 산다면 내 삶의 빛깔은 어떻게 바뀔까?

"엄마?"

한참이나 대답이 없는 나를 보며 세아가 다시 물었다.

"혹시 지금은 북극성이 없어?"

"어? 응, 엄마는⋯."

북쪽 밤하늘을 상상한다.

은은한 별빛이 나를 잡아끈다.

별빛처럼 깊고 맑은 눈동자를 지닌 고양이 샤샤와 나무공방에서 만났던 당당한 고양이들이 떠오른다.

고양이는 자기 자신에게 충실하다. 고양이는 어쩌다, 가끔, 드물게 사람에게 사랑을 준다. 그런데 그 사랑을 온전하게 준다. 그 사랑엔 의심이 없다. 부족함도 없다. 완벽한 사랑이기에 사람들은 고양이가 주는 사랑에 감격한다. 고양이를 통해 나는 배운다. 자신에게 충실할 때 사랑도 충실해지고, 받는 이도 충만해진다는 사실을…. 그 어떤 강의와 책보다 고양이가 알려준 진리가 깊고 크다.

'그렇구나! 고양이처럼 살아야 하는구나.'

고양이처럼 맑고 호기심 넘치는 눈동자가 별빛처럼 내 가슴을 채운다.

문득 머리가 맑아지고, 별 하나가 어둠 가운데서 선명하게 빛난다.

"엄마의 북극성은… 바로… '나'야."

세아가 이해하기 힘들다는 표정을 짓는다.

"그게 무슨 말이야?"

나는 싱긋, 작은 웃음으로 화답한다.


세아야,

나는, 다른 그 무엇도 아닌 나를 사랑하며, 나답게 살고 싶어.

미래에 대한 불안과 두려움으로 '오늘'을 망치고 싶지 않아.

'오늘, 지금을 사는 나'에게 집중하며 살고 싶어.

그래서 엄마에게는,

아니 나에게는,

용기가 필요해.

실패해도 괜찮다고 스스로를 다독이고

어떤 불편한 시선과 질책에도 무너지지 않는 강한 정신력이 필요해.

그래, 내 '북극성'은 바로 '나'야.

나는 '나'라는 북극성을 바라보며 살 거야.

고양이처럼,

나는 나 자신이 될 거야.


북극성이 떠오르자 머리에 낀 안개가 걷히는 듯했다. 나는 덤덤하게 딸에게 내 생각을 전했다. 그러다 노래 한 곡이 떠올랐다. 딸과 함께 노래를 들었다. 노랫말에 공명하며 싱그럽게 심장이 뛰었다. 딸을 위한 노래라고 여겼는데 나를 위한 노래이기도 했다.

노래와 함께 내 안에서 북극성이 환하게 빛났다. 현실은 짙은 어둠으로 뒤덮인 미로에서 헤매는 처지지만, 내 심장은 어둠에서 빛나는 북극성을 좇으며 어린아이처럼 해맑게 뛰었다.

"참, 전에 햄스터처럼 살고 싶다고 했지?"

"그 말을 기억하네."

세아의 입술에 귀여운 웃음이 걸렸다.

"햄스터 말고, 고양이처럼 살아."

"고양이?"

예쁜 두 눈동자에 북극성 같은 총명함이 반짝였다.

"그래, 고양이. 엄마는 네가 고양이처럼 살면 좋겠어."

내 어린 날의 결핍은
지금에 와서는 채우지 못한다.
어린 내가 그리워하던 따뜻한 품은
지금은 이루어질 수 없는 환상이다.
여린 심장을 갉아 먹던 허기는
지금 폭식한다고 채워질 리 없다.
내가 남긴 얼룩은
아무리 닦아도 지워지지 않는다.

늪에 빠진 과거의 감정은
내 삶의 상수
벗어날 수 없다면, 바꿀 수 없다면
잠시 어깨동무라도 해주면 어떨까?
내가 나에게
잠시 기대어 쉴 나무가 되면 어떨까?

# 7

## 우리 엄마의 이름은……

# 엄마

지독한 여름이었다. 아스팔트가 뿜어내는 열기로 숨이 턱턱 막히고, 흐르는 땀이 열기에 곧바로 증발해 버릴 만큼 무더웠다. 선풍기에선 더운 바람이 나오고, 에어컨을 켜지 않으면 잠시도 견디기 힘든 날들이었다. 뉴스는 기상이변, 지구온난화, 쪽방촌, 전력난, 불쾌지수 등의 단어를 쏟아냈다. 폭염은 웬만큼 성격이 너그러운 사람이 아니면 짜증을 내지 않을 수 없게 몰아붙였다. 사람이 열 덩어리로 느껴져, 옆에 누가 다가오기만 해도 불쾌해지곤 했다. 그 당시 세아는 여섯 살이었다. 종욱이는 어린이집에 다녔고, 세아는 유치원이 방학이라 나와 집에서 보내는 중이었다. 살림살이가 넉넉하지 않았던 때라 에어컨도 마음껏 틀지 못한 채 그 폭염을 세아와 집에서 견뎠다.

폭염이 한창이던 7월 20일부터 세아는 시름시름 앓았다. 목이 조금 아프고 열이 나고 기운이 없다고 했는데, 감기에 걸렸을 때 흔히 나타나는 증상과 비슷했다. 조금 심해지면 병원에 가려고 했지만 증상이 딱히 더 나빠지지 않아서 그냥 지켜보기만 했다. 약한 감기 정도는 되도록 약을 먹지 않고 자기 면역력으로 이겨내길 바랐다. 폭염으로 인한 불쾌함이 병원까지 가는 선택을 주저하게 한 면도 있었을 것이다. 단 1분이라도 거리를 걷고 싶지 않은 때였으니까.

그런데 22일 오전부터 상태가 급격히 나빠졌다. 열이 나는데, 폭염조차 저리 가라 할 만큼 뜨거웠다. 제대로 먹지도 못하고 말 몇 마디도 힘들어했다. 거리를 달구는 폭염이 정점에 달했지만 병원에 가지 않을 수 없었다.

아파트 단지를 벗어나면 바로 있는 소아과 병원으로 향했다. 승강기에 내려서 공동현관을 나설 때까지는 그나마 괜찮았지만, 아스팔트가 깔린 아파트 단지로 나가자 숨이 막힐 듯했다. 마음이 급한 나는 빨리 걷는데, 세아는 비틀거리며 제대로 따라오지 못했다. 폭염은 나를 짜증 나게 했고 잔소리를 늘어놓게 만들었다.

소아과 병원은 시원했다. 시원한 곳으로 오니 세아도 조금 괜찮아진 듯했다. 열대야에 더위를 먹어서 상태가 잠시 나빠졌다고 생각했다. 에어컨이 주는 축복을 느끼며 가볍게 약만 타 가려던 나는 의사에게서 전혀 예상치 못한 말을 들었다.

"당장 대학병원으로 가세요. 지금 당장."

의사가 내뱉은 '당장'이란 단어는 폭염으로 인해 늘어지던 정신을 번쩍 깨웠다.

"곧바로 응급실로 가세요."

'당장'과 '응급실'은 세아가 얼마나 심각한 상태인지를 드러내는 말이었다. 간호사는 의사가 지시하기도 전에 택시를 불러주고, 어찌할 바를 모르는 나를 달래며 세아를 살뜰하게 살폈다. 택시가 오는 시간에 맞춰 함께 아이를 부축해 주기까지 했다. 또 인근 대학병원 응급실로 빨리 가달라고 기사에게 부탁하며, 택시비까지 미리 지불했다. 짧은 시간이라도 내가 지체하지 않게 하려는 배려였다.

택시를 탔는데 세아의 호흡이 급격하게 나빠졌다. 숨을 거칠게 쉴 뿐 아니라 가끔 숨을 제대로 쉬지 못했다. 그럴 때마다 심장이 덜컹 내려앉았다. 호흡이 가빠진 원인이 더위는 아니었다. 소아과 병원 정도는 아니지만 택시 안은 꽤나 시원했다. 그런데도 호흡이 가빠지던 세아는 점점 의식을 잃어갔다. 몸을 주무르며 거듭 이름을 불렀지만 아무런 반응도 보이지 않았다. 택시 기사는 위급 상황임을 알리는 비상등을 켠 채 내달렸다. 택시에서 내리자마자 세아를 안고 응급실로 뛰었다.

낯선 의료인들 속에 세아를 내려놓으며 나는 스스로를 심하게 질책했다. 이틀 동안 더위를 탓하며 딸을 제대로 살피지 않은 자신을 욕했다. 의사가 어찌 된 일인지 물었지만 어떻게 대답했는지 기억나지 않는다. 무슨 말을 하기는 했는데, 걱정과 자책이 그 모든 기억을 압도해 버린 탓이다.

별일 아니기를 빌고 또 빌었다. 소아과 병원 의사가 착각했기를, 잠시 심한 독감에 걸렸을 뿐이기를 바랐다. 검사는 빠르게 진행되었다. 의사와 간호사들이 부산하게 움직였다. 검사가 끝나자 의사는 결과는 설명도 않고 다짜고짜 입원하라고 했다. 어떤 병이기에 급하게 입원해야 하는지 확인하려는데 남편이 도착했다.

남편은 검사 결과부터 물었다. 의사는 확실하지 않다며 위급 상황이니 일단 입원부터 하라고 권했다. 다른 선택은 없었다. 입원 절차는 남편이 진행했고, 나는 계속 세아 곁을 지켰다. 검사가 진행되는 동안 의식을 잃었던 세아는 병실에 가자마자 깨어났다.

이제 괜찮아지나 보다 하며 반가워했는데, 그건 더 끔찍한 신호였다. 의식이 돌아온 세아는 머리를 붙잡고 나뒹굴었다. 머리카락을 쥐어뜯고 머리를 침대와 벽에 부딪쳤다. 다칠까 봐 꽉 붙잡았지만 내 힘으로는 막을 수가 없었다. 간호사를 급히 불렀다. 간호사가 진정제를 놓으려고 달려들었는데 그럴 필요가 없었다. 몸부림치던 세아가 고통을 이겨내지 못하고 정신을 잃었기 때문이다. 정신을 잃은 세아는 얼마 뒤에 다시 깨어났다. 의료진들은 세아가 몸부림치다 다칠까 봐 몸을 묶었다. 세아는 아픈 머리를 손으로 만지지도 못한 채 괴성을 지르다 까무러쳤다. 깨어나면 고통에 시달리고, 고통에 시달리다 정신을 잃기를 반복했다. 그 모습을 지켜보자니 심장이 칼로 난도질당하는 듯 괴로웠다.

세아가 의식을 잃었을 때 의사가 왔다. 의사는 나와 남편이 결코 바라지 않던 끔찍한 소식을 전했다.

"왼쪽 뇌가 원인 불명의 바이러스에 의해 손상을 입었습니다."

"바이러스라니요?"

"어떤 바이러스인지는 분석 중입니다."

"치료는 가능한 거죠?"

"확신할 수 없습니다. 아마 후유증이 심하게 남을지도 모릅니다. 인지능력이 훼손되고, 신체를 제대로 통제하지 못할 가능성이 높습니다."

내게 그 말은 신이 내린 징벌처럼 들렸다. 내가 무책임해서, 더위 핑계를 대며 딸을 제대로 살피지 않아서, 신이 벌을 내렸다고 생각했다.

몇 번을 깨어났다 까무러치기를 반복하던 세아는 어느 순간부터 의식을 완전히 잃어버렸다. 침대에 무기력하게 누운 채 깨어나지 않았다. 이런저런 처치를 했지만 깨어날 기미를 보이지 않았고, 삽입된 관을 통해 들어가는 영양분에 의지해 겨우 숨만 쉬었다. 그나마 다행인 것은 세 살밖에 안 된 종욱이가 할머니 집에서 말썽부리지 않고 잘 지낸다는 점이었다.

나는 의사와 간호사를 붙잡고 틈만 나면 물었다. 작은 희망이라도 발견하려는 발버둥이었다. 그러나 돌아온 답은 늘 암담했다. 치료될 가능성이 있다거나, 후유증이 생각보다 적을 거라는 대답은 들을 수 없었다. 자식이 내 잘못으로 쓰러져서 사선을 넘나드는 모습을 지켜보는 시간은 견딜 수 없이 처참했다. 차라리 내 몸이 아프길 빌었다. 죄책감은 한시도 내버려 두지 않고 나를 고문했고, 눈에서는 눈물이 마를 시간이 없었다.

세아가 입원한 병동에는 나와 같은 엄마들이 많았다. 눈물을 달고 사는 엄마들이었다. 그곳에서는 어린 생명들이 수많은 관과 바늘에 의지해 마지막 희망을 붙잡고 지냈다. 세상을 제대로 살아보지도 못한 생명들이 위태롭게 버티는 모습이 주는 비애감은 어떤 말로도 표현하기 힘들었다.

같은 처지의 엄마들은 서로에게 의지했다. 조금이라도 희망어린 변화가 보이면 다들 자기 일처럼 기뻐했고, 가슴 아픈 일이 벌어지면 모두가 슬퍼했다. 가끔 기적처럼 회복해서 퇴원하면 모두들 축하를 건넸다. 그러나 그런 일은 드물게 일어났다. 어떤 아이는 영원히 희망을 놓아버리기도 했다. 짧은 삶을 마감하는 아이가 생기면 그날은 온 병동에 슬픔의 비가 내렸다.

가끔 병실에서 나와 다른 일을 처리하고 돌아갈 때면 나는 기적을 바랐다. 간호사실에 다녀올 때, 집에 물건을 챙기러 다녀올 때, 전화 통화 때문에 잠깐 문밖으로 나왔을 때도 그 짧은 시간 사이에 세아가 깨어나는 기적이 일어나길 바랐다. 병실 문을 열면 예전과 같은 맑은 눈동자로 나를 향해 새초롬한 웃음을 지어 보이길 빌었다. 그러면 엄마가 잘못했다고 말하고, 사랑한다면서 꼭 껴안아 주겠다고 마음먹었다. 문을 열면서, 그 작은 희망이 기적처럼 펼쳐지길 바라고 또 바랐다. 그러나 그런 기적은 일어나지 않았다. 간절히 소망했지만 기적이 일어날 낌새조차 보이지 않았다.

나는 멍하니 누워 있는 세아에게 수없이 많은 말을 건넸다. 네가 태어나서 얼마나 기뻤는지, 첫걸음을 뗄 때 얼마나 신기했는지, 너의 맑은 웃음이 얼마나 사랑스러운지, 울 때조차 얼마나 귀여운지, 네가 엄마에게 얼마나 귀한 존재인지 말하고 또 말했다. 사랑한다는 말을 수도 없이 반복하고 반복했다. 그러나 세아는 휑한 눈으로 천장만 볼 뿐 그 고운 목소리를 들려주지 않았다. "엄마!" 하고 부르며 초롱초롱한 눈을 빛내길 바랐지만, 눈빛은 초점을 잃고 암흑 속을 헤맬 뿐이었다. 그럼에도 나는 희망을 잃지 않았다. 틈만 나면 세아의 손을 잡고 기적이 일어나길 기도하고, 사랑을 속삭였다.

힘겨운 시간을 보내면서도 내가 꿋꿋하게 버틴 건 상당 부분 남편 덕분이었다. 남편은 자책하는 나에게 내 잘못이 아니라고 다독이고, 세아는 꼭 깨어날 거라고 위로하며 든든한 버팀목이 되었다. 내 앞에서 힘들다는 말은 한마디도 하지 않고, 절망은 절대 내비치지 않았다. 나는 그런 남편이 참 든든했다. 그러나 남편 속도 나 못지않게 타들어 가고 있었다.

어느 날 같은 병실에서 자매처럼 가까워진 분이 남편을 본 목격담을 전했다.

"세아 아빠를 계단에서 봤는데 혼자 흐느끼며 울고 계셨어요. 내색하진 않으시지만 세아 아빠도 많이 힘든가 봐요."

세아가 깨어나서 건강을 되찾을 거라고 늘 희망 어린 말만 하던 남편이었지만, 속으로는 절망과 씨름하고 있었던 것이다. 내가 더 힘들어질까 봐 홀로 힘겹게 두려움에 맞서는 남편이 안쓰러웠지만, 내게는 그런 남편에게 위로를 건넬 만한 여유가 전혀 없었다.

수도 없이 희망을 되뇌었지만 시간이 갈수록 희망은 흐려지고 절망은 점점 짙어졌다. 마음 깊은 곳에서 이 상황이 영원히 지속될지도 모른다는 참담함이 무섭게 번져나갔다. 매달릴수록 희망은 점점 아득히 먼 곳으로 도망쳤다.


그러다 8월 14일이 밝았다. 폭염은 사라지고 가을 날씨처럼 선선한 아침이었다. 싱그러운 햇살이 창문을 찾아왔지만 내게 햇살은 어둠보다 싫은 불청객이었다. 내 아이는 이렇게 지옥에서 헤매는데, 세상은 아무렇지 않게 밝게 빛나는 현실이 끔찍하게 싫었다. 차라리 세상 모두가 어둠이길 바랐다. 어둠이 햇살을 모조리 삼켜서 영원히 모두가 희망을 잃고 살기를 바랐다. 절망은 나를 무기력하게 했고, 어둠은 내 영혼을 점점 좀먹고 있었다. 엄마가 튼튼하게 버텨야 한다는 충고는 더 이상 효과를 발휘하지 못했다. 무력하게 앉아 아이의 손을 잡고 메마른 눈물을 흘렸다. 아이 손을 얼굴에 댄 채 가는 숨을 들이쉬고 내쉬었다. 내 숨도 아이의 숨처럼 희미해져 갔다.

그러다 깜박 졸았나 보다. 세아가 나를 부르는 소리가 들렸다.

'엄마!'

처음에는 꿈인 줄 알았다. 늘 그랬듯이 꿈속에서 세아가 부르는 목소리를 들었다고 생각했다.

"엄마!"

눈을 떴다.

꿈인지 생시인지 헷갈렸는데, 꿈이라고 하기에는 지나치게 선명한 목소리였다.

"엄마!"

힘은 없지만 밝고 초롱초롱한 눈동자가 나를 보고 있었다.

"세아야!"

아이를 와락 껴안았다.

"엄마, …배고파."

세아가 깨어나서 처음 한 말은 '엄마'였고, 그다음에 한 말은 '배고파'였다.


세아는, 모진 시간을 견디고 그렇게 다시 깨어났다. 8월 14일은 세아가 이 세상에 두 번째로 태어난 날이었다.


그날 이후, 세아는 빠르게 좋아졌다. 인지 기능에 손상을 입고 신체활동에 장애가 생길 거라는 예측은 모두 빗나갔다. 세아가 건강을 회복하자 의사 선생님도 기적이라며 놀라워했다. 세아가 다시 걷게 되었을 때는 첫걸음을 떼었을 때보다 더 기뻤다. 세아는 9월이 오기 전에 멀쩡하게 걸어서 병원을 나섰다.

# 딸

엄마가 저녁을 차려준다고 해서 기다리는데 안 들어왔다.

"어디야? 왜 안 들어와?"

"왜 그래?"

"뭐야? 까먹었어?"

"아, 참! 내 정신 좀 봐."

"도대체 몇 번째야? …왜 그래?"

"바빠서 그랬지. …배고파?"

"당연히 배고프지."

"배고프면 혼자 차려 먹어."

심통이 났다.

"됐어! 굶을 거야."

"혼자 저녁도 못 차려 먹니?"

엄마는 내가 잘못했다는 듯이 나무랐다.

"엄마가 까먹어놓고 왜 나한테 뭐라고 그래?"

"그 나이가 되도록 혼자 밥도 못 차려 먹어서 엄마한테 찡찡대니까 그렇지."

"엄마가 약속했잖아. 나 배고파."

"배고프면 직접 차려 먹으라고."

"됐어. 나 굶을 테니까 알아서 해."

"그래, 굶어. 굶고 싶으면 굶어."

엄마가 잘못해놓고 도리어 화를 냈다. 도대체 누가 잘못했는지 모르겠다.

네 살 때 겪었던 일을 떠올렸다. 다른 건 기억이 안 나는데, 이상하게 그 사건은 아직도 선명하다. 가족끼리 휴가를 가서 하루 종일 재미나게 놀았다. 늦은 저녁까지 놀다 보니 먹는 것도 잊었다. 엄마가 밥은 먹고 놀라고 했지만, 놀이에 푹 빠진 나는 괜찮다고 했다. 한참 놀다 보니 졸음이 와서 자려고 누웠는데, 뒤늦게 배고픔이 찾아왔다. 엄마에게 먹을 걸 달라고 했는데 자기 전에 먹으면 안 좋다면서 그냥 자라고 했다.

엄마가 그러니 어쩔 수 없었다. 졸음이 쏟아져서 보채지도 못했다. 곯아떨어져서 자다가 배가 고파서 다시 깼다. 엄마 아빠도 깊이 잠든 새벽이었다. 워낙 피곤하고 허기져서 엄마를 부를 힘도 없었다. 나는 침대에서 벗어나 냉장고가 있는 데까지 기어갔다. 냉장고 문을 열고 손에 잡히는 대로 집어서 일단 먹었다. 아삭아삭 씹어 먹는데 갑자기 엄청 매웠다. 혀를 불로 지진 듯했다. 어린 내가 견딜 만한 수준이 아니었다. 나는 고통스러워서 엉엉 울며 바닥에 나뒹굴었다. 엄마 아빠가 놀라서 달려왔다.

"왜 그래?"

나는 대답은 못 하고 엉엉 울기만 했다.

"혹시 이거 먹었니?"

아빠가 바닥에 떨어진 청양고추를 가리켰다. 나는 고개를 끄덕이고는 다시 울었다.

"청양고추를 왜 먹었어?"

엄마가 다그치며 물었다.

"엉엉… 배고파서… 엉엉…."

내가 달라고 할 때 엄마가 먹을 것을 줬으면 겪지 않았을 고통이라서, 나는 한동안 그 일로 엄마를 원망했다.

그 기억이 보태지면서 더 신경질이 난 나는 냉장고 문도 열어보지 않고 학원에 갔다. 편의점이나 분식집에 들르지도 않았다. 엄마를 속상하게 하려고 일부러 스마트폰도 끄고 있었다. 9시에 학원이 끝나고 나서야 스마트폰을 켰다. 엄마가 보낸 문자가 여러 통일 거라고 기대하며 화면을 열었는데, 기대하던 문자는 없었다. 그 대신에 아빠가 보낸 문자만 한 통 있었다. 괜히 오기가 생겼다. 엄마가 밥을 차려줘도 안 먹겠다고 단단히 결심하고 아빠가 보낸 문자를 열었다.

'엄마가 오늘 병원에 입원했어. 아빠는 내일 오전에 엄마가 수술받을 때까지 병원에 있을 거야.'

문자를 보고 가슴이 철렁 내려앉았다. 엄마에게 전화를 걸려다가 혹시 몰라서 아빠에게 걸었더니 바로 전화를 받았다.

"엄마 어디가 아파? 왜 입원했어?"

"걱정 마. 그냥 작은 수술이야."

"그런데 왜 입원을 해?"

"엄마가 자궁에 생긴 혹 때문에 요즘 많이 힘들었어. 수술하고 3~4일은 입원해야 하는데, 때마침 내일 강의가 취소돼서 오늘 급하게 입원한 거야."

"자궁에 혹이면, 안 좋은 거 아니야?"

"자궁근종은 엄마 나이에 흔한 증상이야. 복강경수술이라 흉터도 안 남고 금방 끝나. 그러니까 걱정하지 마. 네 카드에 돈 채워놨으니까 먹고 싶은 거 있으면 배달해서 먹어."

"엄마는 지금 뭐 해?"

"자고 있어. 몸도 안 좋은데 오늘 강의를 길게 하고 업무도 많아서 힘들었나 봐."

그런 줄도 모르고 밥 안 차려준다고 투정을 부렸으니, 내가 한심했다. 병원과 병실을 확인하고 전화를 끊었다. 곧바로 자궁근

종과 복강경수술이 뭔지 검색했다. 아빠 말대로 심각한 병이나 어려운 수술은 아닌 것 같았다. 조금은 걱정이 덜어졌지만 그래도 마음이 무거웠다.

집에 왔는데 엄마가 없으니 집이 텅 빈 듯했다. 배는 고픈데 배달 음식을 먹고 싶은 생각이 들지 않았다. 요즘 한참 먹성이 폭발한 종욱이도 시무룩한 얼굴로 자기 방에서 공부만 했다. 게임도, 스마트폰도 전혀 하지 않았다. 엄마가 그렇게 공부하라고 잔소리해도 듣지 않던 녀석인데, 엄마가 아프니 평소에 엄마가 원하던 행동을 하고 싶었나 보다. 그렇게 긴 밤은 내 인생에 처음이었다.

아침에 저절로 눈이 떠졌다. 일어나란 말도, 씻으라는 다그침도, 밥 먹으라는 재촉도 없었다. 그렇게 귀찮고 지겨워하던 소리가 다 사라진 아침인데, 내가 간절히 바라던 조용한 아침인데, 가슴에 구멍이 뚫린 듯 허전했다. 방문을 열고 나왔는데 종욱이는 벌써 옷을 단정하게 입고 가방까지 챙겨서 거실에 앉아 책을 읽고 있었다. 엄마가 늘 바라고 바라던 모습이었다.

"배고파?"

종욱이는 고개를 느릿하게 저었다.

"그래도 먹어야지."

나는 부엌으로 가서 아침을 차렸다. 그래봤자 냉장고에 있는 반찬을 꺼내서 식탁에 올려놓는 게 다였다. 밥솥에서 밥을 조금 퍼서 놓았다.

"안 먹을래."

"조금이라도 먹어. 그래야 엄마가 걱정하지 않지."

그 말에 종욱이가 움직였다. 내 말이라면 무조건 청개구리 짓을 하던 녀석이 이번에는 내 말을 순순히 따랐다. 우리는 말없이 밥을 먹었다. 배는 고픈데 식욕이 없어, 허기만 간단히 채우고 숟가락을 내려놓았다. 반찬은 뚜껑을 닫아서 냉장고에 넣고, 그릇은 싱크대에 가져다 놓았다. 칫솔질을 하러 가려다가 멈췄다. 싱크대 안에는 어제 오후에 내가 쓴 컵과 그릇을 비롯해 제법 설거지 거리가 많았다. 평소에 나는 그냥 먹고 일어서면 끝이었다. 가끔 그릇을 치웠지만, 말 그대로 가끔이었다. 하지만 설거지 거리를 그대로 쌓아둘 수는 없다는 생각에, 하는 수 없이 싱크대 앞에 섰다. 엄마가 설거지하는 모습이 떠올랐다. 수세미를 들고, 세제를 덜어서 거품을 냈다. 그릇을 씻는데 자꾸 미끄러져서 쉽지 않았다. 깨끗이 씻은 그릇을 깔끔하게 정리하는 것도 어려웠다. 힘들게 설거지를 마치고 나니 옷 앞섶이 물에 흥건하게 젖어 있었다.

학교 갈 준비를 할 때도 모든 걸 스스로 했다. 아무도 간섭하지 않고, 이래라저래라 하는 지시도 없었다. 자유로움을 마음껏 누릴 수 있는 상황이었지만, 마음은 어둡기만 했다. 내 아침을 채우던 모든 당연한 것들이 당연하지 않게 된 아침이 무척 낯설었다.

아빠에게 전화를 걸었더니 엄마가 곧 마취에 들어가서 통화를 못 한다고 했다. 걱정하지 말라는 말에 도리어 걱정이 되었다.

"수술 끝나면 알려줄게."

학교에서는 1교시 전에 스마트폰을 제출해야 한다. 나는 선생님에게 사정을 설명하고 스마트폰을 내지 않도록 허락받았다. 1교시가 끝날 때 문자가 왔다. 수술은 무사히 잘 끝났고, 회복실에서 기다리는 중이라고 했다. 조금은 안심이 되었다. 점심 전에 다시 문자가 왔다. 엄마가 회복실에서 나와서 병실에 있지만, 아직 힘든 상태이니 직접 전화는 하지 말라고 했다.

수업을 마치고 곧바로 종욱이를 데리고 엄마에게 갔다. 아빠는 예정과 달리 그때까지 엄마 옆을 지키고 있었다. 엄마는 웃으려고 애썼지만 힘겨움을 다 가리진 못했다. 괜찮다면서 다들 집으로 가라고 했지만, 나는 남겠다고 고집을 부렸다. 내가 한번 고집을 부리면 아무도 못 꺾는다. 엄마는 이내 설득을 포기했다. 아빠는 종욱이를 데리고 집으로 가고, 나는 남아서 엄마가 불편하지 않도록 시중을 들고 돌보면서 하룻밤을 보냈다.

그다음 날은 토요일이라 내가 종일 엄마 옆에 있었다. 아빠는 금요일에 처리하지 못한 일 때문에 회사에 갔다가 오후 늦게 다시 병원으로 왔다. 나에게 집으로 가라고 했지만 나는 엄마 곁에 있겠다며 다시 고집을 부렸고, 종욱이를 챙겨야 해서 아빠가 집으로 갔다.

"위치가 바뀌니 참 이상하네."

엄마가 환자복 소매를 어루만지며 말했다.

"위치가 바뀌다니, 뭐가?"

"엄마에게는 네가 침대에 누워 있고, 엄마가 의자에 앉아 있는 모습이 더 익숙하거든."

나는 크게 아픈 적이 없다. 그 흔한 장염이나 독감도 걸린 적이 없다. 병원에는 딱 한 번 입원했는데, 초등학교 2학년 때 그네를 타다가 다쳤을 때였다.

그네 타기를 좋아했던 나는 놀이터뿐 아니라 집에서도 그네를 타고 싶었다. 안 된다는 엄마를 조르고 졸라 결국 허락을 받아서 산 그네를 내 방문 틀에 설치했다. 출입하기가 번거로웠지만 도리어 좋았다. 나는 틈만 나면 그네에 앉아서 놀았다. 워낙 익숙해져서 손을 놓고 탈 정도였다. 그러다가 실수로 뒤로 넘어졌다. 머리를 그대로 바닥에 찧었다. 까만 하늘이 빙글빙글 돌았다. 폭죽이 터지고 어둠이 흔들렸다. 거의 정신을 잃기 직전이었다. 화장실에서 나오던 엄마가 나를 발견하고 껴안았는데, 머리에서 난

피로 엄마 팔이 다 젖었다. 구급차에 실려 병원으로 가서 찢어진 머리를 꿰맸고, 뇌에 이상이 있는지 살피기 위해 이틀 정도 입원했다. 어린 나이였지만 나는 다치는 순간부터 퇴원할 때까지 어리광 한 번 부리지 않고 꿋꿋하게 잘 버텼다.

다행히 머리에 이상은 없어서 이틀 후에 퇴원했다. 병원을 나서는데 아빠가 날 엄청 칭찬했다. 그리고는 사과주스를 주었는데, 그게 마치 내게 주는 상 같았다. 사과주스가 마치 아스테릭스가 마시는 물약 같았다. 그때부터 나는 사과주스를 좋아하게 되었다.


"아, 내가 그네 타다 다쳐서 입원했을 때…."

"그때도 그랬지만…, 정말 기억이 안 나니?"

"무슨 기억?"

"네가 여섯 살 때였는데, 기억이 안 나나 보구나."

네 살 때 청양고추를 먹고 울부짖은 기억도 나는데, 여섯 살 때 기억이 안 난다니 이상했다.

"무슨 일인데? 내가 여섯 살 때 입원했었어?"

"7월 22일이었어. 엄마는 그날을 죽을 때까지 잊지 못할 거야."

엄마는 내 손을 꼭 잡더니 그날 일을 들려주었다.

내가 죽을 뻔한 이야기는 내 기억 속에 전혀 없었다. 그 정도로 큰 사건인데 어떻게 기억에서 사라졌는지 모르겠다. 그러다 한 가지 기억이 떠올랐다.

"아, 기억나! 8월 14일이면 한동안 마치 생일처럼 선물을 주었잖아. 그게 그 일 때문이었구나! 내가 깨어난 날이어서."

"그래. 너는 그날 다시 태어났어. 8월 14일은 너의 두 번째 생일이야."

내가 죽을 뻔했다가 다시 살아난 이야기를 듣고 나니 엄마와 내 위치가 바뀐 모습이 엄마에게 얼마나 깊은 인상을 주는지 이해가 됐다.

"이런 얘기를 그동안 왜 안 해줬어?"

"엄마가 너한테 죄를 지었으니까. 그걸 되새기기 싫었어."

"엄마 잘못이 아니잖아. 그냥 내가 운이 나빴던 거지."

엄마가 내 볼을 따뜻하게 쓰다듬었다.

"사과주스가 마시고 싶네."

엄마가 말했다.

"그래? 그럼 내가 사 올게."

나는 곧바로 밖으로 나가 사과주스를 샀다. 내가 좋아하는 세 품으로 골랐다. 병원으로 돌아와서 입원실 문을 열려다가 병실 옆에 붙은 이름에 눈이 갔다. 환자 이름이 적힌 팻말에 '김＊아'

란 이름이 보였다.

김 * 아…, 김경아 마치 딴 사람 이름 같았다. 엄마 이름이 낯설게 느껴졌다. 기묘한 감정이었다. 엄마가 낯선 여자 같았다.

나는 조용히 중얼거렸다.

"김경아, 김경아…, 그냥 엄마가 아니라… 김경아."

엄마의 침대에도 '경'자가 별표로 가려진 '김 * 아'란 이름이 붙어 있었다. 나는 그 이름에 시선을 둔 채 뚜껑을 딴 사과주스를 엄마에게 건넸다.

"엄마, 그거 알아?"

"뭘?"

"나는 내 이름이 참 좋아."

"왜?"

"엄마 이름은 경아, 내 이름은 세아, 이름이 둘 다 '아'로 끝나잖아. 엄마와 내가 이어진 느낌이 들어서 마음에 들어."

엄마가 가을바람 같은 웃음을 지었다.

"내가 만약 나중에 딸을 낳으면 이름에 꼭 '아'를 넣을 거야."

# 엄마

엄마가 병실로 찾아왔다. 친정에는 연락하지 말라고 했는데 남편이 연락한 모양이다. 엄마는 먹을 것을 잔뜩 사 들고 와서 같은 병실에 입원한 환자들에게 나눠주면서 일일이 인사를 나누고 다정하게 말을 건넸다. 엄마가 그러는 모습이 참 낯설었다. 엄마는 침대 옆에 예쁜 꽃이 핀 작은 화분을 놓았다. 먹을 것이 아니라 좋긴 했지만 엄마에게 선물을 받으니 어색했다.

"곧 퇴원하는데 꽃은 왜 사 왔어?"

내가 무뚝뚝하게 말했다.

"병실이 삭막하잖아. 하루를 머물러도 예쁜 걸 봐야지."

내 엄마가 맞는지 의심스러운 대답이었다.

"몸은 어때?"

"괜찮…아."

엄마는 봄꽃처럼 말하는데 나는 서리를 뒤집어쓴 나무처럼 대꾸했다. 대화가 자연스럽게 이어지지 않고 자꾸 끊겼다. 어색함이 흐를 때마다 엄마의 시선이 내 얼굴에 닿았다. 나는 꽃으로 시선을 피했다. 엄마와 이러고 있는 상황이 몹시 불편했다. 아픈 나를 걱정하는 엄마가 낯설었다. 왼손이 오른손 손등으로 향했다.

"그 습관, 아직 그대로네."

나는 왼손으로 오른손을 꽉 잡았다. 아픈 감정이 스멀스멀 기어 나왔다. 짙은 골짜기에 가라앉아 낡은 독기를 뿜어내는 묵은 감정이었다. 엄마가 의자를 뒤로 뺐다. 내 속뜻을 알아차린 몸짓이었다.

"엄마!"

세아였다.

"어, 할머니!"

세아는 나와 다르게 엄마에게 다정하게 굴었다. 수다스럽게 엄마를 대하는 세아가 고마웠다. 엄마는 손녀에게 배고프냐고 물었고, 세아는 배고프다며 맛있는 거 사달라고 애교를 부렸다. 엄마는 넉넉한 웃음을 지으며 세아와 함께 밖으로 나갔다.

그제야 나는 오른손에서 왼손을 떼어냈다. 손등에 희미하게 남은 흔적에서 통증이 느껴졌다. 통증은 어린 시절의 나를 항상 따라다녔다. 나이에 걸맞지 않았던 당당함은 어쩌면 통증을 감추기 위한 가면이었는지도 모르겠다. 아파도 엄마에게 안길 수 없었던 쓸쓸함, 투정 부리고 싶어도 씩씩한 척했던 외로움, 매서운

질책을 괜찮은 척하며 견뎌냈던 서러움은 어린 나를 지배하던 정서였다. 엄마라는 호칭에서 '사랑'을 자연스럽게 떠올린다면 얼마나 좋을까? 안타깝게도 나는 여전히 엄마와 사랑을 곧바로 연결하기가 쉽지 않다.

어린 나에게 엄마는 두려움을 일으키는 대상이었다. 엄마를 대하는 내 감정은 무섭다는 형용사보다는 공포스럽다는 형용사가 적합했다. 공포라고 하면 흔히 떠올리는 '폭력'을 직접 당하지는 않았다. 나는 엄마에게 한 대도 맞은 적이 없다. 엄마가 사용한 도구는 소리와 눈빛이었다.

엄마는 목청이 컸다. 엄마가 소리를 지르면 귀가 얼얼했다. 야단치는 목소리는 칼날보다 날카롭고 가시보다 뾰족했다. 무엇보다 엄마는 욕을 달고 살았다. 요즘 애들이 흔히 쓰는 욕은 엄마에게는 감탄사 정도였다. 엄마가 나를 향해 쏟아내는 욕은 불에 달군 쇠꼬챙이가 되어 나를 찌르고 지졌다. 욕을 들을 때마다 마치 살이 타고 찢기는 듯한 고통을 견뎌야만 했다. 욕이 멈춘다고 안심이 되지는 않았다. 욕을 다시 듣지 않으려고 끊임없이 엄마의 눈치를 살펴야 했기 때문이다.

목소리 못지않게 눈빛도 나를 아프게 했다. 엄마는 눈매가 매서웠다. 입을 꾹 다물고 노려보면 나는 어쩔 줄 몰랐다. 오히려 야단을 맞는 게 편했다. 눈빛에 담긴 뜻을 해석하려고 안간힘을 쓰는 시간도 지독히 고통스러웠다. 그 날카로운 눈에 찔리지 않도록 행동하려고 기를 쓸 때면 안 그래도 작은 키가 더 작아지는 듯했다.

엄마의 뜻을 헤아리려고 애쓰다 보니 다른 어른들의 눈치를 잘 파악하는 능력이 생겼다. 나는 어디서나 어른들 눈 밖에 나는 행동이나 말을 하지 않았다. 그렇다 보니 당연히 착한 아이로 평가받았고, 선생님들은 자주 나를 칭찬했다. 칭찬을 들을 때면 뿌듯했지만 한편으로는 숨이 막혔다. 조금만 어른들 뜻에 어긋나는 짓을 하면 엄마처럼 나를 대할지도 모른다는 두려움 때문이었다.

그렇게 힘들게 살아가던 중에 그 일이 벌어졌다. 4학년 봄이었다. 바짝 마른 대지에 마른풀과 새순이 뒤섞이며 옷을 갈아입는 중이었다. 두려움에 움츠리며 지내던 내 감정에도 살랑살랑 봄바람이 불었다. 동네 뒷산에 작은 산불이 났다. 아이들은 뭐가 그리 신나고 즐거운지 산불이 난 산으로 몰려갔다. 여느 때 같으면 어른들이 좋아할 행동이 아니라고 판단해, 절대 그곳에 가지 않았을 것이다. 그러나 가슴에 들어찬 봄바람은 나를 절제보다는 충동에 따르게 만들었다. 나는 조금 뒤처져 아이들을 따라갔다.

뒷산에 난 불은 그리 크지 않았다. 군데군데 낙엽을 모아서 태우는 느낌이었다. 바람도 잔잔해서 불길이 거세질 위험도 없었다. 그래서 아이들은 더 신나게 놀았다. 불로 인해 다칠 위험이 없으니 불 끄기는 놀이가 되어버렸다. 어떤 애는 낙엽을 긁어 와서 일부러 불을 키우기도 했다. 나는 살짝 뒤로 빠져서 구경만 했다. 내가 구경하던 불은 내 키처럼 작았다. 어떤 아이가 마른 나뭇가지를 꺾어서 불에 던졌다. 불꽃이 조금 커졌고, 나는 흔들리는 불꽃에 이끌려 한 걸음을 내디뎠다. 불꽃이 풍기는 매력에 이끌려 오른손을 슬그머니 내밀었다.

바로 그때, 한 아이가 나뭇가지를 휘둘렀다. 불을 향해 휘두르는 수많은 동작 가운데 하나였다. 그런데 나뭇가지가 내 손등을 스쳤고, 재수 없게도 하필이면 그 가지에는 비닐이 걸려 있었다. 불길 위를 다녀온 비닐에는 이미 불이 붙은 상태였다. 비닐 조각이 내 손등으로 떨어졌다. 비닐을 태운 열기가 손등에서 녹아내렸다. 깜짝 놀라서 손을 휘저었다. 일부는 떨어졌지만 일부는 남아서 계속 타들어 갔다. 바지에 세게 손을 문지르자 비닐이 손등에서 완전히 떨어졌다. 손등을 확인해 보니 새까매져 있었다. 지금 생각해 보면 적어도 2도 화상을 입은 거였다. 처음에는 바뀐 피부색에 놀랐지만, 시간이 지나자 지독한 통증이 몰려왔다.

그렇지만 엄마를 떠올리자 통증에 따른 고통보다 두려움이 더 커졌다. 대부분의 엄마들은 어린 자식이 다쳐서 집에 돌아오면 일단 놀란다. 그다음에는 "그러게, 엄마가 조심하라고 했지!"와 같은 말을 하며 걱정이 담긴 화를 낸다. 어떤 엄마는 "얼마나 아팠을까!" 하며 손에 입은 상처가 아니라 아이가 마음에 입은 상처를 따스하게 보듬는다. 하지만 안타깝게도 내 엄마는 단 한 번도 내게 그런 위로나 걱정을 건넨 적이 없었다. 손등에 입은 화상을 내보이면 차가운 시선을 던지거나, 심한 욕으로 나를 비난할 게 뻔했다.

엄마가 어떤 반응을 보일지 알았기에 나는 상처를 숨겼다. 엄마 앞에서는 손을 뒤로 숨겼고, 손이 앞으로 나와야 할 때면 왼손으로 오른손을 살그머니 감췄다. 그 꼬맹이가 마음에 입을 상처가 두려워, 육체가 짓무르는 고통을 오롯이 견딘 것이다. 하지만 한집에서 지내는 엄마에게 화상을 입은 손등을 계속 감출 수는 없었다. 엄마와 같이 있다가 화장실에 가려고 무심코 방문을 여는 순간 습관처럼 오른손이 나갔고, 엄마는 매 같은 눈으로 내 손등을 보고는 손목을 낚아챘다. 심장이 콩알처럼 쪼그라들었다. 내 손등을 매섭게 쩌려보던 엄마는 아무 말 없이 차가운 눈빛만 남기고는 밖으로 나가버렸다.

까맣게 탄 손등은 그대로 방치되었다. 약은 당연히 못 발랐고, 밴드도 못 붙였다. 엄마는 나를 볼 때마다 내 오른손부터 봤다. 그때마다 나는 오른손을 뒤로 숨기거나 왼손으로 오른손을 감쌌다. 밥 먹을 때가 가장 곤혹스러웠다. 오른손을 감추려고 서툰 왼손으로 밥을 먹다가 여러 번 구박을 받았다. 그렇다고 오른손을 쓸 수도 없어서, 어떻게든 식사 시간이 빨리 지나가길 바랐다.

그렇게 힘겹게 지내는 와중에도 나는 울지 않았다. 아무리 슬프고 외롭고 서러워도 울지 않았다. 조금 나이가 들어 사춘기가 왔고, 나를 사랑하지 않는 엄마를 더는 견디기 힘들었다. 이 세상에서 사라지고 싶었다. 정말로 죽을 마음이 있었는지는 모르겠지만 사는 게 너무 힘들었다. 밤이 되면 자살 충동에 젖었다. 그러던 어느 여름밤, 자살을 그리며 어둠을 향해 걸어갔다. 짙은 어둠에 나를 묻어버리고 싶었다. 삶이 나아지리란 어떤 희망도 없었다. 손등을 내밀었다. 상처는 거의 사라졌지만 볼 때마다 내 처지를 깨닫게 하고, 고통을 되새김질하게 만드는 손등이었다. 손등이 날 유혹했다. 그만 버티라고, 포기해도 된다고….

그때, 빗방울 하나가 손등 위로 톡 떨어졌다. 빗방울이 떨어진 자리에서 감각이 생생하게 피어났다. 고통으로 괴로워하던 손등으로 맑은 기운이 퍼졌다. 빗방울이 남긴 파장은 손등을 벗어나 온몸으로 전해졌다. 생생한 감각이 일으킨 흥분은 쓰러져가던 내 의지를 깨웠다. 생명으로 살아가며 느끼는 온갖 감정이 얼마나 소중한지 깨달았다.

잇달아 몇 방울이 더 손등으로 떨어졌지만, 첫 감각은 지워지지 않고 남았다. 나는 그 빗방울 덕분에 죽고 싶다는 유혹을 떨쳐냈다. 어떡하든 살아야겠다는 의지가 샘솟았다. 그 뒤로 다시는 자살 충동에 빠지지 않았다. 엄마에게 사랑받으려는 소망도 버렸다. 남이 주지 않으면 스스로 채우겠다는 각오로 살았다. 내가 나 스스로를 위로하고 다독이며 10대를 버텨냈다.

시간이 지나면서 나도 변했지만, 엄마도 조금씩 변해갔다. 점점 욕이 줄어들더니 어느 순간부터는 사라졌다. 목소리는 여전히 컸지만 참을 만했다. 차가운 시선도 더는 나를 향하지 않았다. 엄마가 변한 까닭은 아마도 집안 살림이 펴졌기 때문일 것이다. 고등학생 시절에는 아무런 간섭을 하지 않고 나를 자유롭게 내버려두었다. 그러나 내가 기대하는 따스한 눈길이나 다정한 말을 건네는 경우는 없었다. 내 기억에 없는 건지, 엄마가 안 한 건지는 확실치 않다.

학교는 내게 안식처였다. 최대한 일찍 학교에 가서 야간자율학습을 하고 밤늦게 왔다. 토요일이나 일요일에도 공부한다는 핑계로 학교에 갔다. 고등학교 생활은 즐거웠고, 지금도 가장 행복한 시절로 기억하는 이유다.

스무 살이 되자 엄마에 맞서 싸울 힘이 생겼고, 내 안에서 엄마를 향한 분노가 들끓었다. 나는 엄마와 싸움을 벌일 각오를 다졌다. 언제든지 트집만 잡히면 싸울 생각이었다. 그런데 엄마가 달라져 있었다. 중고등학교 시절부터 서서히 변화한 엄마는 완전히 다른 사람이 되어 있었다. 그게 더 억울했다. 내 안에는 화가 가득한데 엄마가 싫다는 말도, 짜증 난다는 말도, 가슴 아팠단 말도 할 수 없었다. 원망과 미움을 속으로 삭여야만 했다. 내 20대는 엄마를 향한 미움으로 무척 고단했다.

웬만하면 엄마와 연락하지 않았다. 그러다 세월이 흘러 결혼하고, 세아를 임신했다. 의식할 새도 없이 내 안에 가득하던 화는 거의 다 빠져나간 상태였다. 나는 엄마에게 손을 내밀었다. 힘들다고, 도와달라고 했다. 그때 엄마가 내 손을 잡아주었다. 엄마는 훨씬 오래전부터 내게 손을 내밀고 있었다. 내 안에서 들끓는 화와 싸우느라 내가 그것을 뒤늦게 깨달았던 것이다.

대학 생활 내내 나는 용돈도 넉넉하게 받았다. 사치스러운 옷을 사겠다고 해도 잔소리 한마디 듣지 않았다. 교환학생으로 필리핀으로 가려고 했을 때도, 아빠는 반대했지만 엄마는 흔쾌히 허락했다. 대학원 생활을 힘들어하자 포기해도 괜찮다며 다독인 사람도 엄마였다.

어느 날 엄마는 푸념하듯 말했다.

"네 외할머니는 날 왜 그렇게 싫어하고 구박했는지 모르겠어."

늙은 엄마는 어린 자신을 돌아보며, 아직도 쓸쓸함을 달랬다.

두 아이를 키우면서 뒤늦게 엄마가 살아온 삶이 보였다. 엄마에게도 자신을 사랑하지 않는 엄마가 있었다. 어쩌면 그 시절에는 사랑을 주는 집이 더 흔치 않았을 것이다. 대체로 그런 분위기이긴 하지만 외할머니는 조금 심한 편이었던 것 같다. 내게 자신의 상처를 들추기 싫어서 엄마도 자세히 들려주진 않았지만, 언뜻 비치는 말 속에서 그려지는 외할머니는 콩쥐를 괴롭히는 계모 같았다. 엄마 스스로도 자신이 다른 여자에게서 태어났나 생각할 지경이었다.

외할머니는 끝내 사랑을 주지 않고, 일찍 세상을 등졌다. 배도 고프고 사랑에도 목말랐던 엄마는 그 허기를 채우려 시집을 갔다. 갓 스무 살이 된 엄마는 그전보다는 배부르고, 그래도 정이 오가는 삶을 꿈꿨다. 하지만 기대와 달리 남편은 가난했고, 아내를 따스하게 보듬을 줄도 몰랐다. 그래서 엄마는 자기 상처를 보듬기도 벅찬 상태로 어떻게든 살아내기 바빴다. 몸과 마음의 허기에 시달리면서도 악착같이 살았다. 어쩌면 엄마는 살아남기 위해 억척스러워졌고, 어쩔 수 없이 그 억척을 자식에게 드러냈을 것이다.

그러고 보니 나는 엄마가 어떻게 살았는지 자세히 모른다. 엄마가 늘어놓는 하소연을 들은 적은 많지만, 더 내밀한 이야기가 나오려고 하면 내가 단호하게 거부했기 때문이다. 제대로 들으려는 사람이 없으면 말하는 사람은 할 말을 잃는다. 엄마는 어쩌면 나로 인해 자기 이야기를 잃어버린 채 살고 있는지도 모른다.

아이를 키우며 엄마와 닮아가는 나를 확인하고 소스라치게 놀란 적이 있다. 엄마와 같은 엄마가 되지 않겠다고 다짐하고 또 다짐했는데, 보고 자란 엄마의 모습이 은연중에 나에게 영향을 끼친 것이다. 육아 초기에 나는 말을 절제하지 못하고 아이에게 상처를 입히는 모진 말을 함부로 했다. 그저 낳았다는 이유로, 힘이 세다는 이유로 기분 내키는 대로 화를 쏟아냈다. 아이는 상처를 받고 울다 잠들었다. 그런 아이를 볼 때면 가엽다가도, 얼마 뒤에 또 똑같은 실수를 저질렀다. 아이가 작은 실수를 해도 화가 났다. 주의하면 될 텐데 왜 저럴까? 그러다 엄마가 내 손에 난 화상을 봤을 때 들었을 마음이 이해가 됐다. 내 화가 엄마의 화와 닮았음을 알아차렸다.

나는 엄마와 닮고 싶지 않았다. 나와 같은 결핍과 허기를 자식들에게 넘겨주고 싶지 않았다. 그러나 바쁜 생활은 나쁜 습성에서 벗어나려는 노력을 자꾸 뒤로 미루게 했다. 아이들과 뒤집개를 들고 격렬한 전투를 치르며 더는 뒤로 미뤄선 안 되겠다고 마음먹을 때까지, 나는 미루고 또 미루었다.

강의를 쫓아다니고 책을 읽고 독서 모임에도 부지런히 나갔지만, 하루아침에 나쁜 습성이 바뀌진 않았다. 수많은 잘못과 실수를 저질렀다. 처음에 나는 엄마로서 잘못과 실수를 인정하면 내

권위가 떨어지지 않을까 걱정했다. 그러나 공부를 하면서 솔직한 인정이 낫다는 점을 배웠다. 내 엄마와 다른 엄마가 되려면 실수와 잘못을 인정해야 한다는 점을 깨달았다.

"미안해. 엄마가 잘못했어. 안 그리도록 노력할게. 용서해 줄 거지?"

그러고는 "사랑해!"를 꼭 덧붙인다.

나는 여전히 실수도 하고, 잘못도 저지른다. 이랬다저랬다 하는 변덕도 부린다. 자식에게 한 약속을 까먹기도 한다. 그래도 나는 넉넉히 사랑을 선물하는 엄마이고 싶다. 할머니가 엄마에게 물려준 허기를, 엄마가 내게 준 상처를, 나는 자식들에게 넘겨주지 않으려고 애쓴다.

옛 기억이 떠올라 심란해하는데 엄마와 같이 나갔던 딸이 혼자 들어왔다.

"할머니는?"

"먼저 가셨어."

딸 얼굴이 유난히 밝았다.

"할머니가 참 재밌으셔. 농담을 자주 하셨는데 거의 요즘 세대 농담이라서 감탄했어. 얼마 전에 트로트 공연을 보러 가셨는데, 실컷 춤을 추고 났더니 회춘한 느낌이셨대. 그 가수를 좋아해서 덕질을 하는데, 그러면서 젊은 사람들 마음도 알게 되고 요즘 문화에도 익숙해지셨나 봐."

세아는 할머니를 만나고 온 이야기를 재미나게 풀어놓았다.

"그거 알아? 할머니가 심지어 인스타도 하신대. 그래서 내가 할머니 팔로우했어. 잠깐 봤는데 꽃 사진이랑 그 가수밖에 없어서 별로 볼 게 없긴 해. 그래도 '좋아요'는 다 눌러드렸어. 할머니가 그 트로트 가수 노래를 잠깐 부르셨는데, 노래도 잘해서. 그래서 나중에 시간 내서 할머니랑 코노에 같이 가기로 했어."

한참을 신나게 떠들던 세아가 말을 멈추더니 잠시 내 안색을 유심히 살폈다.

"엄마는, 아직도 할머니를 미워해?"

"무슨 소리야? 내가 언제 할머니를 미워한다고 했니?"

나는 속내를 들킨 사람처럼 억양을 높였다.

"아까 할머니랑 있는 엄마 표정이 무척 어색했어. 그래서 내가 일부러 할머니께 맛있는 거 사달라고 졸랐던 거야."

그런 숨은 뜻이 있었는지 미처 몰랐다.

"아까 할머니께 슬쩍 여쭤봤는데, 할머니 말씀이 엄마가 미워할 만했대. 그러면서 엄마가 어릴 때 당신이 모질게 대했다고 하셨어."

엄마가 손녀에게 그렇게 솔직하게 말하다니 뜻밖이었다. 확실히 엄마가 변하긴 변했나 보다.

"엄마, 아직도 할머니가 미워?"

"미워하지 않아."

"그럼 왜 그렇게 어색해해?"

"네 말대로 그냥 어색해서 그래."

"뭐가?"

"할머니가 내게 주는 사랑이 익숙하지 않으니까."

"엄마는 사랑을 줄 줄만 알지 받을 줄은 잘 모르는 거 아니야?"

딸이 날카롭게 내 약점을 짚었다.

"아마도, 그럴 거야."

나는 바로 인정했다.

"사랑을 주면 잘 받아야 해. 그래야 주는 사람도 행복하지."

딸이 부모 강의를 하는 강사처럼 말했다.

딸이 건넨 충고가 맞다. 있는 그대로 엄마를 대하지 못하는 걸
보면 나는 여전히 엄마에게서 완전히 독립하지 못했는지도 모르
겠다. 이제는 독립해야 하는데….

"근데, 엄마!"

"왜?"

"할머니 성함은 뭐야?"

세아에게 엄마의 이름을 알려주려는데 입이 잘 떨어지지 않았
다. 엄마의 이름을 이루는 세 글자를 내 입으로 발음하기가 그렇

게 어려울 줄은 미처 몰랐다. 관공서 서류에서 어쩌다 그 이름을 접할 때면 낯선 사람이 내 집에 허락도 없이 들어온 것 같은 불쾌함에 빠졌던 기억도 떠올랐다.

"설마 할머니 이름을 까먹은 거야?"

세아가 콧잔등을 찡그리며 날 의뭉스레 노려봤다.

"알지, 그런데….."

"그런데 뭐?"

"낯설고 어색해서."

"혹시 엄마도 엄마의 엄마를 한 번도 이름으로 불러본 적이 없는 거야?"

"어쩌다 보니… 그러네."

딸이 짓궂은 표정을 짓더니 내 이름을 마구 불렀다.

"김경아!"

"김경아!"

"김경아!"

딸이 내 이름을 자꾸 부르니 이상했다.

"나라도 앞으로 김경아란 이름을 자주 부를게."

딸이 부르는 내 이름을 듣는데 묘하게 기분이 좋았다. 남편도 내 이름을 부르지 않은 지 오래되었고, 직장에서는 직위로 불리고, 학교나 학원이나 모임에서는 누구누구 엄마로 불리니 내 이름은 죽은 이름이었다. 땅에 묻혔던 내 이름이 딸을 통해 되살아난 듯했다.

"엄마가 네 친구니?"

나는 좋으면서도 일부러 심술이 난 척했다.

"그래도 엄마를 이름으로 부르면 왠지 친숙한 느낌이 들어서 좋아."

"다른 사람이 듣는 데서는 그러지 마."

"알았어. 엄마와 둘이 있을 때만 부를게. 그나저나 할머니 성함은 뭐야?"

나는 낯설고 어색한 그 이름을 가만히 떠올렸다.

"할머니 성함은…."

입이 쉽게 떨어지지 않았다.

"성함은…?"

마음을 다잡았다.

"그러니까 엄마의 엄마는…."

나는 또박또박 신. 점. 덕. 이란 이름을 발음했다. 한 음절 한 음절 발음할 때마다 엄마와 내 사이에 놓인 높은 담장이 조금씩 낮아지는 듯했다.

나는 여전히 실수도 하고, 잘못도 저지른다.

이랬다저랬다 하는 변덕도 부린다. 자식에게 한 약속을 깨먹기도 한다.

그래도 나는 넉넉히 사랑을 선물하는 엄마이고 싶다.

할머니가 엄마에게 물려준 허기를, 엄마가 내게 준 상처를,

나는 자식들에게 넘겨주지 않으려고 애쓴다.

자유롭게
색칠하라고 했더니
이래도 돼요?
저래도 돼요?
되물으며 머뭇머뭇

마음껏
만들라고 했더니
이게 좋아요?
저게 좋아요?
눈치 보며 조심조심

다른 사람 뜻대로
살아가는 삶은
그렇게
만들어지나 봐요.

# 8

# 고양이

# 엄마

남편의 지인이 우리 가족을 부산으로 초대했다. 전망이 좋은 호텔 방까지 잡아주었기에 모처럼 편안한 가족여행을 즐기는 마음으로 다 같이 떠났다. 호텔에서 바라본 풍경에 넋을 빼앗겼다. 바다 빛깔은 육지에서 멀어질수록 점점 진해지고, 하늘 빛깔은 바다를 향해 내려갈수록 점점 옅어졌다. 하늘과 바다가 만나는 선에서 하늘은 바다처럼 일렁이고, 바다는 하늘처럼 고요했다. 작은 나무들이 앙증맞게 자리를 잡은 바위산에는 갈매기들이 흰 점이 되어 앉아 있고, 곱게 날아온 파도는 바위에 부딪히며 고운 꽃잎처럼 흩날렸다. 부드러운 곡선으로 구부러진 모래밭을 거니는 사람들을 물끄러미 보며 옛 추억에 젖는데, 남편 지인이 찾아왔다.

이렇게 좋은 호텔을 잡아줘서 고맙다고 인사했더니, 별거 아니라면서 저녁 식사를 대접하겠다고 했다. 저녁으로 맛있는 부산 음식을 먹을 계획이었기에 기꺼이 초대에 응했다. 그런데 지인이 데려간 곳은 그냥 맛집이 아니라 최고급 식당이었다. 입구부터 거부감이 들 만큼 화려했다. 우리 같은 서민은 절대 들어오지 말라는 경고문이라도 붙은 듯해서 기가 죽었다. 우리 가족끼리라면 입구만 보고도 절대 가지 않을 식당이었다. 현관을 지나 들어선 정원에서 다시 한번 기가 죽었다. 오랜 세월 정성 들여 가꾼 고풍스러운 정원은 무척 아름다워서 차마 보기가 힘들었다. 시점이 바뀔 때마다 새로운 아름다움을 드러내는 정원에 감탄사마저도 얼어붙었다. 종업원을 따라 들어간 방은 아늑하면서도 화려했고, 식욕을 돋우는 은은한 향이 흘렀다. 창밖으로 내다본 정원은 조금 전에 봤을 때와는 또 다른 얼굴로 그 매력을 뽐냈다.

"드시고 싶은 거 편하게 시키세요."

남편의 지인은 아무거나 먹으라고 했지만 눈치가 보였다. 차림표에 적힌 가격이 엄청났기 때문이다. 종욱이는 눈치를 살피더니 적당한 요리를 시켰다. 나와 남편도 마찬가지였다. 그런데 세아는 그러지 않았다. 가장 비싼 데를 펴더니 이제껏 듣도 보도 못한 요리를 골랐다.

"저는 이거 주세요."

기겁할 만한 가격이었다. 눈을 부라리며 눈치를 줬다. 내 눈짓을 확인하고도 세아는 아랑곳하지 않았다. 일부러 옆구리를 찔렀다.

"왜 그래?"

나는 소리 나지 않게 입술을 움직여 다른 음식을 시키라는 뜻을 전했다. 그래도 못 알아들은 것 같았다.

"이건 어때?"

조금 전에 세아가 시킨 음식보다는 훨씬 저렴하지만 내가 선택한 음식보다는 두 배나 비싼 요리를 세아에게 권했다.

"난 아까 그거 먹을래."

내가 뭐라고 해도 세아는 선택을 바꾸지 않았다.

"괜찮아요. 먹고 싶은 거 먹어야죠."

남편 지인은 웃음을 지으며 세아가 고른 음식을 주문했다.

나는 눈치가 보여서 미치겠는데, 세아는 뭐가 그리 좋은지 싱글벙글이었다.

"아저씨, 정원이 참 예뻐요."

"이 음식점이 맛도 좋지만, 정원이 예쁘기로 유명하지."

나는 지나치게 예뻐서 감탄조차 조심스러운 정원을 세아는 마음껏 즐기고 있었다.

"조금 뒤에 식사가 나오면 또 놀랄 거야."

"왜요?"

"음식에도 정원이 올라오거든."

"그게 무슨 말이에요?"

"보면 알아."

세아는 이럴 때 보면 참 뻔뻔하다. 어떤 때는 친한 어른이 와도 새침하게 입도 벙긋 안 하면서, 어떤 때는 저렇게 입안의 혀처럼 군다. 맛있는 음식을 사주는 고마운 어른이어서 그럴까? 내 딸이지만 정말 모르겠다.

곧 식사가 준비되어 함께 음식을 먹었다. 우리가 시킨 메뉴는 다른 데서 먹는 음식에 비하면 비싼 요리였지만, 세아가 먹는 요리에 비하면 싼 편에 속했다. 세아에겐 잇달아 화려한 요리가 나왔다. 보도 듣도 못 한 요리들이 끊이지 않고 세아 앞에 놓였다.

"와, 정말, 정원이 음식에 있어요!"

세아는 새 음식이 나올 때마다 연신 사진을 찍어대며 놀라워했다. 우리는 조금 비싼 저녁 식사를 먹었지만, 세아는 어느 때보다 즐겁고 신나게 최고급 저녁 식사를 즐겼다. 그 음식점을 나올 때 세아만 혼자 흥얼거리며 기분을 내고 있었다.

저녁을 먹고 호텔로 돌아오는데, 남편 지인이 한 카페에 들르자고 했다.

"야경이 아름답기로 유명한 카페예요. 한번 그 야경을 보면 잊지 못하실 겁니다."

내가 카페를 좋아하는 걸 안 남편 지인의 배려였다. 아이들은 가기 싫어하는 듯했지만 내가 좋아하니 어쩔 수 없이 따라왔다.

카페 안은 손님으로 북적였다. 앉을 자리가 없어 보였는데 남편 지인이 종업원에게 뭐라고 하니 빈자리로 안내했다. 그 자리엔 예약석이란 팻말이 보였다. 일단 자리를 잡고서 풍경을 보는데 왜 이 저녁까지 카페에 사람들이 가득한지 이해가 되었다. 어디에서도 보기 힘든 야경이었다.

나는 가볍게 카페라떼를 시켰고, 남편도 나를 따랐다. 종욱이는 간단한 주스를 주문했다. 그런데 세아는 한참 차림표를 뒤적이더니 디저트를 손으로 가리켰다.

"저, 아저씨. 이거 시켜도 돼요?"

"그럼. 먹고 싶은 거 다 시켜."

"두 개 시켜도 되죠?"

"괜찮아."

"그럼, 이거랑 이거랑 주세요."

세아가 손으로 가리킨 디저트를 보고는 화들짝 놀랐다. 차림표에서 가장 비싸고 화려한 디저트만 골랐기 때문이다. 내가 눈총을 줬지만 세아는 또다시 보는 척도 안 했다. 하는 수 없이 직접 말했다.

"다 사주시지 마세요. 너무 비싼데….”

"괜찮습니다, 제수 씨. 애들은 먹고 싶을 때 마음껏 먹어야죠."

카페에서 바라본 야경은 그 어디서 본 야경보다 아름다웠지만 막무가내로 비싼 것만 먹는 세아가 거슬려서 마음껏 즐기지 못했다. 내가 그러거나 말거나 세아는 뭐가 그리 좋은지 연신 싱글벙글하며 사진을 찍어대고, 디저트를 먹으며 맛있다고 흥얼거리기까지 했다.

호텔로 돌아온 나는 세아를 따로 불렀다.

"너, 아무리 그래도 그렇지, 눈치 좀 봐."

"내가 뭘 어쨌다고?"

"그분이 마음껏 먹으라고 했다고 그렇게 비싼 음식을 시키면 어떡해?"

"편하게 먹고 싶은 거 먹으라고 했잖아?"

"다들 말로는 그렇게 해. 그래도 눈치껏 시켜야 하는 거야."

"아니, 그럼 그렇게 말해야지. 적당한 거 시키라고."

"그분도 자신이 한 말이 있는데 싼 거 먹으라고 할 수 있겠니?"

"그 말을 왜 못해? 아니 부담스러우면 그건 비싸니까 하지 말라고 하든지, 아니면 처음부터 그런 음식점을 데리고 가지 말았어야지."

세아는 꼬박꼬박 말대꾸를 하며 한마디도 지지 않았다.

아무리 근거를 들어 설명해도 세아는 자신이 무엇을 잘못했는지 깨닫지 못했다. 저래서 나중에 사회생활을 어떻게 할지 걱정되었다.

"아빠, 우리 나중에 거기 다시 가자."

"어디? 카페?"

"아니, 카페도 좋았지만 그 음식점."

"아… 거기."

아무래도 세아는 그 비싼 요리를 다시 먹고 싶은 모양이었다. 아빠를 꼬드겨서 그 요리를 다시 먹겠다는 속셈이었다. 나는 남편의 옆구리를 찔렀다. 남편은 내 뜻을 알아차렸다. 세아는 없는 애교까지 부리며 아빠에게 약속을 받아내려고 했다.

남편은 나와 세아 사이에서 어찌할 바를 몰랐다.

"뭐야? 엄마, 왜 그래?"

세아는 아빠가 내 눈치를 보느라 결정을 내리지 못한다는 걸 간파하고 나를 공략하려 들었다.

"그거 비싸. 안 돼."

나는 단호히 선언했다.

"칫, 치사해."

세아가 토라진 척했다.

"네가 그랬잖아. 안 되면 안 된다고 확실히 말하라고."

세아의 콧잔등에 잔주름이 잡혔다. 저녁 내내 얻어맞다가 나도 한 방 먹인 듯해서 속으로 쾌재를 불렀다.

"여보, 그건 안 돼. 알지? 절대 안 돼."

남편은 안도의 숨을 내쉬었고, 세아는 깨끗하게 체념하더니 흥얼거리며 씻으러 들어갔다.

# 딸

기분 좋은 꿈이었다. 내가 덕질하는 만화 속에서 열리는 경기로 직접 들어갔다. 공이 하늘로 솟구칠 때마다 내 팔도 함께 치솟고, 땀방울이 경기장에 떨어질 때마다 두 발을 힘차게 굴렀다. 함성을 지를 때마다 공이 바닥에 꽂혔고, 응원가는 승리를 향한 길을 열어젖혔다. 경기는 내가 이미 아는 대로 진행되었지만 손에 땀을 쥐고 지켜봤다. 경기가 끝나자 선수들과 관중이 만나는 마당이 열렸다. 드디어 기대하고 기대하던 시간이었다. 내가 최고로 좋아하는 캐릭터인 오빠가 내 앞으로 다가왔다. 나는 두 손을 가슴에 모으고 뛰는 심장을 그대로 느꼈다. 몇 발자국 앞에 날카롭지만 따뜻하고, 귀엽지만 당당한 얼굴이 바로….

"세아야, 일어나!"

안 돼, 지금 깨면 안 되는데…!

"세아야! 늦었어."

다시 꿈으로 들어가서….

엄마가 문을 세게 두드렸다. 잠으로 들어가는 문은 시끄럽게 흔들렸다.

"지각하기 싫으면 지금 나와."

눈을 떴다. 꿈에서 본 얼굴이 아른거렸다. 정말 오랜만에 찾아온 오빠인데 바로 앞에서 만나지 못하다니 아쉽고 안타까웠다. 가라앉는 눈꺼풀을 겨우 받치고 밖으로 나갔다.

"표정이 왜 그래?"

"최애캐를 만나려던 순간이었어."

"내가 또 방해했니?"

"몰라."

"다음에는 최애캐에게 좀 일찍 찾아오라고 해."

"부탁을 안 들어주니 문제지."

깨끗이 씻고 식탁에 앉았다. 젓가락을 드는데 엄마가 봉투를 내밀었다. 봉투 안에는 두툼하게 돈이 들어 있었다.

"웬 돈이야?"

"내일 대운동회 온리전 가잖아."

"이렇게나 많이?"

"아빠 돈이야. 오늘 아빠가 해외 출장을 가거든. 그래서 엄마가 미리 받아놨지."

나는 없던 애교까지 쥐어짜서 엄마에게 고마움을 표했다. 물론 아빠에게 하트를 잔뜩 넣은 문자도 보냈다. 꿈을 방해한 섭섭함은 깨끗이 사라졌다.

온리전(ONLY+展)은 특정 작품을 좋아하는 사람들이 만든 2차 창작품을 소개하고 판매하는 행사인데, 스포츠 작품을 대상으로 한 행사는 대운동회라고 한다. 11시부터 열리지만 좋은 작품을 원하는 만큼 구매하려면 8시부터는 줄을 서야 한다. 혹시라도 대기하다 화장실에 가면 안 되기에 아침에 물도 마시면 안 된다. 나는 소혜와 함께 가기로 했는데, 사전에 충분히 정보를 입수해서 이동 경로도 치밀하게 짰다. 그동안 용돈을 아끼고 아꼈지만 원하는 물건을 모두 사기에는 돈이 모자라서 눈물을 머금고 많은 작품을 구매목록에서 제외했다. 그런데 이렇게 두둑한 현금이 생겼으니, 사고 싶은 작품은 모두 구매할 수 있게 되었다. 기쁨을 주체할 수가 없었다. 들떠서 신나게 내 계획을 떠들었다. 엄마는 밝은 웃음으로 내 이야기에 귀를 기울여주었다. 이럴 때 엄마가 참 좋다. 내 말에 귀를 기울이고, 나를 향해 따뜻한 웃음을 짓고, 내가 좋아하는 걸 있는 그대로 받아주는 엄마가 참 좋다. 물론 내 취미생활에 아무런 제재도 가하지 않고, 돈까지 듬뿍 안겨주는 엄마는 더욱 좋다.

한참 떠들다 보니 아침 식사가 거의 끝났다. 그때까지 종욱이는 나오지 않았다.

"종욱이는 아직 자? 오늘 학교 안 가?"

"네가 일어나기 전에 이미 학교에 갔어."

"그 늦잠꾸러기가? 축구 시합이라도 있대?"

"오늘부터 자원봉사를 하거든."

"자원봉사? 왜?"

"종욱이가 사고를 쳤잖아. 학교에서는 상대방에게 사과하고 반성문 쓰고 마무리 지으려고 했는데, 내가 그러면 안 된다고 했어. 잘못을 저질렀으면 충분히 대가를 치러야지, 대충 넘어가면 앞으로 또 그런 짓을 벌일 가능성이 높다고. 그래서 선생님께 고생 좀 할 만한 일을 시켜달라고 했어."

"종욱이도 좋다고 했어?"

"당연히 싫어했지. 그렇지만 내가 따끔하게 말했어. 대충 넘기지 말고, 뼛속 깊이 새기려면 고생해야 한다고."

대부분의 엄마들은 자기 자식을 무조건 감싸려 든다. 큰 잘못을 저질러도 작은 잘못으로 줄이려고 하거나, 그것이 안 되면 나쁜 의도는 없었다는 식으로 얼버무린다. 그런데 엄마는 반대였다. 학교는 가벼운 조치만 취하고 넘어가려 하는데 엄마는 제대로 벌을 받게 했다. 그것이 진심으로 자식을 위하는 길이리고 판단한 것이다.

"엄마, 멋있어."

나는 엄지를 추켜세웠다. 열심히 배우러 다니더니 엄마가 확실히 바뀌었다. 예전에는 엄마가 이러지 않았다. 나는 사고를 친 적이 거의 없지만 종욱이는 종종 사고를 쳤다. 그럴 때면 엄마는 무조건 종욱이를 감싸고 보호하려고만 했다. 나와 다툼이 벌어져도 마찬가지였다. 이젠 다르다. 동생이 제대로 고생한다고 생각하니 저절로 웃음이 나왔다. 완벽하게 행복한 아침이었다.

"행복한 하루 보내렴."

엄마가 현관문까지 나와서 배웅했다. 얼굴이 밝고 맑아 보였다. 수술 뒤에 힘들어할까 봐 걱정했는데, 참 다행이었다.

"엄마도 행복하게 보내."

현관문을 닫으며 오늘 하루가 아주 행복하리란 기대로 차올랐다.


1교시 국어 수업, 별다른 일이 없었지만 마냥 행복했다.

2교시 영어 수업, 선생님이 재미난 이야기를 해서 우리를 웃겼다. 선생님 남편은 머리카락을 바짝 깎고 다니는데 0.1센티미터밖에 안 된다고 한다. 그런데 0.2센티미터만 돼도 답답하다면서 미용실에 가서 밀고 온단다. 더구나 탈모가 올까 봐 아주 비싼 샴푸만 쓰고, 머리카락에 좋다는 온갖 제품을 구매한다는 것이다. 또 얼굴은 조폭처럼 험상궂게 생겼는데 외모에 어찌나 관심이 많은지 아침에 거울 앞에서 20~30분을 머문다고 했다. 너무 웃겨서 배꼽이 잠깐 빠졌다가 돌아왔다.

3교시 체육 수업, 배구를 했는데 선생님이 잘한다고 칭찬했다. 운동으로 칭찬을 듣는 건 처음이어서 무척 기뻤다.

4교시 수학 수업, 점심 식사에 먹을 닭갈비를 떠올리며 행복에 젖었다.

닭갈비와 함께한 점심시간은 당연히 즐거웠다. 복도에서 우연히 만난 과학 선생님과 이야기를 나눴다. 내가 가장 좋아하는 선생님인데, 큐빅 귀걸이가 잘 어울리셨다.

5교시 기술가정 수업, 영상을 보고 모둠활동을 한 뒤에 발표를 했다. 영상은 흥미진진하고, 모둠은 좋아하는 애들만 모였고, 발표는 깔끔했다.

6교시 스포츠클럽 시간, 호신술을 배웠다. 꼭 필요한 기술이라 생각해 땀을 흘리며 열심히 익혔다.

7교시 사회 수업, 선생님께서 갑자기 일이 생겼다고 자습을 하라고 했다. 다들 신나서 떠들고 노는데, 나는 조용히 낮잠을 즐겼다. 한숨 자고 나니 몸이 개운했다.


하굣길에 소혜랑 내일 계획을 공유하며 신나게 이야기를 나눴다. 집에 와서 옷을 갈아입고 사과주스를 마시는데 누가 찾아왔다. 모니터를 보니 택배는 아니었다.

"누구세요?"

"윗집인데요. 이번에 이사를 와서 인사드리려고요."

엄마가 부리나케 나갔다. 나는 몇 걸음 뒤에서 새 이웃이 누군 지 살폈다.

"안녕하세요."

"어제 이사 오셨죠? 반가워요."

엄마는 친절하게 인사를 나눴다.

"이거 받으세요."

윗집 여자가 종이 가방을 내밀었다.

"뭐 이런 걸 다…."

"저희 아이가 장난이 심해서요. 최대한 조심스럽게 지내겠지 만 혹시라도 시끄러우면 아무 때나 연락 주세요."

똘망똘망하게 생긴 여자애가 고개를 꾸벅 숙였다. 초롱초롱한 눈빛은 연신 주변을 탐색하고, 몽실몽실한 입가엔 장난기가 가득 했다.

"아니에요. 실컷 뛰어도 괜찮아요. 저희 아이들이 어릴 때도 아랫집에서 양해를 많이 해주셨거든요."

"감사합니다."

윗집 여자의 낯빛이 눈에 띄게 환해졌다.

엄마는 아랫집에 사는 분들과 아주 친하다. 처음 이 집에 이사 오자마자 나와 종욱이를 데리고 아랫집을 방문했다. 물론 풍성한 선물도 함께 들고 갔다. 승강기에서 마주치면 꼭 인사를 드리게 했다. 우리가 시끄럽게 뛰어다닐 낌새를 보이면 미리 양해를 구했다. 평소에 이런저런 교류도 빈번하게 했다. 아랫집이 이사 가고 새로운 이웃이 오자, 똑같은 과정을 다시 밟았다. 그렇게 친분을 쌓은 덕에 우리는 한 번도 층간 소음 때문에 아랫집으로부터 항의를 받은 적이 없다. 우리도 아랫집에 사는 분들을 알기에 최대한 피해를 주지 않으며 놀려고 애썼다.

그러고 보면 엄마는 참 현명하다. 바닥과 천장을 맞대는 이웃끼리 갈등을 막으려면 어떻게 해야 하는지 정확히 알고 실천했던 것이다. 나는 이렇게 현명한 엄마가 참 좋다.


밥을 먹고 학원에 갔다. 배는 든든하고 낮잠을 잔 덕에 머리가 맑아 집중이 잘됐다. 어려운 문제를 풀었는데 하나만 틀렸다. 선생님에게 칭찬을 듣고, 새콤달콤한 과자를 상품으로 받았다. 끝나고 돌아오는 길에 민재와 이야기를 나눴다. 민재랑 대화하면 언제나 기분이 좋다. 민재는 오늘도 집 앞까지 나를 바래다주고 갔다.

학원 숙제도 금방 끝냈다. 노닥거리다가 친구들과 문자를 주고받았다. 민재한테 연락하려는데 엄마가 문을 두드렸다.

"내일 아침 일찍 대운동회 가려면 빨리 자야지."

엄마가 겨우 그런 말을 하려고 한밤중에 내 방에 들어올 리가 없었다.

"왜? 무슨 일인데?"

경계심을 살짝 끌어올렸다.

"혹시, 도와줄 수 있어?"

엄마가 유난히 조심스러웠다.

"뭔데 그래?"

"콘서트 표를 예매해야 하는데, 너도 알다시피 경쟁이 심하잖아."

요즘 엄마는 어떤 아이돌 가수에 뒤늦게 푹 빠졌다. 어찌나 좋아하는지 몇 시간이고 영상을 보기도 하고, 춤도 따라 한다. 스무 살이나 어린 가수들을 '오빠'라고 부르고, 조공도 열심히 바친다.

엄마가 덕질을 하게 된 건 순전히 할머니 때문이다. 할머니가 트로트 가수를 좋아해서 덕질을 한다는 말을 듣고 엄마가 자극을 받은 것이다. 물론 나도 옆에서 부추겼다. 젊게 살려면 덕질을 해야 하고, 덕질을 하면 에너지가 넘치며, 행복해진다고 했다. 내 말이 얼마나 설득력을 발휘했는지는 모르겠지만 얼마 뒤에 엄마는 곧바로 덕질에 빠졌다. 늦게 배운 도둑질에 밤새는 줄 모른다는 속담이 있다는데, 딱 그런 모습이었다. 엄마는 뒤늦게 배운 덕질에 무섭게 빠져들었다. 돈이 있으니 나보다 과감하게 질렀다. 사실 그 점이 가장 부러웠다.

"정말 콘서트에 가려고?"

"꼭 가고 싶어."

"예매가 언제야?"

"다음 주 월요일, 6시."

"6시면⋯ 친구들과 같이 해볼게. 그 대신⋯."

"알아. 수고비는 톡톡히 줄게."

엄마는 마치 소녀가 된 것 같았다.

내게 단단히 약속을 받은 엄마는 노래까지 흥얼거리며 나갔다. 허밍인데도 음이 흔들렸다. 엄마는 노래를 못한다. 자장가도 음정 박자가 안 맞아서, 어릴 때 엄마가 불러주는 자장가를 들으면 헷갈려서 잠이 더 안 왔다. 친구들에게 바로 문자를 보냈다. 다들 재미있어 하며 같이 하겠다고 약속했다.


완벽한 하루였다. 기쁨이 이불이 되어 나를 포근히 덮었다. 내일 대운동회에 갈 기대감을 한아름 품고서 잠이 들었다. 단잠을 자다가 꿈을 꾸었다. 또다시 체육관이었다. 익숙한 곳처럼 체육

관을 거니는데 선수들이 뛰어오며 구호를 외쳤다. 익숙한 목소리에 반갑게 맞이하러 나갔는데, 갑자기 거대한 괴물이 튀어나왔다. 놀라서 도망쳤지만 계속 괴물이 쫓아왔다. 집으로 뛰어들었는데… 괴물이 따라 들어와서는… 엄마를….

　놀라서 깼다. 눈물이 흘렀다. 어둠이 무서웠다. 확인해야 했다. 나는 재빨리 밖으로 나갔다. 거실에서 엄마가 작은 불을 켜놓고 글을 쓰고 있었다. 나는 무사한 엄마를 확인하고 또다시 눈물을 흘렸다.

　"세아야, 너 왜 그래?"

　울음이 그치지 않았다.

　"엄마가…, 나 때문에…."

　"악몽을 꿨구나."

　"…나 때문에 죽었어. …엄마 미안해."

　"꿈이야, 꿈. 괜찮아."

　엄마가 나를 꼭 껴안았다. 눈물방울이 엄마의 어깨에 떨어졌다.

　"엄마는 괜찮아."

　엄마가 더 세게 나를 껴안고는 등을 부드럽게 쓰다듬었다. 미안함과 무서움으로 벌렁거리던 심장이 살포시 가라앉았다. 공포가 밀려나고 평안이 심장을 어루만졌다.

나를 꼭 껴안아 줄 때, 나는 엄마가 가장 좋다. 그 어떤 순간
보다.

# 엄마

"그러고 보면 애들이 말썽부리는 것도 조금은 다르게 해석해야 하지 않을까요?"

"동감이에요. 소설에서 민규가 라면을 교실에서 몰래 먹는 장면이 꽤나 상징성이 있다고 느꼈어요. 몰래 수업 시간에 라면을 먹으며 민규는 자신이 색다를 뿐 이상하지 않다는 걸 확인하죠. 어쩌면 우리는 수업 시간에 몰래 라면을 먹는 민규를 말썽쟁이라고 섣부르게 단정하는지도 몰라요."

"그러고 보니 저희 어릴 때도 학교에서 먹을 거 때문에 추억이 참 많았어요. 한참 자랄 때니 그럴 수밖에 없었죠. 2교시나 3교시가 끝나면 무척 배가 고팠는데, 그럴 때면 후다닥 매점으로 가서 컵라면에 뜨거운 물을 붓고 순식간에 먹어 치우고 교실로 다시 돌아왔죠. 그게 그렇게 좋았어요. 한번은 물을 받는데 찬물이었어요. 면이 하나도 안 익었는데 시간은 없고, 어쩔 수 있나요, 그냥 안 익은 채로 먹었죠. 그렇게 먹어도 맛있었어요."

"몰래 싸 들고 와서 교실에서 먹는 경우도 많았어요. 교실에 있는 애들은 냄새를 못 맡는데, 선생님은 알죠. 선생님들이 코를 막고 문을 열라고 막 다그치면서도 단속은 안 했어요. 그게 추억이라는 걸 아신 거죠."

"그러고 보면 요즘 애들한테 그런 추억이 쌓일 기회를 너무 빼앗는 게 아닌가 싶어요. 생활지도를 하더라도 작은 일탈을 저지르며 추억을 쌓을 길은 열어주는 게 좋을 듯해요."

"맞아요. 말썽은 다르게 보면 추억이잖아요. 말썽이라고만 해석하니 너무 엄격하게 행동을 제한해 버리죠."

독서 모임에서 우리는 〈라면 먹고 힘내〉란 소설에 나오는 민규를 두고 깊은 이야기를 주고받았다. 소설에서 민규는 독특해서 별종 취급을 받는다.

예를 들면 '늑대와 일곱 마리 아기 양' 이야기를 읽고 유치원 선생님은 낯선 사람을 조심해야 한다고 가르치지만, 민규는 음식을 꼭꼭 씹어 먹어야 한다는 교훈이 가장 중요하다고 생각한다. 늑대가 통째로 아기 양을 삼키지 않고 꼭꼭 씹어 먹었더라면 배가 갈리는 일은 없었을 것이기 때문이다. 애니메이션에서 악당과 변신 로봇이 싸우면 맨날 지는 악당이 불쌍해서 악당을 응원한다. 변신을 하는 순간에 공격하지 않는 악당의 판단력을 아쉬워하고, 악당을 도우려다 텔레비전을 부수기도 한다. 유치원 때만 그런 게 아니다. 학교에 가서도 다른 아이들과 다르게 판단하고 행동한다. 체육 시간에 이기려고 애쓰는 아이들을 이해하지 못한다. 승리를 위해 경쟁심을 자극하는 선생님에게도 반감을 느낀다. 질문이 중요하다는 유대인 공부법을 배운 뒤에는 너무 많은 질문을 해대서 야단을 맞는다. 책에서 알려준 대로 질문을 많이 했을 뿐인데, 야단을 맞은 이유를 납득하지 못한다.

남들은 자신을 이상하다고 여기지만 민규는 다른 애들이 훨씬 이상하다고 믿는다. 인격보다 물건에 집착하는 신유리, 맨날 장난만 치며 웃기려고 애쓰는 최수혁, 맨날 책만 보는 박경호, 잘난 척쟁이 이진석, 뭐든지 이기려 드는 하혜미, 순진한 이희진, 예쁜데 커서 성형수술을 하겠다는 이서희, 화장으로 자기 얼굴을 가리려는 이예은 등이 자기보다 훨씬 이상하다는 것이다.

소설을 읽을 때는 민규의 처지에 공감했다. 민규의 생각에서 타당함을 찾았다. 독서 모임 회원들도 대체로 민규에게 동조했다. 그런데 대화를 나누면서 나는 민규보다는 민규 엄마에게 감정이입이 되었다. 소설에 민규 엄마는 거의 나오지 않지만, 민규 같은 아이를 키우는 엄마는 얼마나 힘들까 걱정이 되었다. 그러면서 민규와 세아가 겹쳐 보이기도 했다. 세아가 민규 정도는 아니지만 나는 딸을 온전히 이해하지 못하고, 그 독특한 세계를 있는 그대로 인정하기가 여전히 힘들다. 딸은 여전히 내게 낯선 이

방인 같은 존재다.

"세아는 성격이 집요해요. 어릴 때부터 지독했죠. 제가 종욱이를 임신했을 때니까 세 살 때예요. 차에 타자마자 호루라기란 낱말을 반복하더니 갑자기 사달라고 하는 거예요. 지금은 빨리 가야 해서 안 된다고 했죠. 5분쯤 지나자 또 호루라기가 갖고 싶다고 하고, 안 된다고 하니까 조용히 있다가 5분이 지나서 또 조르기를 거듭했어요. 한참 고속도로를 달리는데 계속 조르니 운전을 하던 남편이 짜증을 냈죠. 앞으로 호루라기란 말을 한 번만 더 하면 절대 안 사줄 거라고. 휴게소에서 쉬는데 배고플 텐데도 먹지를 않았어요. 왜 안 먹느냐고 물었더니 입을 오물오물하면서 호루라기를 부는 시늉을 했죠. 차마 호루라기란 단어를 내뱉지 못하고. 고속도로를 빠져나와서 시내로 들어설 때까지 세아는 한동안 조용했어요. 그러다 교차로에서 수신호를 하는 경찰을 봤어요. 세아가 경찰을 손가락으로 가리키더니 물었어요.

'엄마, 저 경찰이 입에 물고 있는 게 뭐야?'

제가 무심코 호루라기라고 대답했죠.

'저거 갖고 싶어.'

운전을 하던 남편이 피식 웃었어요. 호루라기란 말을 못하게 하니 엄마 입에서 호루라기란 낱말이 나오게 만든 딸이 대견했던 거죠. 결국 남편은 그 집요함에 넘어가 바로 마트에 들러서 호루라기를 사줬어요."

이야기를 들은 엄마들이 조용히 웃었다.

"지금도 고집이 센가요?"

독서지도 선생님이 물었다.

"여전하죠. 일단 고집을 부리면 대책이 없어요."

"힘드시겠네요."

독서지도 선생님은 늘 이렇게 반응한다. 내가 어려움을 이야기하면 섣불리 설득하거나 해결책을 제시하지 않으면서 내 느낌과 판단을 최대한 존중한다. 어떻게 하면 저럴 수 있을까? 저 여유롭고 넉넉한 정신이 참 부럽다.

"지난 주말에도 어처구니없는 짓을 했어요. 소설 속 민규 같기도 한데, 제가 보기엔 더 심해요."

"말씀해 보세요."

나는 남편 지인의 초대를 받아 부산으로 여행을 가서 겪었던 일을 설명했다. 눈치 없이 비싼 음식을 고집스럽게 먹는 세아를 보며 사회성이 없어서 어떻게 살지 고민이라는 걱정도 늘어놓았다.

"도대체 어떻게 하면 사회성을 길러줄 수 있을까요? 남편은 내버려 두면 자연스럽게 생긴다며 태평하기만 하고, 저와 의논도 안 하려고 해요."

나는 잔뜩 걱정하는데, 독서 모임 선생님은 전혀 예상치 못한 반응을 보였다.

"멋지네요."

"네?"

오랫동안 독서 모임을 해오면서 그렇게 당황한 적은 몇 번 없었다. 아마도 그 순간에 내 콧잔등에 잔주름이 깊이 잡혔을 것이다.

"그게 왜⋯ 멋지죠?"

"자기 욕망에 충실했잖아요."

"그래도 눈치를⋯."

"따님은 정말 먹고 싶은 걸 먹었어요. 마음껏 먹으라고 했으니 마음껏 한 거죠. 자기가 무엇을 원하는지 스스로 잘 알고, 그걸 거리낌 없이 선택했어요. 선택한 뒤에 아주 만족했고."

그런 쪽으로는 생각도 못 했기에 뭐라고 대꾸를 못 했다.

"기성세대는 그렇게 살면 안 된다고 배웠어요. 그런데 그렇게 살아서 행복하셨나요? 눈치 보고, 적당히 뒤로 빼고, 자기 욕망에 충실하지 못하고, 그 순간에는 만족하지 못하고 나중에 후회하며 살아서 행복하셨어요?"

가슴이 먹먹해졌다.

"그런데 따님은 당당하게 해냈어요. 그러니 멋지죠."

감성은 이미 그 의견에 끌려갔지만, 이성은 끈질기게 고정관념을 지키려 했다.

"그래도 예의라는 게 있는데…."

"그 지인분이 그런 식당에 경아 님 가족을 데려갔다는 것은 그만한 요리를 먹어도 충분히 감당할 만한 재력이 있었다는 뜻이에요. 따님은 그걸 정확히 파악했죠. 오히려 나머지 가족들이 평소에 익숙하던 단위를 훌쩍 뛰어넘는 가격에 지레 주눅이 든 거죠. 제가 보기에 따님은 눈치가 없는 게 아니라 누구보다 눈치가 빨랐어요. 그래서 자기 욕망을 충분히 채울 수 있었죠."

나와는 정반대 해석이었다. 그 해석이 그리 이상해 보이지도 않았다. 아니, 곱씹을수록 타당하게 다가왔다. 감성뿐 아니라 이성도 선생님의 해석에 동조하고 있었다. 딸이 얼마나 행복하게 고급 요리를 즐겼는지 떠올렸다. 나는 그 비싼 음식점에 가서 딸을 걱정하고, 남편 지인의 눈치를 살피느라 마음껏 즐기지도 못했다.

내 염려와 달리 세아는 나보다 훨씬 당당하게 자기 앞길을 헤쳐나갈 힘을 갖춘 것 같았다. 신중하게 결정하고, 끈기 있게 추진하고, 그런대로 분위기 파악도 잘하고, 자기 욕망에 충실하면 이 세상을 살아가는 데 필요한 밑바탕은 나름 잘 갖춘 게 아닐까?

문득 세아가 고양이처럼 행동했다는 사실을 깨달았다. 고양이는 자유분방하다. 자기 욕망에 충실하다. 오직 자기 평안만 추구한다. 그러다 가끔 기분이 내키면 사람에게 다정하게 군다. 고양이는 타인이 아니라 자신이 중심이다.

나는 내가 중심인 채로 살지 못했다. 진로를 결정하는 그 중요한 순간에 내 적성에 맞는 교사가 아니라, 다른 사람들 눈에 그럴듯하게 보이는 교수 자리를 택했다. 내 욕망이 아니라 남들의 시선에 끌려서 나를 망치는 선택을 한 것이 한두 번이 아니었다.

지금도 나는 크게 다르지 않다. 북극성을 '나'로 세웠으면서도 여전히 나를 중심에 세우지 못하고 있다. 그런데 세아는 부산의 고급 음식점에서, 비싼 카페에서 자기 방식대로 행동했다. 자기만족을 최고로 놓았다. 타인이 아니라 자신을 중심으로 삼았다. 내 뜻을 거부하고 자기 뜻대로 행동했다. 내가 원하던 바로 그 모습, 고양이처럼 행동한 것이다. 내 딸이 내 바람대로, 고양이처럼 살아가고 있다니….

따지고 보면 고양이처럼 살라는 것은 엄마 뜻대로 살지 말라는 것과 같다. 내 뜻대로 살면 고양이가 될 수 없다. 고양이는 절대 내 뜻대로 행동하지 않으니까. 어떻게 보면 참 웃긴 바람이다. 고양이처럼 살라는 말은 형용모순이기 때문이다. 내 뜻을 어기며 살아야 내 뜻대로 사는 건데, 내 뜻을 어기는 것은 내 뜻을 따르는 셈이니 이는 모순이다.

그러니 고양이처럼 살기를 바라면, 고양이처럼 살기를 바라는 내 뜻마저도 버려야 한다. 좋은 강의와 책에서 늘 접하던 가르침이다. 사랑으로 품되 독립하게 놓아야 한다고. 든든한 의지처가 되어주되 의지하게 만들지는 말라고. 자기 인생을 살게 지지하되 간섭하진 말라고…. 그것은 내게는 성립할 수 없는 모순처럼 느껴지는 과제였다. 그런데 딸이 고양이처럼 행동했다는 사실을 받아들이는 순간, 내가 그 과제를 이루는 길에 한 걸음 다가갔다는 사실을 깨달았다.

또한 해석이 얼마나 중요한지도 절감했다. 같은 사건인데 해석을 바꾸니 완전히 다른 사건으로 다가왔다. 그동안 벌어진 수많은 사건들도 다르게 보면 전혀 다른 빛깔이 될 듯했다. 내 좁은 시야로 아이들에게 얼마나 많은 좌절을 안겨주고, 얼마나 많은 가능성을 꺾어버렸을지 생각하니 아찔한 충격파가 밀려들었다.

책 표지를 봤다.

'라면 먹고 힘내'란 제목 밑으로 라면을 좋아하는 윤정이가 채린이에게 컵라면을 사주며 위로를 건네는 장면이 보였다. 갑자기 딸과 함께 라면을 먹고 싶어졌다. 다이어트를 한다고 결심했지만, 늘 그렇듯이 다이어트는 내일 시작하면 되니까….


독서 모임을 마치고 대학교에 들러 강의를 하고, 집으로 돌아왔다. 집에 있어야 할 세아가 없었다. 종욱이는 봉사활동을 할 시간이었다. 세아에게 전화를 걸었더니 친구 집이라고 했다.

"오늘은 엄마 아빠 결혼기념일이라 다 같이 집에서 저녁 식사하자고 한 약속은 안 잊었지?"

"안 잊었어. 저녁 먹을 때까진 들어갈게."

전화를 끊고 부지런히 식사 준비를 했다. 밖에서 먹을 수도 있지만 대부분 밖에서만 밥을 먹는 남편에게 제대로 된 집밥을 차려주고 싶었다. 봉사활동을 마치고 돌아온 종욱이가 조수가 되어 식사 준비를 도왔다. 남편도 모처럼 빨리 퇴근해서 식탁 주변을 예쁘게 꾸몄다. 저녁 식사가 거의 다 차려졌는데도 세아는 들어오지 않았다. 연락을 하려다 몇 번이나 꾹 참았다. 식사를 다 준비해 놓고 보니 제법 괜찮은 고급 식당에 온 기분이 들었다. 그러자 그 자리에 없는 딸이 몹시 거슬렸다. 점점 화가 커졌다. 짜증이 표정으로 그대로 드러났는지, 남편과 종욱이가 내 눈치를 살폈다. 종욱이가 몰래 연락하려고 했다.

"연락하지 마. 언제 들어오나 보게."

내가 씩씩거리자 종욱이가 슬그머니 전화를 내려놓았다. 독서 모임에서 차올랐던 대견함은 어느새 사라진 지 오래였다. 화가 폭발하기 직전에 세아가 "엄마, 아빠!" 하며 들어왔다.

나는 자리를 박차고 현관으로 나갔다. 그러고는 "야!" 하고 외치며 화를 폭발시키려다가 그대로 멈췄다.

현관에 세아는 없었다. 그곳엔 공간을 사랑으로 가득 채운 종이꽃 한 송이만 있었다. 종이꽃은 파란색과 빨간색이 서로 껴안고 회오리를 그리며 아름다운 몸매를 뽐냈다. 세아의 상반신을 가릴 만큼 큰 꽃송이인데도 구석구석에 세심한 정성이 깃들어 있었다. 큰 꽃송이가 서서히 나에게 다가왔다. 초록빛 줄기를 잡은 앙증맞은 손이 솜털 같은 고양이 앞발처럼 사랑스러웠다.

내가 아무 말이 없자 남편과 종욱이도 현관으로 나왔다. 남편은 그 꽃을 보자마자 세아를 부르며 감격했다. 내 눈에도 감격이 차올랐다. 이런 줄도 모르고 화를 차곡차곡 키우다니, 그런 내가 한심했다.

"어서 받아."

종욱이가 재촉했다.

나와 남편은 함께 그 큰 꽃송이를 받았다.

꽃송이 너머에서 딸이 사랑스럽게 말했다.

"엄마 아빠, 결혼해 줘서 고마워."

딸이 저번에는 제멋대로인 고양이더니, 이번에는 한껏 사랑스러운 고양이가 되었다.

고양이가 갸르릉거리며 내 다리에 몸을 부빌 때처럼, 고양이가 내 품에 푹 안겨 얌전히 앞발을 내밀 때처럼, 고양이가 머리를 내 몸에 묻고 가만히 쉴 때처럼, 고양이가 빨간 혀로 내 손등을 정성스럽게 핥을 때처럼, 내 딸이 고양이처럼 예쁘고 귀엽고 사랑스러웠다.

그리고 엄마인 나는, 고양이 같은 딸이 참 마음에 들었다.

# 고양이의 아침

선영이네 가족이 여행을 떠나면서 며칠 동안 고양이 샤샤를 맡겼다. 세아와 종욱이는 샤샤 곁을 떠날 줄을 몰랐다. 틈만 나면 싸우던 녀석들이 샤샤를 가운데 두고 정겹게 대화를 나누었다. 평소에는 언제나 문을 꼭꼭 닫아걸고 지내던 애들이 샤샤를 자기 방으로 들어오게 하려고 문을 활짝 열어두었다. 눈치 빠른 샤샤는 어느 한쪽도 서운하지 않게 양쪽 방을 오가며 애교를 부렸다. 현명한 고양이였다. 아침에도 깨울 필요가 없었다. 샤샤를 서로 먼저 보려고 둘 다 아침 일찍 일어났다. 잠꾸러기 샤샤는 귀찮아하면서도 자신을 어루만지는 손길을 거부하지 않았다.

샤샤가 부리는 마법을 보며 문득 고양이를 입양하면 어떨까 하는 생각이 들었다. 그러나 곧바로 고개를 저었다. 고양이가 좋기는 하지만 두 아이도 버거운 내가 고양이를 정성스럽게 돌볼 자신이 없었다.

아이들은 샤샤를 조금이라도 오래 보겠다고 최대한 늑장을 부렸다. 억지로 등을 떠밀어서 겨우 집 밖으로 내보냈다. 아이들이 사라지자 샤샤는 내 품으로 파고들었다. 설거지를 해야 하는데 샤샤를 떨쳐내기 싫었다. 살포시 껴안고 목덜미를 쓰다듬다가 나도 모르게 꾸벅 졸았다.

'달콤혜진'에게서 온 전화에 잠에서 깼다.

"언니, 왜 안 와? 9시 30분에 만나기로 했잖아?"

"이런, 내 정신 좀 봐."

나는 샤샤를 조심스럽게 내려놓았다. 샤샤는 내가 부산을 떠는 꼴을 살피더니 스크래처를 한 번 긁고는 뽀송뽀송한 방석 위로 올라가 얌전히 앞발을 모으고 엎드렸다. 때마침 창문으로 찾아든 햇살이 샤샤를 부드럽게 쓰다듬었다.

글쓰기 수업에 참여하기 위해 혜진이를 차에 태우고 서둘러 도서관으로 갔다. 초등학생 시절부터 나는 글쓰기에 관심이 많았다. 학교에서 시키지 않아도 이런저런 글을 많이 썼다. 국어를 좋아했기에 인문계를 선택했다면 아마 나도 글쓰기를 직업으로 삼았을지도 모르겠다. 그렇지만 이과를 선택한 뒤부터 글쓰기는 내게서 멀어졌다. 가설과 실험으로 채워진 논문에 익숙해지면서 다른 글은 쓰기가 쉽지 않아졌다. 더구나 결혼을 한 뒤로는 아예 글쓰기와 멀어진 탓에 수업에 참여하겠다고 결심하기까지도 수없이 망설여야 했다. 혜진이가 옆에서 바람을 집어넣지 않았다면 아마 나중으로 미뤘을 것이다.

첫 글쓰기 수업은 매우 당혹스러웠다. 일단 수강생 모두가 동그랗게 앉은 좌석 배치가 어색했다. 글쓰기 수업인데도 끊임없이 대화를 주고받는 수업방식도 낯설었다. 또한 글쓰기 기술이나 기법 같은 것은 하나도 알려주지 않고 무작정 쓰게 시키는 지도법은 나를 막막하게 만들었다. 처음부터 끝까지 꼼꼼하게 기획해서 써 내려가는 논문과는 정반대 방법이어서, 나로서는 적응하기가 쉽지 않았다. 무엇보다, 생각도 없이 마구잡이로 쓴 글을 읽고 감정과 생각을 나누는 시간이 당혹스럽기 그지없었다.

그런데 낯설기만 한 수업이 여러 번 반복되자 예상치 못한 효과가 나타났다. 일단 잘 써야 한다는 부담을 내려놓고, 마음대로 글을 써도 되니 편했다. 멍하니 손을 놀리다 보면 내가 의도하지 않았던 내용들이 손끝에서 풀려나왔다. 내가 모르는 내가 불쑥불쑥 튀어나왔다. 서로 글을 읽고 생각을 나누는 과정에서 집단상담처럼 치유가 일어나기도 했다.

벌써 6회차 강의. 강의실에 들어서서 제법 친해진 참가자들과 반갑게 인사를 나눴다. 곧이어 글쓰기 선생님이 들어왔고 여느 때처럼 손이 가는 대로 마음껏 글을 썼다. 선생님이 던진 낱말은 '습관'이었는데, 쓰다 보니 내가 처음 의도했던 방향과는 전혀 다른 글이 풀려 나왔다. 그 글은 남에게는 절대 꺼내놓고 싶지 않았던 상처였다. 내 안에 꼭꼭 숨겨두었던 어둠이 족쇄가 풀린 채 마구잡이로 흘러나왔다.

다 써놓고 읽을지 말지 망설였다. 이 글을 읽고 뒷감당을 할 수 있을까? 괜히 다른 사람들이 내 엄마를 이상하게 여기지는 않을까? 걱정에 짓눌려 고민하다 보니 다른 사람이 쓴 글에 집중하지 못했다. 마지막까지 뒤로 빼다가 마침내 내가 읽어야 할 차례가 왔고, 어쩔 수 없는 분위기에 이끌려 뭔가에 홀린 사람처럼 내가 풀어낸 글을 읽었다.

"인상을 쓰면 내 콧잔등에는 잔주름이 진다···."

처음은 누구에게나 털어놔도 괜찮을 평범한 내용이었다. 그러다 글이 내 통제력을 벗어나 제멋대로 흘러갔다.

"···그러던 4학년 봄이었다. 바짝 마른 대지에 마른풀과 새순이 뒤섞이며 옷을 갈아입는 중이었다. 두려움에 움츠리며 지내던 내 감정에도 살랑살랑 봄바람이 불었다. 동네 뒷산에 작은 산불이 났다. 아이들은 뭐가 그리 신나고 즐거운지 산불이 난 산으로 몰려갔다."

글을 읽는 입이 불이 난 산등성이처럼 바짝바짝 타들어 갔다.

"···그 비닐 조각이 내 손등으로 떨어졌다. 비닐을 태운 열기가 내 손등에서 녹아내렸다. 깜짝 놀라서 손을 휘저었다. 일부는 떨어졌지만 일부는 남아서 계속 타들어 갔다."

방금 화상을 입은 듯 오른쪽 손등이 아렸다. 무심코 왼손으로 오른손을 감싸려다 왼손을 꽉 쥐고 참아냈다.

"···까맣게 탄 내 손등은 그대로 방치되었다. 약은 당연히 못 발랐고 밴드도 못 붙였다. 엄마는 나를 볼 때마다 내 오른손부터 봤다. 그때부터 나는 곤란하거나 당황하면 왼손으로 오른 손등을 가리는 습관이 생겼다. 무심코 손등을 만지는 나를 인식할 때마다 묵묵히 고통을 이겨내던 어린 내가 떠올라 아직도 서럽고 속상하다."

나는 글에 실린 감정과 달리 담담함을 끝까지 유지하며 읽었다.

아픔에 공감하는 말이 이어졌다. 따뜻한 위로도 받았다. 상처를 드러낸 용기에 감동과 부러움을 표현하는 말을 듣기도 했다.

"상처를 드러내는 글은 네 번에 걸쳐 치유가 일어납니다. 쓰면서 한 번, 소리 내어 읽으면서 한 번, 글벗들이 보내는 따스한 말에서 한 번, 그리고 모임이 끝나고 집에 가면서 또 한 번! 많은 이들이 마지막 단계에서 가장 큰 치유를 경험합니다. 지나고 나면 그 순간이 마치 기적처럼 여겨지기도 합니다. 오늘 경아 님이 기적을 경험하길 소망합니다."

선생님이 진심을 다해 빌어주어서일까, 그 기적이 정말로 일어났다.


도서관 문을 나서는데 마음에 햇살이 찾아드는 듯했다. 내 생명을 살린 물방울이 손등에 찾아오던 순간을 떠올리며 손등을 햇살에 맡겼다. 샤샤를 쓰다듬던 햇살이 정성스럽게 내 손등을 어루만졌다. 나는 혜진이에게 먼저 차에 가 있으라고 부탁하고는 도서관 귀퉁이에 놓인 벤치로 가서 전화를 꺼냈다. 전화번호에서 익숙하지만 낯선 번호를 선택했다. 통화를 누르기까지 짧지만 깊은 망설임을 이겨내야 했다.

"어, 엄마, 나야. 경아."

잠깐 안부만 전하려 했는데, 어쩌다 보니 엄마와 길게 통화했다. 이제껏 엄마와 그렇게 오랫동안 이야기를 나눈 적은 한 번도 없었다. 처음이지만 어색하지 않았고, 내가 그토록 바라던 소소한 정담이 오갔다.

"어, 엄마도 잘 챙겨 먹어."

전화를 끊자 실바람이 머릿결을 쓰다듬었다.

바로 옆으로 검은 고양이 한 마리가 꼬리를 살랑거리며 지나갔다.

雨

• 감사의 말 •

책을 완성하는 데 큰 도움을 주신

우영미, 박지애, 김훈희, 김선영 님께 감사드립니다.

은경, 지연, 리연, 우주, 나윤, 지안, 도영, 유은, 혜림, 해온,

예나, 나현, 세영, 인아, 효원, 예서에게도 고마움을 전합니다.

'아육맘' 회원들과 '사람별' 별님들도 많은 도움을 주셨습니다.

이 책에 영감을 불어넣어 주신

장정아 님께 특별한 감사를 올립니다.

# 베틀 소리

시우


일을 마치고 돌아온 밤 문득
어머니가 돌리시던 베틀 소리가
환청처럼 들린다.


잘살기 위해 쉼 없이 일하시다
갑자기 쓰러져
두 해를 앓고 돌아가신 어머니


느닷없이 찾아온 베틀 소리가
묻혔던 기억을 되살린다.


살기 바빠 추억조차 떠올리지 않는
야박한 자식은
그 소리에 홀로 눈물짓는다.

시간이 흘러

내가 돌아가고 나면

내 자식은

무슨 소리에 나를 떠올릴까?


밤을 타고 오는 베틀 소리가

가고 오는 시간 사이에서 덜그럭거린다.


♥


한없는 사랑을 주고 가신 어머니

신점덕 님께

이 책을 바칩니다.

엄마와 딸의 동상이몽

# 내 딸이 고양이면 좋겠다

**지은이** 박기복
**발행인** 김경아

2024년 8월 8일 1판1쇄 인쇄
2024년 8월 15일 1판1쇄 발행

**이 책을 만든 사람들**
**책임 기획** 김경아
**기획** 김효정

**북 디자인** KHJ북디자인
**표지 삽화** 발라
**경영 지원** 홍종남
**기획 어시스턴트** 홍정욱, 한선민, 박승아
**제목** 구산책이름연구소
**책임 교정** 이홍림
**교정** 주경숙, 김윤지

**종이 및 인쇄 제작 파트너**
JPC 정동수 대표, 천일문화사 유재상 실장, 알래스카인디고 장준우 대표

**펴낸곳** 행복한나무
**출판등록** 2007년 3월 7일. 제 2007-5호
**주소** 경기도 남양주시 도농로 34, 301동 301호(다산동, 플루리움)
**전화** 02) 322-3856 **팩스** 02) 322-3857
**홈페이지** www.ihappytree.com | bit.ly/happytree2007
**도서 문의(출판사 e-mail)** e21chope@daum.net
**내용 문의(지은이 e-mail)** sioobook@gmail.com
※ 이 책을 읽다가 궁금한 점이 있을 때는 지은이 e-mail을 이용해 주세요.